教育部人文社会科学研究青年基金项目（16YJC752017）成果

辽宁省社会科学规划基金项目（L21BWW004）成果

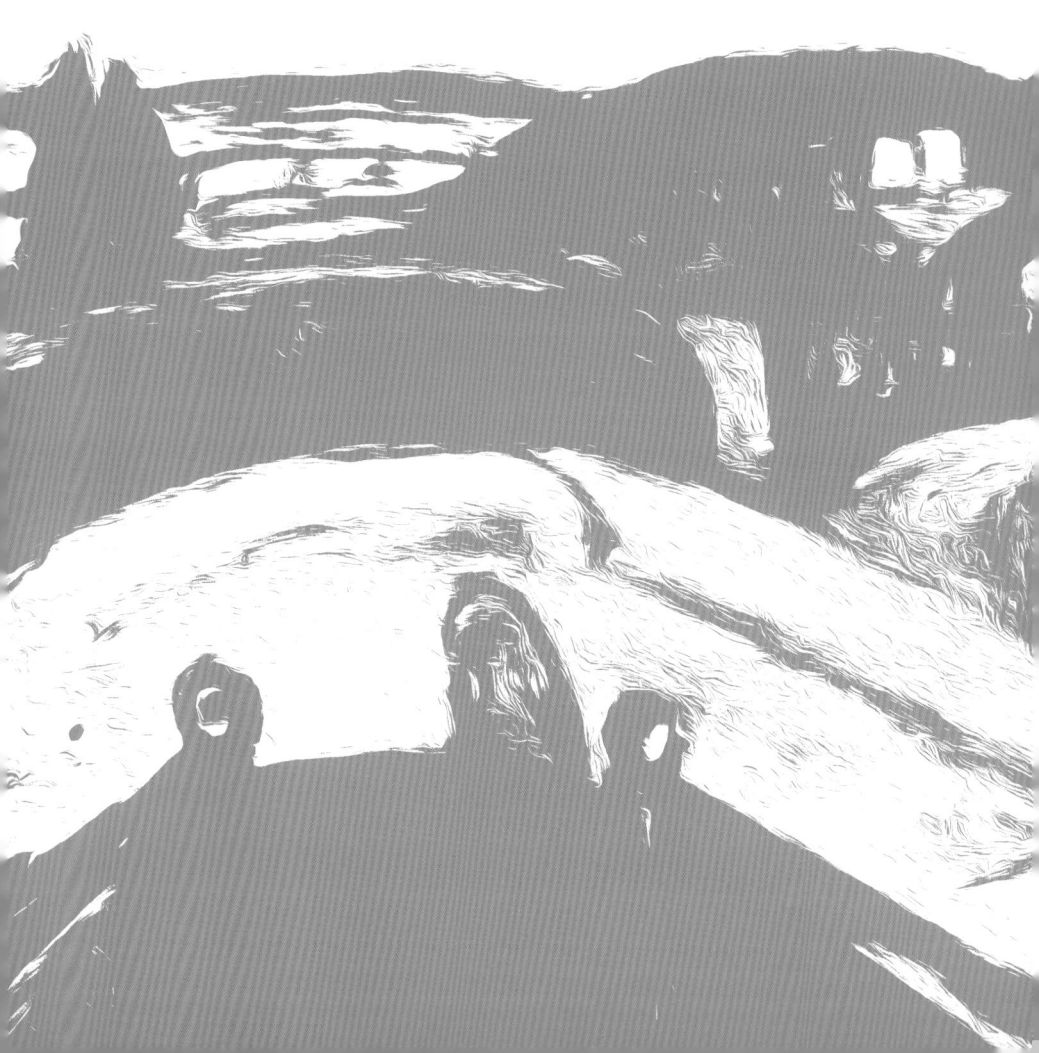

马莉——著

文学救赎

罗蒂的新实用主义
文学理论研究

中国社会科学出版社

图书在版编目(CIP)数据

文学救赎:罗蒂的新实用主义文学理论研究/马莉著.—北京:中国社会科学出版社,2023.5
ISBN 978-7-5227-1527-8

Ⅰ.①文… Ⅱ.①马… Ⅲ.①罗蒂(Rorty,Richard McKay 1931—2007)—文学理论—研究 Ⅳ.①I0

中国国家版本馆 CIP 数据核字(2023)第 058033 号

出 版 人	赵剑英
责任编辑	王小溪
责任校对	师敏革
责任印制	戴 宽

出 版	中国社会母星出版社
社 址	北京鼓楼西大街甲 158 号
邮 编	100720
网 址	http://www.csspw.cn
发 行 部	010-84083685
门 市 部	010-84029450
经 销	新华书店及其他书店
印 刷	北京君升印刷有限公司
装 订	廊坊市广阳区广增装订厂
版 次	2023 年 5 月第 1 版
印 次	2023 年 5 月第 1 次印刷
开 本	710×1000 1/16
印 张	16.5
插 页	2
字 数	231 千字
定 价	89.00 元

凡购买中国社会科学出版社图书,如有质量问题请与本社营销中心联系调换
电话:010-84083683
版权所有 侵权必究

序　言

韩振江

理查德·罗蒂以新实用主义哲学闻名于世，然而其晚期却以文学教授的身份探索着哲学、文学与文化的复杂关联性。我对于罗蒂知之甚少，只是在研读齐泽克等左翼哲学美学时涉猎了一部分罗蒂的思想，处于初学者的状态。因此，当我在大连理工大学时的同事、外国语学院的马莉博士把她的著作书稿《文学救赎：罗蒂的新实用主义文学理论研究》发给我时，我很高兴。这部沉甸甸的专著给我打开了学习罗蒂文学文化思想的大门。不过，当马莉博士叮嘱我为其著作写序时，我还是感觉压力颇大，所谓序言实不敢当，权当学习的心得吧。

近年来，新实用主义在西方文艺理论界的影响力日渐攀升，然而在国内外研究罗蒂文学和文化思想的著作还不是太多。马莉从2008年在哲学系攻读博士学位时就开始研究罗蒂的哲学思想了，颇有心得。这部著作也是她所主持的教育部人文社科研究项目的结项成果，是一部系统性地发掘罗蒂文学思想的著作。该著的最大特点在于将罗蒂的新实用主义哲学观、科学观和文学观融会贯通，将三者作为一个有机整体综合考量。

这本书有三个方面的特点。

其一，这部专著以大量国内外文献为依据，系统地梳理、论证罗蒂的新实用主义文学观点。书中探讨了文学的本体论议题和文学研究的方法论议题，内容涉及罗蒂如何处理文学的概念与文学的本质问题，如何看待文学经典、文学批评以及文学的价值，如何重视文学的社会伦理功能，如何理解文本阐释以及作者、文本、读者三者之间的关系，兼顾与米勒、布鲁姆、德曼等当代西方文论家观点的比较。马莉博士在书中清晰地呈现出罗蒂新实用主义文学理论中的关键词——反本质主义、偶然性、多元、对话、包容、想象力等。这些关键词具有重要的作用：既有益于读者全面体悟罗蒂的文学观，也便于读者把捉新实用主义文论中所浸润的实用主义者对人的终极幸福的实用性追求。

其二，这本研究罗蒂新实用主义文学理论的著作，不仅探讨了"何为"的问题，更追溯了"为何"和"如何"的问题。在她的博士学位论文基础上，马莉博士将罗蒂的文学思想溯源至以维特根斯坦和蒯因为代表的分析哲学，以尼采和维特根斯坦为代表的大陆哲学，以詹姆斯和杜威为翘楚的美国实用主义哲学和19世纪的浪漫主义思潮，发掘罗蒂之所以能够形成书中所述文学思想，有着怎样深厚的理论根源。这本书还进一步探究在科技为王的当今时代，罗蒂何以推崇文学，如何将文学所代表的文化范式奉为一定意义上的"救赎文化"。为此，作者全面剖析罗蒂如何通过反本质主义、反基础主义、反表象主义和反二元论来颠覆传统形而上学，如何通过强调科学是一种普通工具、文化整体的一小部分和一种文学样式来重塑科学文化的新形象，进而预言哲学文化、科学文化的陨落和文学文化的兴起。

其三，在罗蒂由哲学转向文学的职业生涯转型背后，马莉博士能够敏锐地捕捉到罗蒂拟以文学作为社会的希望和人的救赎工具。21世纪以来，世界局势日益复杂动荡，各领域专业人士都试图以不同的学科视角提供增进人与人之间的相互了解、维护国家与地区和平的良方妙药。罗蒂主张通过文学阅读来张扬想象力、同情心，从而避免残酷，增进团结，希冀的结果必然是促进各国、各种族、各年龄、不同身份的人加入一个命运的共同体。诉诸文学救赎的倡议体现出罗蒂作为左派知识分子的浪漫情怀，只关注每一小群"我们"则折射出他的救赎路径的实用主义风格。正如约翰逊所言，罗蒂和努斯鲍姆一样，"让文学在伦理学中占据了关键位置"[①]。罗蒂也让文学在公共事务中的作用凸显出来。

当前学界对新实用主义文学理论仍处于探索阶段，马莉博士这部名为"文学救赎"的新著是目前为数不多优秀研究成果之一。这部专著为多维度阐发罗蒂的文艺观提供了新的视角，也为当代西方文论研究提供了新的参考，对推动国内西方论文研究具有积极的意义。相信对新实用主义感兴趣的文艺研究者们，或多或少能在这本书中觅得一些启发。

是为序。

2023 年 3 月 24 日于上海

[①] Peter Johnson, *Moral Philosophers and the Novel: A Study of Winch, Nussbaum and Rorty*, New York: Palgrave Macmillan, 2004, p.13.

目 录

前　言 / 1

第一章　新实用主义文学缘起 / 1
　第一节　罗蒂其人 / 1
　第二节　文学理论渊源 / 5

第二章　新实用主义文学的底基 / 39
　第一节　对传统形而上学的颠覆 / 39
　第二节　对科学文化的重塑 / 58

第三章　强势文化的"陨落" / 68
　第一节　哲学文化的"陨落" / 68
　第二节　科学文化的"陨落" / 80

第四章　文学文化的兴起 / 105
　第一节　复兴文学文化的路径 / 105
　第二节　文学文化含义与地位 / 110
　第三节　文学文化的特点 / 114
　第四节　文学文化关涉词 / 126
　第五节　文学文化VS科学文化 / 135

第五章　无本质的文学 / 153
　　第一节　文学的概念 / 153
　　第二节　反本质主义文论 / 157
　　第三节　文学经典观 / 165
　　第四节　文学批评观 / 171
　　第五节　文学的价值 / 179

第六章　文学的伦理功能 / 183
　　第一节　私人：个人完美 / 184
　　第二节　公共：避免残酷、增进团结 / 203

第七章　文本阐释即使用 / 217
　　第一节　实用主义诠释学与真理观 / 217
　　第二节　作者、文本、读者 / 220
　　第三节　实用主义文本阐释 / 227

结　语 / 236
参考文献 / 238
后　记 / 253

前　言

诚如耶鲁大学弗莱教授2017年在《文学理论》公开课上所言："新实用主义在学术界的文学思考中越来越有影响力。"[①] 德国布莱梅大学研究者舒伦伯格[②]的新实用主义名单上，罗蒂、戴维森、普特南、伯恩斯坦、卡维尔、费什等哲学、文学巨擘的名字赫然在列。虽然为他们找到一个共同的实用主义纲领实难实现，但是对实用主义文学的探索必是一件极有意义的趣事。

罗蒂在美国哲学界是一位久负盛名却又极富争议的学者。他曾经在分析哲学的大本营——普林斯顿大学担任哲学教授21年，1982年改任弗吉尼亚大学人文科学教授，16年后就任斯坦福大学比较文学系教授。若以1982年为分界线，罗蒂的哲学之路前一阶段可谓平坦而顺利，在美国分析哲学界声名显赫。此后，罗蒂背弃分析哲学而转向后哲学文化，最终走向文学和文学文化，被誉为"在哲学与文学之间用功最为卓著、最受人尊敬的评论家之一"[③]。虽然学术生涯的后一阶段罗蒂在哲学界屡遭质疑，地位尴尬，但是却获得了更为广泛的读者群，受到文学界人士的青睐，在文学研究领域获得越

[①] ［美］保罗·H. 弗莱：《文学理论》，吕黎译，北京联合出版公司2017年版，第362页。

[②] Ulf Schulenberg, *Romanticism and Pragmatism*, New York: Palgrave Macmillan, 2015.

[③] Serge Grigoriev, "Theory and Fiction: Rorty's View of Philosophy as Literature", *The European Legacy*, Vol. 16, No. 1, 2001, p. 13.

来越多的重视。

作为鲍曼心目中"我们时代所拥有的最伟大的哲学家"①，罗蒂由实用主义哲学研究转而推崇文学，这一转折本身凸显了文学在新实用主义哲学领军人物罗蒂思想中的显著地位。用罗蒂的话来讲，自文艺复兴以来，西方知识分子的进步经历了宗教救赎和哲学救赎阶段，当下正处于一个文学救赎的时期。② 对罗蒂文学主张、观点及其哲学意涵深挖细思，用新实用主义的方式审视文学学科，将有助于拓展研究文学乃至世界的全新视角，丰富学界对文学内涵、意义、审美与伦理价值等的研究，助力拓宽当代西方前沿文学理论研究视域。

本书以新实用主义哲学家罗蒂的文学思想为主要研究对象，管窥新实用主义理论家的文学品貌，内容涉及对罗蒂文学思想的哲学溯源，罗蒂对文学本质问题、文本的阐释与意义、文学的功能与价值等问题的考量。罗蒂的文学思想有深厚的哲学根基，与其哲学、科学、政治、伦理学思想盘亘交错、互为影响，构成一张整体的新实用主义知识之网，因此本书写作过程中，采取罗蒂实用主义哲学脉络与文学脉络并行的方法。其中，第一章追溯新实用主义文学的缘起，溯源至英美分析哲学、欧陆哲学、美国古典实用主义哲学与浪漫主义传统。第二章探讨新实用主义文学的底基，从罗蒂对传统哲学的改造、对科学文化的重塑入手，论证罗蒂文学观的哲学底色。第三章承接第二章，研究罗蒂如何进一步唱衰人类文化中曾占主导地位的哲学文化和科学文化，铺就文学文化的兴起之路。第四章论述罗蒂独特的新实用主义文学文化观。第五章探讨新实用主义视域中的文学本质问题。第六章从私人与公共两个层面分析罗蒂对文学

---

① ［英］齐格蒙·鲍曼：《后现代性及其缺憾》，郇建立、李静韬译，学林出版社2002年版，第97页。
② ［美］理查德·罗蒂：《哲学、文学和政治》，黄宗英等译，上海译文出版社2009年版，第102页。

的个人教化、社会团结伦理功能的论断。第七章论证文本阐释即使用的新实用主义文本阐释观。

由于罗蒂曾郑重呼吁"放弃理论,转向叙述",将罗蒂有关文学的零思散见整理为"理论",尝试构建新实用主义文学理论体系的做法似乎有悖于其本人拒绝体系性论述的本意。然而卡勒发现,罗蒂曾描述歌德、麦考利、卡莱尔和爱默生的时代出现的一种新类型的著作,它们既不是评价文学作品的相对短长,也不是思想史、伦理哲学或者关于社会的预言,而是所有这些融为一体成为一种新的类型。按照卡勒的说法,要给这种包罗万象的类型取个名字,最简便的就是"理论"这个词。[①] 如此看来,罗蒂对文学展开的跨学科、多维度思考,不失为一种新实用主义的文学理论。这一理论的核心要义是彰扬文学及其激发的想象力,信仰文学开启的多元、对话、宽容、同情,相信文学救赎的力量终将促进人类的道德进步与社会团结。

[①] [美]乔纳森·卡勒:《当代学术入门——文学理论》,李平译,辽宁教育出版社1998年版,第3页。

第一章　新实用主义文学缘起

罗蒂是居于欧洲大陆哲学与英美分析哲学之间的新实用主义哲学家，他不仅继承了美国哲学的主流传统，也体现了当代主流哲学思想，同时兼收并蓄了欧洲大陆哲学诸要素和 19 世纪浪漫主义的传统，呈现出令人瞩目的"合流"趋势。[①] 本章主要介绍罗蒂由哲学到文学的学术思想发展历程，探讨罗蒂的新实用主义哲学思想来源，尤其是与文学思想相关的内容，主要解决罗蒂的文学思想溯源问题。

第一节　罗蒂其人

理查德·罗蒂（1931—2007）是当代美国极具影响力的新实用主义哲学家、思想家。哲学家出身的罗蒂，研究兴趣广泛，其研究涉及哲学、政治、文学艺术、宗教、伦理、文化等诸多方面，是当代西方哲学界与文学界共同关注的焦点。

罗蒂出生于美国纽约一个自由主义知识分子家庭，家中往来的哲学家对幼年时期的罗蒂形成潜移默化的影响。杜威（John Dewey）、胡克（Sidney Hook）等哲学家都曾是罗蒂父母家中的座上客。他 14 岁进入芝加哥大学哲学系，18 岁获得学士学位，21 岁获得硕士学

---

① ［美］理查德·罗蒂：《后哲学文化》，黄勇译，上海译文出版社 2009 年版，译者序第 42 页。

位。芝加哥大学是杜威早年创立实用主义芝加哥学派之地,在这里,罗蒂受到了当时最好的正统哲学熏陶。他曾师从逻辑实证主义代表人物卡尔纳普(Rudolf Carnap)、政治哲学家列奥·施特劳斯(Leo Strauss)、杜威的学生麦基恩(Richard Mckeon),并在怀特海(Alfred N. Whitehead)的弟子哈特肖恩(Charles Hartshorne)的指导下完成了研究怀特海"永恒客体理论"的硕士学位论文。1953年至1956年,罗蒂进入耶鲁大学攻读博士学位,在韦斯(Paul Weiss)指导下研究怀特海与亚里士多德(Aristotle)。这一时期他的授业恩师与芝加哥大学时期非常相似,逻辑经验主义哲学家亨普尔(Carl G. Hempel)取代了卡尔纳普,韦斯替代了哲学史家哈特肖恩,布鲁姆鲍(Robert Brumbaugh)代替麦基恩,① 因此实用主义和哲学史研究对罗蒂的影响得到了延续和深化。得天独厚的家庭环境、丰富的学习经历、系统的哲学训练、勤敏好思的个人特质使得罗蒂与同时代的其他美国哲学家相比,知识背景更加宽阔,思想来源更为丰富,其文学思想正是熔铸在深厚的哲学底基之上。

受哈特肖恩的影响,罗蒂曾经迷恋形而上学。他在15岁至20岁的青年时期曾立志成为一名柏拉图主义者:相信苏格拉底(Socrates)的善即知识,梦想着能够抵达柏拉图(Plato)"分界线"的顶端,"超越了各种假说的某个地方",在那里真理的光辉能够普照得到了升华的、聪明而善良的灵魂。当时的罗蒂向往着借助于某个思想框架或者审美框架达到像诗人叶芝(W. B. Yeats)描述的那样,"在单纯的一瞥中把持了正义和实在"②。可以说,1960年之前的罗蒂只对哲学史和形而上学感兴趣。③ 遍读哲学典籍之后,罗蒂对基础

---

① [英]W. 哈德逊、W. 范·雷任:《美国哲学家罗蒂答记者问》,贺仁麟摘译,《哲学译丛》1983年第4期。

② [美]理查德·罗蒂:《后形而上学希望》,张国清译,上海译文出版社2009年版,第362页。

③ [美]理查德·罗蒂:《后哲学文化》,黄勇译,上海译文出版社2009年版,第247页。

主义和确定性的追求虽然以彻底的失败告终，但是却夯实了他以哲学为业的事业底基。

非常值得一提的是，罗蒂在芝加哥大学以及耶鲁大学进行专业哲学的学习时期正值卡尔纳普、亨普尔、塔斯基（Alfred Tarski）、赖辛巴哈（Hans Reichenbach）等逻辑实证主义哲学家统治美国大学哲学院系的黄金时代。求学时期的罗蒂浸沐于逻辑主义哲学之中，却始终对其不感兴趣，这些德奥移民的科学哲学家的反历史倾向和试图把哲学科学化的做法遭到罗蒂的反感。因此，这一当时哲学界的主导潮流非但未被纳入罗蒂的哲学框架，反而成为罗蒂抵制以科学理性为政治道德文明范式，追求浪漫主义诗性文化的动因，为罗蒂从哲学转向文学埋下了伏笔。

博士毕业之后，罗蒂曾短期留在耶鲁大学任教，后于1958年至1961年供职于韦尔斯利学院（Wellesley College）。维特根斯坦（Ludwig Wittgenstein）的《哲学研究》曾将罗蒂的兴趣吸引至分析哲学领域——1961年罗蒂进入普林斯顿大学担任哲学系讲师，并在这个分析哲学的重镇任教21年。这段时期又可以划分成两个阶段：在前一个阶段，罗蒂热衷分析哲学，他在1967年主编的《语言学转向》一书中发表长篇导言"语言哲学的元哲学困境"，在哲学界引起强烈反响，奠定了他在分析哲学领域的坚定地位；而从20世纪70年代起的后一阶段，他开始质疑这种哲学的根基和目标[1]，逐渐显露出超越分析哲学的倾向，成为分析哲学的"叛逆者"[2]。罗蒂批判分析哲学家的研究艰深晦涩且各自为政，他们的研究由于过度强调专门化和技术化而难以互通，始终没能发展出一个超越代际的问题域。正是在这第二个时期，仍然在普林斯顿，罗蒂首次遇到了德里达（Jac-

---

[1] James Ryerson, "The Quest for Uncertainty: Richard Rorty's Pilgrimage", in Richard Rorty, Eduardo Mendieta, *Take Care of Freedom and Truth Will Take Care of Itself: Interviews with Richard Rorty*, Stanford: Stanford University Press, 2006, pp.7-8.

[2] 刘大椿：《科学哲学史研究的若干突出问题》，《江海学刊》2014年第5期。

ques Derrida）。后者引导他重新审视杜威的实用主义哲学，启发他返回海德格尔（Martin Heidegger），并发现杜威、海德格尔与维特根斯坦后期思想之间的相似性。此后，罗蒂在 1979 年出版他的第一部也是唯一一部体系性哲学专著《哲学和自然之镜》，以分析哲学的论证手法否定传统镜式哲学，构思哲学的未来形态，正式宣告对形而上学传统和分析哲学的反叛，逐步走上了"后哲学文化"和"文学文化"的建构之路。书中对传统认识论哲学的综合性批判立场、人类及文化平等对话的哲学观点掀起轩然大波，在美国哲学界褒贬不一，引发了支持者和反对派的唇枪舌剑。

1982 年罗蒂离开普林斯顿大学哲学系，赴弗吉尼亚大学担任人文科学教授，这可以视为他由哲学转向文学的第一次转折点。在同年发表的论文集《实用主义的后果》中，他首次提出"后哲学文化"概念，决意挑战"大写"的真理、哲学的意义，站在分析哲学的外部对文化展开反思。任教弗吉尼亚大学的 15 年中，罗蒂陆续出版了《偶然反讽与团结》(1989)、《客观性、相对主义与真理》(1991)、《海德格尔及他人研究文集》(1991)，这些哲学专著均以论文集形式出版，多是集结他的讲演稿或与其他哲学家进行哲学论争的文章。论述的焦点及论述的语言风格都与追求科学化的哲学迥然不同，越发趋向欧洲大陆哲学。非技术化的语言有助于罗蒂哲学思想的广泛传播，[①]对文学的青睐使他的哲学反思突破了传统哲学思维框架的束缚，反对哲学之王、科学之王，尊崇文学的思想在罗蒂的著作中越发清晰。

1998 年，罗蒂担任斯坦福大学比较文学系教授，彻底实现从哲学系到文学系教授的转变，此时距他生命的终点仅剩 9 年的时间。同年出版的《真理与进步》《筑就我们的国家》，以及随后出版的《哲学与社会希望》(1999)、《文化政治哲学》(2007) 中清晰地显露出罗蒂晚年对政治、文化、幸福等实用主义话题的关注。

---

① 陈亚军：《形而上学与社会希望——罗蒂哲学研究》，江苏人民出版社 2009 年版，第 10 页。

2007年，罗蒂辞世。某种程度上，作为哲学家的罗蒂在文学系教职上为自己的学术和生命画上了句号，这种结局在哲学家们看来也许颇具讽刺和悲剧意味。背弃分析哲学，转而推崇文学、政治、文化研究，使罗蒂在美国哲学界被排斥在分析哲学主导的主流之外，成为正统哲学领域的边缘人物。在文学领域，研究者们对罗蒂及其新实用主义文学思想奉若至宝，对其文学思想内涵、价值与意义的探索正日益升温，以其文学思想为抓手进行文本分析的尝试方兴未艾。

第二节　文学理论渊源

罗蒂的新实用主义哲学与文学理论渊源纷繁复杂，是一种包含了诸多成分的混合体，其中既有分析哲学的底色，又有欧陆哲学的痕迹，同时混合了尤以杜威思想为主导的美国实用主义色彩。有学者把罗蒂定位为"新分析实用主义者"[①]"历史实用主义者"[②]，罗蒂本人在其论著中也毫不避讳地经常自称为"我们杜威主义者""我们实用主义者""我们后现代主义者"。因此罗蒂的哲学根基既立足于美国本土实用主义，又以宏观的、历史的视野克服了美国哲学的地域局限，成为沟通当今西方英美哲学与欧陆哲学两大主流哲学的一座桥梁。

罗蒂文学思想的形成是历史和时代作用的结果，更得益于他所受的哲学英雄们的熏陶和影响。罗蒂在文学与哲学领域的建树，导源于英美分析哲学家维特根斯坦与蒯因、欧洲大陆哲学代表尼采

---

① Tom Rockmore, *Kant's Wake: Philosophy in the Twentieth Century*, Malden: Blackwell Publishing Ltd., 2006, pp. 94-95.

② ［荷］弗兰克·安克斯密特：《崇高的历史经验》，杨军译，东方出版中心2011年版，第25页。

(Friedrich Nitzsche)与海德格尔、美国经典实用主义哲学家詹姆斯(William James)与杜威,以及19世纪的浪漫主义思潮。

一 分析哲学家维特根斯坦和蒯因

罗蒂的文学及文学文化观首先溯源至分析哲学中具有实用主义特色的一脉。维特根斯坦的"语言游戏"与"家族相似"理论为罗蒂反对本质主义、强调偶然性提供了启示,蒯因的"整体主义知识观"则启发罗蒂构建科学与人文相交织的整体性知识之网。罗蒂早期在分析哲学领域从事研究多年,分析哲学,尤其是语言哲学为他提供了哲学研究的方法。罗蒂在《哲学和自然之镜》中对传统认识论进行彻底批判的过程中,运用的仍是维特根斯坦式的严格的论证方法。作为英美等英语国家的主流哲学,分析哲学在其后期开始实用主义化,塞拉斯(Wilfred Sellars)、蒯因和布兰顿(Robert Brandom)被认为是兼跨分析哲学与实用主义哲学的后分析实用主义哲学家,"维特根斯坦—塞拉斯—蒯因—戴维森(Donald Davidson)"被罗蒂归为分析哲学中的实用主义阵营。

(一)维特根斯坦的"语言游戏"和"家族相似"理论对罗蒂的启示

在分析哲学领域对罗蒂产生长期影响的首推后期维特根斯坦哲学及其日常语言哲学。在罗蒂那里,分析哲学等同于语言哲学,二者经常交替使用。罗蒂将维特根斯坦视为"语言哲学内部的实用主义者",公开坦承维氏对他本人起着重要的影响。罗蒂最早接触维特根斯坦的著作是20世纪50年代末期在韦尔斯利学院任教期间,维特根斯坦的《哲学研究》使他从赖欣巴哈的实证主义中如释重负地解脱出来。

以至于到普林斯顿大学之后的大约10年中,罗蒂始终在当代分析哲学的框架之中研究维特根斯坦和塞拉斯。维特根斯坦以《哲学研究》为代表的后期哲学与以《逻辑哲学论》为代表的前期哲学可以说是完全不同的两种哲学,如果说《逻辑哲学论》是反形而上学的逻辑主义经典,那么《哲学研究》中对形而上学的反对则更加激进和彻底。

维氏后期日常语言哲学思想中的"语言游戏"理论和"家族相似"概念对罗蒂的后哲学文化——亦即诗学文化、文学文化——产生了重要的影响。与形而上学家提供终极语汇的哲学文化不同,在罗蒂的文学文化中,则是诗人充当我们信念的终极语汇的提供者。[1]甚至有学者把维特根斯坦关于哲学性质和作用的思想追溯为罗蒂独崇文学的后哲学文化的源头,认为维特根斯坦对哲学的现代反省与罗蒂的后哲学如出一辙,因此维氏开创了一种后哲学的文化。[2]

罗蒂从维特根斯坦那里汲取的思想养料首先在于"语言游戏"理论启迪他对"偶然性"予以重视。维氏倡导哲学中的语言学转向,把一切哲学问题归结为语言的问题,即概念、范畴和命题的"语言游戏"。维氏后期哲学中极力避免就任何名词或概念给出明确的定义,对"语言游戏"的理解则只能通过一系列的细节描述来实现。

总的来说,维特根斯坦"把语言和那些与语言交织在一起的活动所组成的整体称为'语言游戏'"[3],以此推翻他本人早期创立的"语言图像论"和"不可言说理论"。语言游戏一词不是为了表明一种玩世不恭的态度,而是旨在强调"语言的说出是一种活动的组成部分,或者是一种生活形式的组成部分"[4],语言游戏构成语言命题和生活形式的主要内容。一个词语或者概念的意义存在于它在日常语

---

[1] Gayle L. Ormiston and Raphael Sassower, "From Marx's Politics to Rorty's Poetics: Shifts in the Critique of Metaphysics", *Man and World*, Vol. 26, 1993, pp. 63–82.

[2] 江怡:《维特根斯坦:一种后哲学文化》,《哲学动态》1992年第12期。

[3] [奥]维特根斯坦著,G. E. M. Anscombe等编:《维特根斯坦全集》第8卷《哲学研究》,涂纪亮译,河北教育出版社2003年版,第10页。

[4] [奥]维特根斯坦著,G. E. M. Anscombe等编:《维特根斯坦全集》第8卷《哲学研究》,涂纪亮译,河北教育出版社2003年版,第19页。

言中的使用，而不是通过它所一一对应的对象获得意义。不同的生活形式、不同的语言活动之间并没有等级高低、种类优劣之分，没有谁可以取代谁，无所谓谁比谁更重要，因此充满随意性和不确定性。

罗蒂在维特根斯坦"语言游戏"精神的启示下，从承认我们所使用的语言的偶然性、随意性和开放性进一步发展到承认知识和真理的偶然性，以游戏意味的偶然性解释科学的划界问题和科学方法的成功，打破文化中不同学科之间的优劣等级区分，为科学文化、人文文化分配同等的权重，从而为文学的合理性争得立足之地。

从罗蒂对知识本质和形而上学基础的反叛态度中，也可窥见维氏语言游戏理论的影响。语言游戏理论与维特根斯坦前期哲学的显著不同在于用一种相对随意和普通的"日常语言"代替了客观化、逻辑性的"理想语言"，由语言的理论研究转向经验研究，甚至是语言行为问题的研究，注重考察语言在实际经验中的具体运用。"理想语言"是弗雷格（Friedrich L. G. Frege）、罗素（Bertrand Russell）和前期维特根斯坦追求的目标，这一目标可以作为对 19 世纪语言学家洪堡（Wilhelm von Humboldt）"完美语言"概念的传承。① 理想语言学派运用逻辑手段分析语言的逻辑句法，把具有完美逻辑结构的理想语言之中的逻辑之美当作哲学研究的重心，以理想语言构建他们的世界图景。

后期维特根斯坦主张"我们要把词从它们的形而上学用法带回到它们的日常用法上来"②，转而重视日常生活中所使用的自然语言。日常语言是社会实践的产物，结构杂乱、功能多样，没有任何固定的模式，日常语言学派着力对日常语言及其用法进行完善，不再关注语言背后统一的逻辑或本质。同样，罗蒂对事物的恒定本质和认识的基础框架之说深恶痛绝，认为语汇的运用是科学成功的原因，

---

① 涂纪亮：《维特根斯坦后期哲学思想研究》，武汉大学出版社 2007 年版，第 86 页。

② ［奥］维特根斯坦著，G. E. M. Anscombe 等编：《维特根斯坦全集》第 8 卷《哲学研究》，涂纪亮译，河北教育出版社 2003 年版，第 68 页。

科学的语汇也只是"恰巧在预测与控制自然方面卓有成效"而已。

维特根斯坦在探讨语言的本质、游戏的本质过程中提出其后期哲学的另一核心概念——"家族相似"。"家族相似"概念可以描述各种语言之间、语言游戏之间或者游戏之间既有许多相似之处,又没有完全共同之处的关系。维特根斯坦说:"我想不出比'家族相似'更好的词来表达这些相似之处的特征;因为家庭成员之间各种各样的相似之处,如身材、样貌、眼睛的颜色、步态、性情等等,也以同样的方式重叠和交叉。"[①]

家族相似性理论包含三个要点:首先,在同一个家族中,一个家庭成员与另一个总有一定的相似之处;其次,一个家族成员与另一个成员之间的相似之处,不一定是他与其他成员之间的相似之处;再次,或多或少的各种相似之处存在于家族成员之间,但是没有任何一个相似之处是成员之间所共有的。[②]"家族相似"概念描述语言、游戏、活动的相似性关系,同时打破单个事物之中的"共同性"和"本质"的说法,否认"普遍性"和"一般性"统摄下事物所共有的特点。维特根斯坦后期哲学中对传统哲学家追求普遍性的批驳集中体现了他对本质性结构存在的否定。

罗蒂跟从维氏,认为语言和世界没有所谓的本质,因此无须醉心于揭示构成我们的世界的现象的本质,哲学也不必延循柏拉图以来对本质的寻求。这种反本质主义思想构成了罗蒂反对文学本质论的重要底色。按照罗蒂的说法,关于后期的维特根斯坦,有一件令人非常愉快的事,那就是"揭穿了语言有真实结构的观点,揭穿了语言有能够被理解的本质的观点"[③]。罗蒂的新实用主义哲学吸纳

[①] [奥]维特根斯坦著,G. E. M. Anscombe 等编:《维特根斯坦全集》第 8 卷《哲学研究》,涂纪亮译,河北教育出版社 2003 年版,第 47 页。

[②] 舒炜光:《维特根斯坦哲学述评》,生活·读书·新知三联书店 1982 年版,第 338 页。

[③] [美]理查德·罗蒂:《哲学、文学和政治》,黄宗英等译,上海译文出版社 2009 年版,第 241 页。

"语言游戏"和"家族相似"的思想，用以批驳传统的本质主义意义上的哲学观，这也直接导致他后来旗帜鲜明地"抹掉哲学与文学的界限"，将哲学视为一种文学形式。①

另外，罗蒂对文学研究方法的理解也得益于维特根斯坦别出心裁的哲学研究方法带来的启示。维氏主张应当将哲学方法与科学方法区分开来，避免在哲学研究中遵循科学研究的方法。自然科学的数理逻辑、定理论证不适合哲学研究，哲学中他提倡使用语言分析和描述的方法，同时他认为并不存在确定的或唯一正确的哲学方法。如维特根斯坦所言，"并非只有一种哲学方法，而是的确有许多种方法，正如有许多种医疗法一样"②。

在维特根斯坦的影响下，罗蒂坚决反对科学方法在哲学、文学等人文学科领域中所占有的支配地位。他建议将包括科学在内的诸学科当作文学的不同样式，认为各个学科有其所适用的不同研究方法，应当得到同样的尊重。以此抵御文学研究在客观性、精确性方面遭受的攻评，将合理性赋予依赖描述性语言并以哲学理论为依傍的当代文学批评。

（二）蒯因的"整体主义知识观"对罗蒂的影响

罗蒂的新实用主义文学思想从分析哲学中汲取的养分还来自美国实用主义分析哲学家蒯因。如果说罗蒂从后期维特根斯坦那里主要传承了一种反本质主义的精神，那么蒯因与罗蒂的交集则主要在于"整体主义知识观"。与原子主义把"概念"和"意义"孤立于社会实践和历史之外，以使哲学科学化的做法赫然对立，后期维特根斯坦从对"概念""意义"的追问转向对"使用"的探究也体现出一

---

① 蒋劲松:《从自然之镜到信念之网——罗蒂哲学述评》，湖南教育出版社1998年版，第164页。

② [奥]维特根斯坦著，G. E. M. Anscombe等编:《维特根斯坦全集》第8卷《哲学研究》，涂纪亮译，河北教育出版社2003年版，第73页。

种整体论倾向。但是蒯因的整体论学说显然更加成熟、完善和彻底，对罗蒂将自然科学与人文科学融为一体的文学文化思想产生了重要的影响。

蒯因在1951年那篇著名的《经验论的两个教条》中指出，现代经验论有两个教条：一是"相信在分析的、或以意义为根据而不依赖于事实的真理与综合的、或以事实为根据的真理之间有根本的区别"；二是"相信每一个有意义的陈述都等值于某种以指称直接经验的名词为基础的逻辑构造"。① 他对这两个教条展开了强烈批判。首先，在先天分析命题与后天综合命题之间做出区分的观念肇始于休谟（David Hume）对"观念间关系的知识"和"事实知识"的区分，蒯因认为所谓不以事实为依据的分析真理，根本无法真正摆脱经验事实进行先天分析陈述，因此在二者之间划出绝对的界限是缺乏根据的。其次，现实实施过程中，逻辑实证主义者借助第二个教条来区分分析陈述和综合陈述，即利用"意义证成说"——"一个陈述的意义就是在经验上验证它或否证它的方法。一个分析陈述就是不管什么情况下都得到验证的那个极限情形"②。蒯因以一种整体主义态度坚决反对第二个教条中激进的还原论。他认为此项经验实证原则事实上是把科学体系分解为个体的、孤立的知识单位来加以经验验证，然而"我们关于外界的陈述不是个别地，而是仅仅作为一个整体来面对感觉经验的法庭的"③，对科学知识中的个别陈述进行脱离整体的单独探讨便会误入歧途。整个科学体系才是经验意义的有效单位，实证主义的还原论与整体主义的知识观可谓背道而驰。

蒯因关于科学知识的整体主义观点与法国科学家、哲学家迪昂

---

① ［美］威拉德·蒯因：《从逻辑的观点看》，江天骥、宋文淦、张家龙等译，上海译文出版社1987年版，第19页。
② ［美］威拉德·蒯因：《从逻辑的观点看》，江天骥、宋文淦、张家龙等译，上海译文出版社1987年版，第35页。
③ ［美］威拉德·蒯因：《从逻辑的观点看》，江天骥、宋文淦、张家龙等译，上海译文出版社1987年版，第39页。

(Pierre Duhem)和奥地利逻辑实证主义科学哲学家纽拉特（Otto Neurath）的科学整体论一脉相承，共同被称作"迪昂—纽拉特—蒯因论题"。1894年，迪昂在物理学领域通过对实验和理论本性的分析提出他的科学整体论理论："理论描述的完整系统"与"观察资料的完整系统""必须被包括在它们的整体中"，"把理论的孤立推论与孤立的实验事实比较是不可能的"[①]。纽拉特吸纳迪昂的整体论思想，并进一步提出"把决然确立的纯粹记录语句作为科学的出发点是办不到的"，即知识并无稳固的经验基础。科学知识被他比喻成漂浮在海面的航船，"我们象水手一样必须在大海上修复船只，而绝不可能在干船坞中拆卸并用最好的材料修复它"[②]。蒯因对纽拉特这一整体论比喻赞赏有加，他在迪昂与纽拉特思想的基础上将整体论全面发扬。相比而言，迪昂的整体指涉科学领域中某一学科的整体，例如物理学，而蒯因的整体则拓展至整个自然科学甚至人文科学领域，包括从"地理学和历史的最偶然的事件到原子物理学甚至纯数学和逻辑的最深刻的规律"[③]。

在蒯因那里，整个知识或信念体系是一个连续的统一体，不应该抽离整体、抛开与其他陈述的关系去对个别句子进行单独的经验考察，对真理或知识的考察永远是在一个完整的信息网络之中完成的。任何一个单独陈述受到挑战都会牵动整个体系，如果"在系统的其他部分作出足够剧烈的调整"，那么"在任何情况下任何陈述都可以认为是真的"。[④] 因此，始终能被确证的分析陈述和有效性视经验而定的综合陈述之间的界限也就自然瓦解了。通过整体论对还原

---

① 转引自李醒民《从理论整体论到意义整体论》，《湖南社会科学》2003年第5期。

② [奥]纽拉特：《记录语句》，岳长龄译，载洪汉鼎编《现代西方哲学论著选集》，商务印书馆1993年版，第557—567页。

③ [美]威拉德·蒯因：《从逻辑的观点看》，江天骥、宋文淦、张家龙等译，上海译文出版社1987年版，第40页。

④ [美]威拉德·蒯因：《从逻辑的观点看》，江天骥、宋文淦、张家龙等译，上海译文出版社1987年版，第40页。

论的驳斥，蒯因同时解决了分析—综合二分的问题。这种整体论知识观昭示出蒯因对科学理论所持有的态度：科学理论具有可错性。在蒯因那里，科学理论不是被人们发现的恒定不变的客观真理，而是一系列被发明的人工编织物。随着科学的发展进步，科学理论需要不断地做出调整和修订，以保证科学之网作为整体的有效性和完整性。

正是由于蒯因对经验主义教条的批判，使他被当作实用主义化的分析哲学家。也可以理解为，蒯因的"科学整体论"的一个后果就是转向实用主义。蒯因认为，分析与综合陈述之间的区别不是绝对的，他一向极力主张"这个差别只是程度上的差别，它取决于我们宁可调整科学织造物的这一股绳而非另一股以适应某些特定的顽强的经验这个模糊的实用倾向"①。在蒯因看来，卡尔纳普、刘易斯(C. I. Lewis)等在选择语言形式、科学结构的问题上采取的也是一种实用主义的立场，但是他们"在分析的和综合的之间的想象的分界线上停止了"，蒯因自己则因为对这条分界线的否定而"赞成一种更为彻底的实用主义"。蒯因表示，"每个人都被给予一份科学遗产，加上感官刺激的不断的袭击；在修改他的科学遗产以便适合于他的不断的感觉提示时，给他以指导的那些考虑凡属合理的，都是实用的"②。当蒯因就如何理解科学做出上述阐释时，罗蒂与他所表露的实用主义倾向便气质相投了。

罗蒂继承了蒯因对科学知识整体之网的实用主义诠释，他也不赞成在科学与客观真理之间画上等号，并将科学当作人与人之间协议的产物，③反对传统科学哲学为论证永恒的知识、真理与自然科学之间紧密的关系所做的努力。不仅如此，罗蒂还强烈主张将人文科

---

① [美]威拉德·蒯因：《从逻辑的观点看》，江天骥、宋文淦、张家龙等译，上海译文出版社1987年版，第43页。
② [美]威拉德·蒯因：《从逻辑的观点看》，江天骥、宋文淦、张家龙等译，上海译文出版社1987年版，第43页。
③ Richard Rorty, *Objectivity*, *Relativism and Truth*, Cambridge: Cambridge University Press, 1991, p. 39.

学、社会科学共同织入知识的整体之网,而非单独凸显自然科学的知识性、真理性。罗蒂一直企图"能使塞拉斯和蒯因对传统经验论的批评普遍化和扩大化"①,他对科学所秉持的态度是对蒯因整体主义观点的进一步延伸,尽管罗蒂并未跟从蒯因在论证科学与哲学之间不存在分界线之后进一步认为科学可以占领哲学、科学哲学即是全部哲学的观点。②罗蒂对蒯因整体主义知识论的批判性借鉴,其实质意图在于消解科学的文化中心地位,是对科学的"去中心化"。他将科学作为众文化样态整体中的一种,反对把科学同哲学、文学、伦理学、艺术等非科学文化割裂开来,使其作为表象真理的知识独享特殊的认识论地位。按照罗蒂的理解,放弃在知识与意见之间进行区分,"接受蒯因的整体论,我们就不会力图使'科学的整体'从'文化的整体'中区分开来了,而将把我们所有的信念和愿望看作是同一个蒯因式的网络的一部分"③。自然科学同人文科学、社会科学共同编织人类的知识之网,各种主张与陈述在这个整体性框架之中互相协调。显然,蒯因整体主义思想观照下的科学知识观在罗蒂看来已然成为质疑科学与非科学之间划界问题的雏形。

当然,罗蒂对蒯因整体论知识观的继承并不彻底,二者之间主要存在着两点显著区别。首先,罗蒂不赞同蒯因以科学占领全部哲学。另外,蒯因对经验论教条的批判旨在对其进行改进和完善,并没有彻底抛弃认识论;罗蒂对蒯因的"普遍化和扩大化"则是出于使哲学"彻底离弃认识论,离弃对确定性、结构和严格性的追求,以及离弃使自身成为理性法庭的企图"④。其目的不是在航程行进中

---

① [美]理查德·罗蒂:《哲学和自然之镜》,李幼蒸译,商务印书馆2012年版,第15—16页。
② 张文华:《论蒯因自然化的认识论及其对罗蒂的影响》,《国外理论动态》2008年第10期。
③ [美]理查德·罗蒂:《后哲学文化》,黄勇译,上海译文出版社2009年版,第54—55页。
④ [美]理查德·罗蒂:《哲学和自然之镜》,李幼蒸译,商务印书馆2012年版,第184页。

修缮认识论之船，而是彻底抛弃传统认识论。

罗蒂认为的整体论是这样一个观点：人们改变自己的信条，以和所信奉的其他信条保持一致，竭力使他们的信条和欲望达到某种平衡，这就是所谓的探求知识。为了容纳其他信条，一个人需要牺牲哪些信条或者为了接纳改变了的信条去改变哪些欲望，这些都没有统一的规律可循，也没有可供选择的研究方法来帮助改善人们获得平衡的方式。因为改变的过程是整体性的，所以研究信条是如何改变的这样的想法既没有什么成功的希望，也不能作为适当的研究话题。当有人质疑罗蒂：某种程度上来看，是否整体思考就是文学的？罗蒂予以坚决的否认，他不把整体思考限制在一个特定的语境或学科内。整体的思考也可以理解为富于想象的思考，在这一层意义上，科学家、政客、神学家、工程师和文学家都一样，都在充满想象地思考。罗蒂明确地强调，"说它是文学的将会不适当地给文学赋予特权"①，这一点能够很好地支撑本书第四章第二节有关文学文化地位的观点，澄清罗蒂罢黜哲学文化、科学文化是为了将文学文化推上神坛的误解，具体可参见该章节。

二 大陆哲学家尼采和海德格尔

"尼采—海德格尔—德里达"是罗蒂文学思想来源的第二条主线。罗蒂在普林斯顿大学后期，开始教授尼采和海德格尔的哲学，②并在同一时期发表有关德里达的两篇论文③。罗蒂对二元方法论的拒斥开始于尼采：由尼采开始的一条思想路线经过海德格尔一直延伸

---

① [美]理查德·罗蒂：《哲学、文学和政治》，黄宗英等译，上海译文出版社2009年版，第213—214页。

② [美]理查德·罗蒂：《后哲学文化》，黄勇译，上海译文出版社2009年版，第261页。

③ 即"Derrida on Language, Being, and Abnormal Philosophy", *Journal of Philosophy*, Vol. 74, No. 11, 1977, pp. 673-681 与 "Philosophy as a Kind of Writing: An Essay on Derrida", *New Literary History*, Vol. 10, No. 1, 1978, pp. 141-160。

到德里达和福柯（Michel Foucault）。

这条路线的"特征就是越来越激进地拒斥柏拉图主义，即西方从柏拉图那里继承下来并一直支配着欧洲思想的从事哲学区分的机制"[①]。因此还需从以尼采和海德格尔为代表的欧洲大陆哲学这条线索中探寻罗蒂文学理论最值得依傍的思想资源。有"德国的实用主义者"之称的尼采对西方理性主义传统的批判、他的"视角主义"理论和海德格尔的诗意哲学都对罗蒂新实用主义哲学和文学思想的产生和形成起到了重要的影响。

（一）尼采的准实用主义与罗蒂的共鸣

学界在尼采和实用主义、罗蒂之间找到了不少共同之处。一方面，早在1911年，法国学者贝尔德洛（Benê Berthelot）就在名为《功利的浪漫主义：实用主义运动研究》的著作中论述詹姆斯、杜威、尼采等哲学家的观点之间惊人的相似性，他甚至把尼采称为"德国的实用主义者"[②]。在《快乐的科学》中，尼采提出："我们根本没有探求认识和'真理'的专门器官；我们只要'知道'对凡人大众有用的东西就行了。"[③] 这种"有用即真理"的实用主义态度同美国实用主义者如出一辙。亚瑟·丹托（Arthur C. Danto）在《作为哲学家的尼采》一书中也对尼采持有实用主义真理理论的观点表示认同，他认为尼采提出了实用主义的真理标准——有用即是真，这种极富实用主义意味的真理观与罗蒂和维特根斯坦不谋而合。[④] 另一方面，由于罗蒂对自笛卡尔（René Descartes）以来西方哲学传统的大

[①] [美]理查德·罗蒂:《后哲学文化》，黄勇译，上海译文出版社2009年版，第93页。

[②] [美]理查德·罗蒂:《文化政治哲学》，张国清译，北京大学出版社2011年版，第31页。

[③] Friedrich Nietzsche, *The Gay Science*, Bernard Williams Eds., Cambridge: Cambridge University Press, 2001, p. 214.

[④] Arthur C. Danto, *Nietzsche as Philosopher: Expanded Edition*, New York: Columbia University Press, 2005, p. 227.

胆反叛,他的哲学被称为"新尼采哲学"①(neo-Nietzschean philosophy),他本人也被称为"美国的尼采"②。

尼采与以詹姆斯、杜威、罗蒂为代表的美国实用主义哲学家之间,除了在对待民主的态度以及对待宗教的态度这两方面有着显著的差异之外,存在着广泛的志趣相投之处。罗蒂也非常乐于将尼采与他本人所代表的实用主义相提并论,③他相信"实用主义和尼采都建议我们放弃那种普遍的、非历史的、作为基础的哲学知识的理想"④。罗蒂反对认识论基础主义的哲学基调在尼采那里得到了强烈的共鸣。罗蒂曾经断言,在尼采的《偶像的黄昏》与詹姆斯的《实用主义》中都展露出 20 世纪以降西方哲学摒弃现象和实在之分的努力。"实用主义"一词,甚至被罗蒂用来表示"那些为尼采和威廉·詹姆斯共同主张的有关真理、知识和理性的看法"⑤。

另外,他把尼采对于欧洲知识分子的作用等同于詹姆斯和杜威在美国的作用,因为尼采同美国实用主义者一样反笛卡尔主义,反表象主义和本质主义。⑥ 尼采被认为最早开启了对以柏拉图的世界二分模式为特征的传统形而上学的全面批判。⑦

罗蒂沿袭了尼采对西方理性主义传统的批判。尼采的反理性主义思想早在 1872 年《悲剧的诞生》中就有所崭露,书中批判与埃斯

---

① Roy Bhaskar, *Philosophy and the Idea of Freedom*, New York: Routledge, 2011, pp. vii - xvii.

② Robert B. Westbrook, *John Dewey and American Democracy*, Ithaca: Cornell University Press, 1991, p. 539.

③ Jason M. Boffetti, "Rorty's Nietzschean Pragmatism: A Jamesian Response", *The Review of Politics*, Vol. 66, No. 4, 2004, pp. 605 - 631.

④ [美]理查德·罗蒂:《后哲学文化》,黄勇译,上海译文出版社 2009 年版,第 23 页。

⑤ [美]理查德·罗蒂:《实用主义哲学》,林南译,上海译文出版社 2009 年版,第 116 页。

⑥ Richard Rorty, *Essays on Heidegger and Others*, Cambridge: Cambridge University Press, 1991.

⑦ 周国平:《尼采与形而上学》,译林出版社 2012 年版,第 1 页。

库罗斯（Aeschylus）、索福克勒斯（Sophocles）并称为古希腊三大悲剧诗人的欧里匹德斯（Oulipidesi）是毁掉希腊悲剧的罪魁祸首。因为他太强调必然性、确定性和真理性，以致忽略了诗和美的激情，把悲剧变成了理性、客观的认识过程。

在尼采看来，悲剧的衰落也预示着西方唯理性主义文化的命运。尼采对理性主义的批判诉诸酒神，酒神狄奥尼修斯代表"情感""运动""意志"，而日神阿波罗代表着"理智""静观""光明"。酒神精神反映的是人的原型，其中所表现的感性归根结底制约着理性的知识，理性最终服务于感性。尼采"上帝已死"的宣告是对先验规范、绝对真理的宣判，理性世界被颠覆，无序和混沌的虚无主义时代即将到来。

尼采鄙斥的"理性"是一个宽泛的概念，它打破英国的经验论和大陆的唯理论的分野，将二者兼容并包，泛指人类指导生活所依赖的逻辑推理。这种强调逻辑范畴的理性以科学为代表，在近代屡屡吹响胜利的号角。罗蒂也否定"理性主义"意义上的单纯"理性"，他将"理性"细分为三种，鼓励以代表与人和谐相处能力的"理性Ⅲ"取代与知识、真理、科学相匹配的"理性Ⅱ"，去除传统理性所附带的高贵的等级性。

罗蒂从尼采哲学思想中受到的影响从尼采的"视角主义"（perspectivism）认识理论可见一斑。视角主义亦即透视主义，按照尼采的解释，"只要'认识'一词竟是有意义的，则世界就是可认识的：但世界是可以不同地解说的，它没有什么隐含的意义，而是具有无数的意义，此即'透视主义'"①。哲学中的视角主义认为，"存在着多种可供选择和互不等同的概念体系或假设体系，在各自的体系里都能理解世界，因为不存在权威的客观的选择方法"②。

20世纪下半叶，尼采视角主义理论的价值逐渐得到学界的关注，

---

① ［德］尼采：《权力意志》，孙周兴译，商务印书馆2007年版，第362—363页。
② 王治河主编：《后现代主义辞典》，中央编译出版社2005年版，第568页。

成为继他的权力意志、超人、价值重估、永恒轮回、虚无主义五大命题之后的又一哲学命题。视角主义代表一种多元认识论,认为在某种理论之下,只有视角的不同;没有唯一。认识即解释,世界的价值存在于人们的多元解释之中。罗蒂深得尼采视角主义的精髓,他坚决抛弃西方传统哲学的镜喻认识论,反对表象与实在一对一的映射关系。对现实世界的认识不是一元的、终极的、绝对的,而是依据不同的理论可以从不同的视角把握知识。

尼采的视角主义真理观认为所有的真理都是相对于透视视角的真理,[①] 因此是暂时性的、局部性的,依赖于情境以及认识者所处的语境。真理就是一群动态的隐喻、转喻以及拟人法,是一些已经被诗意地、修辞地强化、转换或者修饰的人类关系。在尼采眼中,真理是为人所用的"谬论",不是传统形而上学奉若神明的普遍概念。

尼采视角主义立场下的真理观与实用主义的真理观存在着颇为明显的相似性,即注重"实用性"。罗蒂把尼采奉为公然呼吁抛弃整个"认识真理"这种想法的第一人。[②] 值得注意的是,尼采并不否定真理的存在,而是反对与人无关的"绝对真理"。在他看来,真理是以复数形式示人的,不存在唯一正确的真理,所谓真理都是从某个具体的角度出发的解释。那么,科学也不是阐发真理的唯一视角,同时科学不能也不应当寻求唯一的绝对真理,只能接近暂时的真理。当科学主义夸大科学的作用,把科学作为揭示真理的独一视角,便走向了绝对主义的歧途。罗蒂哲学中也保留了"真理",他将"真"界定为一种赞词,认可对话和协商达成的真理,否认永恒、客观真理的存在。

罗蒂彻底继承了尼采对科学文化中心地位的否定和对文学的钟

---

① 高阳、郝苑:《尼采透视主义的真理观》,载孟建伟、郝苑编《科学文化前沿探索》,科学出版社 2013 年版,第 66—74 页。

② Richard Rorty, *Contingency, Irony and Solidarity*, Cambridge: Cambridge University Press, 1989, p. 27.

情。在对待科学的态度上,尼采主张"人类首先罢黜宗教,然后罢黜科学"①。自苏格拉底以降,人类对知识与理性的渴求泛滥成灾,近代科学技术的飞速发展加剧了这种热望。尼采悲观地预言科学的未来,他写道:"科学受其强烈妄想的鼓舞,无可抑制地向其界限奔去,而到了这个界限,它那隐藏在逻辑本质中的乐观主义便破碎了。"②

在反对本质、反对理性的哲学基础上,尼采对科学的消极否定态度也就不足为奇。他早已敏锐地嗅出极端科学主义潜在的危险,把科学讽喻为悲剧的俄狄浦斯(Oedipus):"解开了自然之谜的人,必定是杀父娶母、瓦解了神圣的自然秩序的人"③,以此警示对科学的盲目崇拜可能会使人们陷入俄狄浦斯的困境。尼采把科学精神的实质归结为功利主义和浅薄的乐观主义,科学精神旨在使人类的物质利益增加,其恶性发展的后果是现代人将丧失人性的根基、灵魂空虚、无家可归,甚至惶惶不可终日。

必须指出的是,尼采绝不否认科学本身的价值,也不抹杀科学在人类社会所起的积极作用,他反对的是过分夸大科学,用科学来指导其他学科、统御人生。罗蒂对待科学的态度与尼采如出一辙,他对文学文化的构建理路也正是围绕着号召人们摆脱对科学文化的崇拜、提升对人文科学的重视来展开的。

罗蒂像尼采一样,热衷于文学、艺术。尼采反对康德(Emanuel Kant)和黑格尔(Georg W. F. Hegel),想用文学取代科学来作为文化的中心,他站在反对科学主义的立场上,从文学、艺术、文化中寻求热情。④ 在《悲剧的诞生》中,尼采早已把科学与宗教归类为艺

---

① [德]尼采:《哲学与真理》,田立年译,上海社会科学院出版社1993年版,第58页。
② [德]尼采:《悲剧的诞生》,孙周兴译,商务印书馆2012年版,第113页。
③ [德]卡尔·雅斯贝尔斯:《尼采其人其说》,鲁路译,社会科学文献出版社2001年版,第239页。
④ 郝苑:《快乐的科学——论尼采的科学哲学》,《自然辩证法研究》2013年第8期。

术的一种，和形而上学、道德一并作为同真理抗争的产物，统摄于广义的"艺术"概念之下。他主张将艺术、生命、科学相结合："用艺术家的透镜看科学，而用生命的透镜看艺术。"① 对尼采而言，科学像其他艺术形态一样，需要的不是培根所谓的"发现"，而是"创造"和"发明"。我们不应当将种种新的科学理论视为对"实在"的真实表象，而应视作"诗意的成就"②。

罗蒂追随尼采，试图用崇尚文艺、文学来取代近代以哲学或自然科学作为文化中心的思路，这实际上是一种力图从根本上否定寻求某一学科为文化中心的努力，因为文学本身的开放、多元、包容等特点早已预设了文学的"去中心性"。

（二）海德格尔的诗意哲学对罗蒂的影响

对罗蒂文学观，乃至罗蒂整体哲学思想产生重要影响的另一位欧洲大陆哲学家当数海德格尔。罗蒂曾打算写一部研究海德格尔的专著，尽管没能写成，但是1991年出版的论文集依然以"海德格尔及他人研究文集"为题。罗蒂的其他著作中也不乏对海德格尔进行的专题研究，他甚至宣称："如果不阅读海德格尔，我们是无法撰写20世纪的思想史的。"③ 足见海德格尔对罗蒂影响至深。

在20世纪30年代至40年代，海德格尔的哲学思考形成了两个重心：一方面他延续尼采对西方形而上学历史的探讨和解构，关注形而上学与近现代科学技术的关系；另一方面则是深入研究艺术和以诗歌为代表的语言的本性。海德格尔继尼采之后彻底终结了传统

---

① ［德］尼采：《悲剧的诞生》，孙周兴译，商务印书馆2012年版，第5—6页。
② ［美］理查德·罗蒂：《实用主义哲学》，林南译，上海译文出版社2009年版，第33页。
③ Richard Rorty and Michael O'Shea, "Toward a Post-metaphysical Culture", in S. Phineas Upham ed., *Philosophers in Conversation: Interviews from the Harvard Review of Philosophy*, New York: Routledge, 2002, pp. 73-80.

形而上学，他把传统形而上学的问题归结为将存在者与存在相混淆，认为西方哲学一直以来始终思考的是"存在之为存在者"的问题。海德格尔生存论意义上的"存在"(being)不是可被自然科学的实验技术方法明确监测的物理实在，而是一种非自然的实在，它是个最普遍的概念，然而也因此无法给出确切的定义，任何可定义的都是存在者而不是存在。"我们不知道'存在'说的是什么，然而当我们问道'"存在"是什么？'时，我们已经栖身在对'是'〔'在'〕的某种领会之中了，尽管我们还不能从概念上确定这个'是'究竟意味着什么。"① 海氏所建构的存在主义哲学把哲学研究的核心从对一些原理和概念的操作转向对生命本身的探讨，即对人（此在）的存在的生存论分析。海德格尔以尼采的思想为主要线索，在尼采的基础上追溯和检讨西方形而上学的历史，进一步颂扬文学在文化中的重要地位。罗蒂的"文学文化救赎"② 观念是对上述思想进行的深入阐发。

罗蒂反对真理符合论的观点中有海德格尔的痕迹。海德格尔用他的诗意哲学来说明对实在做出先验的分割是极不合理的，质疑符合论的真理理论。首先，海氏主张打破传统认识论中主客二分的认识模式，认定此在在世界之中的存在是此在源始的存在方式。他写道，"此在与世界源始地就是'一'，世界之为世界正由于此在在，此在之为此在乃由于它总已经在世界之中"③，即此在与世界本身浑然一体，此在总是已然在世的存在。因此认识不再是主体超越自身达到客体，认识无须与其对象相符合。其次，海德格尔把真理还原到此在在世的生存之中，强调真理同此在的存在紧密相连。此在一

---

① ［德］马丁·海德格尔：《存在与时间》，陈嘉映、王庆节译，生活·读书·新知三联书店2013年版，第7页。

② ［美］理查德·罗蒂：《哲学、文学和政治》，黄宗英等译，上海译文出版社2009年版，第101—107页。

③ 孙周兴：《说不可说之神秘——海德格尔后期思想研究》，生活·读书·新知三联书店1994年版，第28页。

向已经存在于真理和不真之中，真理则是"此在的展开状态"和揭示活动。真理是存在者的无蔽状态，真理即"去蔽"。真理依赖于此在而存在，唯当此在存在，才有真理的存在，存在者才是被展开和被揭示的。无论是此在根本不在之前，或是此在根本不在以后，任何真理都不能存在，因为在那时真理"不能作为开展状态和揭示活动或被揭示状态来在"①。罗蒂也同海氏一样反对真理符合论，反对主客二分的方法论，但是他将"真"视为有用，对真理做出了更为实用主义的理解。

罗蒂受海德格尔影响，将科学作为诸多知识中的一种。海德格尔对科学的理解从他的存在论视域出发，他把自然科学看作对此在源始存在的意义的遮蔽，认为科学对存在本身避而不谈，主张对科学进行反思。科学只是此在在世的丰富多样的存在方式中的一种，并不能揭示此在的所有存在。科学知识预设了以人为代表的主体和被表象的客体之间的二元对立，把世界的整体一分为二。罗蒂也将科学化解为文化整体中的一种，同时他认为海德格尔虽然同胡塞尔（Edmund Husserl）一样深刻意识到科学这种实用文化的危险性，但是海氏的学说实际上更近似于他的哲学英雄杜威。

在罗蒂的眼中，海德格尔与他的哲学英雄杜威有着极大的相似性。第一，二者都坚持认为清除那些有碍我们幸福和愉快的东西，而不是发现实在的正确的表象才是科学的最佳功能。第二，两人都将哲学的目标视为"重获清白，剥去我们时代的文化"。第三，他们都强调诗歌与哲学之间的联系，认为两者都发生于沉思和行动尚未产生区分的地方：杜威期望哲学能够像阿诺德（Matthew Arnold）的"生命批判"一样和诗歌结合在一起，海德格尔评价只有在诗与哲学中，诸存在者才与存在而不是与其他存在者相关联，所以只有

---

① ［德］马丁·海德格尔：《存在与时间》，陈嘉映、王庆节译，生活·读书·新知三联书店 2013 年版，第 256—260 页。

诗才与哲学处于同等的秩序之中。[①] 以海德格尔和杜威为代表的实用主义者都给予诗人和思想家很高的地位,把他们视为真正的"社会世界的未被承认的立法者"[②]。第四,杜威与海德格尔都痛恨那种认为诗会为我们提供与科学中发现的"事实"相对立的种种"价值"的观念,他们认为"事实—价值"二分的做法同"主体—客体"二分一样危险。罗蒂承继了杜威和海德格尔对诗的重视,并将诗的概念拓展到涵盖绘画、建筑、歌曲等一切人类创造力产物的泛文学文化,竭尽所能地赞美想象力开创的各种可能,而不是理性、客观性带来的实在或真理。

三 实用主义哲学家詹姆斯和杜威

罗蒂的实用主义渊源有目共睹,他的文学文化思想受到以詹姆斯和杜威为代表的古典实用主义传统的影响。简而言之,詹姆斯的人文主义宗教观与真理观启迪罗蒂协调科学与人文之间的关系,重视真理的人性维度;同时,罗蒂在抛弃杜威对科学方法和经验理论的重视的条件下,也继承了后者对形而上学的批判和工具主义文学观。通过对美国古典实用主义传统的简要回顾不难发现,美国实用主义哲学研究的重要课题之一就是科学与文学、政治、艺术等其他文化之间的关系问题。

回望实用主义的发展进程,可以发现以下几点。第一,实用主义发展的一百多年里,经历了从科学主义到反科学主义的历程。从皮尔士(Charles S. Peirce)对实验科学方法的推崇和对科学寻求真理的高度评价到詹姆斯对硬事实的热爱,从杜威的工具主义科学观到罗蒂将科学与其他文化学科并置的后哲学文化,美国实用主义由

[①] [美]理查德·罗蒂:《实用主义哲学》,林南译,上海译文出版社2009年版,第53—55页。
[②] [美]理查德·罗蒂:《后哲学文化》,黄勇译,上海译文出版社2009年版,第35页。

最初对科学成就及其科学方法的赞誉发展到对科学的人文反思。第二，古典实用主义一脉相传的"可错论"等关涉科学的理论对罗蒂的文学思想也形成一定的影响。皮尔士开创的"可错论"主张任何信念或者科学结论都有可能出现错误甚至被推翻，即便是已经确立的真理也有可能需要进行一定的纠正。知识的积累是一个动态的发展过程，需要不断被批驳、修正、补充甚至被否弃。第三，古典实用主义哲学奉行达尔文主义的进化论，对哲学的演进、科学的进步持一种整体主义态度。上述对实用主义哲学特点的简单总结表明，罗蒂既承继了实用主义的哲学传统，也构建着这个家族图谱中重要的一部分。

　　皮尔士被广泛地看作美国实用主义的开山鼻祖，他最早在1898年的公开演讲《哲学概念和实际结果》中赋予 Pragmatism 一词"实用主义"的意义。但是皮尔士把实用主义当作一种逻辑方法而不是哲学理论，为了区别于詹姆斯对实用主义概念的使用，皮尔士将自己的理论改称为 Pragmaticism，即实效主义。[①] 皮尔士的实用主义带有浓重的康德色彩，罗蒂并不认可他对实用主义的重要性。在罗蒂看来，三位古典实用主义者中皮尔士的作用是最小的，他对实用主义的贡献只在于给予了它一个名字，只在于启迪了詹姆斯而已。[②] 罗蒂坦承自己之所以认为皮尔士相对不那么重要，其原因主要在于他没有像詹姆斯和杜威一样，从事调和以科学为代表的新文化发展与以宗教为代表的旧有谈话方式之间的冲突工作。[③] 罗蒂似乎忽略了皮尔士在以《宗教与科学的联姻》为代表的著作中对协调科学与宗教关系所做的努力，完全放弃了皮尔士关于意义的实用主义准则、在处理逻辑观念和技术问题上颇有成效的实用主义方法。罗蒂和皮尔

---

　　① 袁澍涓主编：《现代西方著名哲学家评传（下卷）》，四川人民出版社 1988 年版，第 473 页。

　　② Richard Rorty, *Consequences of Pragmatism*, Minneapolis: University of Minnesota Press, 1982, p. 161.

　　③ 孙伟平编译：《罗蒂文选》，社会科学文献出版社 2007 年版，第 364 页。

士的区别远远大于他和杜威的区别,甚至有人把罗蒂的实用主义描绘为"没有皮尔士的实用主义"①。因此,罗蒂文学思想中的实用主义成分更多的是来自另外两位实用主义者——詹姆斯和杜威。

(一)詹姆斯人文主义宗教观和真理观对罗蒂的启发

詹姆斯是美国实用主义的奠基人、真正意义上的创始人。相较于皮尔士把实用主义作为他哲学论述中的一个部分,詹姆斯是以实用主义作为整个哲学思考的基点。詹姆斯摒弃了皮尔士对逻辑、普遍性和一般性的强调,注重具体和当下。与皮尔士看重科学、把科学当作衡量意义的唯一标准的做法不同,他只把科学作为一种普遍的生活实践方式。詹姆斯为实用主义提出了一些纲领性的论断,例如,他把实用主义定义为一种行动哲学,并断言:"实用主义并不代表任何具体的结果,它不过是一种方法。"②罗蒂在《对查尔斯·哈特肖恩的回应》一文中提到,他起初之所以最喜欢实用主义,是因为詹姆斯在《实用主义》中对形而上学虚假问题的早期抨击。③罗蒂在拆解本质主义、表象主义时采取将认识当作社会实践问题的"认识论行为主义"路径(本书第二章第一节有涉及),正是对詹姆斯强调的实用主义行动、实践理论最好的践行。

作为实用主义家族中最具宗教情怀的一员,詹姆斯主张的人文主义宗教观为罗蒂协调人文文化与科学文化的关系提供了重要启示。在《信仰的意志》中,詹姆斯将科学与宗教一起视为实现各不相同、互不冲突的目标的工具,并试图协调二者之间的对立关系。詹姆斯拒绝绝对主义的宗教观,不赞同把上帝当作高高在上、全知全能、无处不在的圣主,而主张上帝是"有限"的。他抛弃其他有神论者

---

① Bruce A. Kimball, *The Condition of American Education: Pragmatism and a Changing Condition*, New York: College Board, 1995, pp. 53 - 54.
② [美]威廉·詹姆斯:《实用主义》,李步楼译,商务印书馆2017年版,第31页。
③ Herman J. Saatkamp eds., *Rorty and Pragmatism: The Philosopher Responds to His Critics*, Nashville: Vanderbilt University Press, 1995, pp. 29 - 36.

的"灵魂不死""基督复活""天意干预"等富有神秘主义色彩的观点，竭力为宗教信仰减少来自科学的批驳。他用人们对宗教的信仰和对科学的崇尚进行类比，认为宗教徒信仰上帝正如科学家承认夸克的存在一样合情理。对宗教的信仰与对科学的热爱在詹姆斯看来并不矛盾，宗教通过对人类情感、欲望的满足使人们对未来充满希望，科学帮助人们预测和控制现实生活，他们各自通过不同的方式实现人类的美好幸福生活。从人类幸福这一终极目标出发，詹姆斯不鼓励独一无二的任何一种一神论宗教，而是秉持宽容地提倡多元论的态度。

在多元宗教的层面上，罗蒂也或多或少期待他所钟爱的诗歌可以获得宗教曾经的地位，成为理想的源泉。① 如果说詹姆斯是实用主义者中最热衷宗教探索的，那么罗蒂无疑则是其中最偏爱文学的。正像詹姆斯把宗教和科学并列，当作实现人类幸福生活的重要工具一样，在罗蒂那里，以物理、数学为代表的自然科学与以文学为代表的人文科学、社会科学也都是人类实现幸福生活不可或缺的重要组成部分，他们各尽所能，为着共同的目标发挥不同的功能。在对贯穿詹姆斯实用主义哲学之中的宗教理论展开分析之后，再看罗蒂推崇文学的实用主义便会感觉顺理成章了。詹姆斯对科学与宗教关系的理解显然为罗蒂把科学当作一种文化与文学文化相提并论提供了宝贵的借鉴，对罗蒂的文学思想产生了重要的影响。

除了对宗教与科学关系的借鉴之外，罗蒂受詹姆斯实用主义理论影响较大的另一部分内容是他的真理理论。詹姆斯的真理学说有如下特点：一是强调主体间性，认为真理是认识与实在的符合；二是强调关于真理是什么的发生论，关注真理如何被接受为真理；三是反对自柏拉图以来的真理客观性；四是反对把真理当作一种无条件的非人的存在。针对学界把他当作反实在论者（如艾耶尔 Alfred

---

① ［美］理查德·罗蒂：《文化政治哲学》，张国清译，北京大学出版社 2011 年版，第 32 页。

J. Ayer）或非实在论者（如怀特海）的误解，①詹姆斯曾经做出澄清，他说"任何一本辞典都会告诉你，'真'是我们的某些观念的一种特性。它指的是这些观念与'实在'的符合，正如'假'是指观念与'实在'不符合一样，实用主义者和理智主义者都把这个定义当作理所当然的"②，"真"是我们最好加以相信的东西。

罗蒂还受到詹姆斯的人文主义真理学说的影响。詹姆斯不认同本质主义把真理看作超越人类的无条件的存在的观点，他的真理学说渗透着人文主义精神，高度重视人在真理判定过程中的作用，詹姆斯指出："真观念就是我们能够吸收、能够生效、能够确认、能够证实的那些观念。"③"我们"是詹姆斯预设的真理观念产生效力的社群，它是"最广泛的"，"甚至是全人类的"④，因此真理必须是人能够把握的，詹姆斯是从生活世界出发来思考哲学。詹姆斯并不反对真理符合论，他更不主张抛弃真理这一概念，但他否定与人类无关的真理，否定与价值无关的实在，反对终极真理、真理的客观性及确定性的说法。罗蒂对詹姆斯的真理理论批判地继承，尽管他并不支持真理符合论（本书第三章第二节将详述罗蒂对真理符合论的摒弃），但是他同样强调真理产生过程中人的重要作用，反对将真理视作非人的客观存在。

詹姆斯的真理理论一定程度上奠定了他对科学的看法，也对罗蒂的科学观产生了触动。詹姆斯所处的19世纪下半叶历经第二次工业革命，科学技术发展的突飞猛进助长了理性主义、科学主义的狂飙突进，开启了凡事都要经受科学、理性、客观性检验的时代。詹

---

① 叶秀山、王树人、江怡主编：《西方哲学史（第8卷）》，江苏人民出版社2005年版，第333页。

② [美]威廉·詹姆斯：《实用主义》，李步楼译，商务印书馆2017年版，第111页。

③ [美]威廉·詹姆斯：《实用主义》，李步楼译，商务印书馆2017年版，第112页。

④ 叶秀山、王树人、江怡主编：《西方哲学史（第8卷）》，江苏人民出版社2005年版，第337页。

姆斯坚持一种彻底的经验主义，他对于科学主义所标榜的以科学为典范的客观性、理性表示怀疑，他说："客观证据和确定性无疑都是一些随便可以想到的很不错的理想，但在这个月色朦胧、梦幻萦绕的星球上到哪儿才能找到它们呢？"① 与詹姆斯哲学的社会背景相似，罗蒂的学术成长时期适逢逻辑实证主义的鼎盛时代（20 世纪 30 年代至 50 年代），科学性和逻辑性成为各学科争相仿效的意义评判标尺。罗蒂沿袭了对詹姆斯科学客观性、确定性的反对以及对人文主义的重视，并在此基础上进一步发扬光大，关于罗蒂对科学客观性的批判与改造，将在本书第四章第五节深入阐述。

诚如詹姆斯在他的宗教观和真理学说中所反映的，他的实用主义哲学带有浓郁的人文主义（humanism，又作人本主义）色彩。詹姆斯认为人的活动高于一切，不仅高于一切理性法则，甚至高于上帝，因此堪称"古典主义家族中人文主义色彩最重、科学主义情结最弱的一位"②。以詹姆斯对真理和实在的理解为例，他对人的因素的依赖显而易见。他把理性主义同实用主义相对立，在两者之间划分了界限：理性主义的实在和真理是现成的、完全的、绝对的，它面向过去寻找永恒；实用主义的实在和真理是由人类不断创造的、并非完全确定的，它面向未来期待新的变化。詹姆斯这种人文主义情结也成为罗蒂文学思想生发的基点。罗蒂文学理论的一大显著特点是呼唤人文文化与科学文化的平等与融通，为此罗蒂甚至抛出"泛文学文化"概念"统摄"科学文化，詹姆斯及其人文主义思想的影响可见一斑。

（二）杜威哲学的改造对罗蒂的塑造

在罗蒂的青年时代，杜威是美国重要的思想家，实用主义在杜威

---

① ［美］威廉·詹姆斯：《詹姆斯文选》，万俊人、陈亚军编译，社会科学文献出版社 2007 年版，第 446 页。
② 叶秀山、王树人、江怡主编：《西方哲学史（第 8 卷）》，江苏人民出版社 2005 年版，第 355 页。

那里得到了系统化的全面发展。杜威哲学是罗蒂哲学思想的直接理论来源,罗蒂本人及其研究者普遍认可杜威的哲学改造给罗蒂带来的深刻影响。罗蒂自诩为杜威的传人,经常以"我们杜威主义者"自居,将杜威奉为导师和实用主义哲学的领袖人物。罗蒂认为自己的实用主义哲学与杜威没有什么差异,只是由于他本人哲学思想成熟的语境是分析哲学,尤其是语言哲学,二者的分歧仅仅在于罗蒂关心语言哲学而杜威对此不甚关心。①

在罗蒂看来,杜威的实用主义哲学分为"好的"部分和"坏的"部分。例如,杜威既以先驱者的姿态提出了其后几十年里为逻辑实证主义者发扬光大的对形而上学的批判,也片面夸大了科学方法的作用,应当对其中好的哲学加以传承,对坏的哲学进行批判和否弃。罗蒂批判地继承杜威哲学,他延循着杜威对传统哲学改造的路径,主要从杜威那里继承了科学的工具主义观点,抛弃了杜威所重视的科学方法和经验理论。

实用主义在杜威那里又得名工具主义、实验主义,强调艺术与科学技术在社会重建中的不同作用。杜威对科学也秉持一种工具主义的观点,把科学当作"完善对行动手段的控制的主要工具"②。杜威的工具主义科学观认为,科学作为工具,是用来解决人类的现实问题的,即帮助人们走出现实的困境,创造美好的生活。他说:"科学是一种工具,一种方法,一套科学体系。与此同时,它是科学探索者所要达到的一种目的,因而在广泛的人文意义上是一种手段和工具。"③ 科学由人类设计的特殊工具和方法所构成,在能够对思考的程序和结果进行试验的情况下,人们运用这些工具和方法从事思

---

① [美]理查德·罗蒂:《后形而上学希望》,张国清译,上海译文出版社 2009 年版,第 386 页。

② [美]约翰·杜威:《新旧个人主义——杜威文选》,孙中有、蓝克林、裴雯译,上海社会科学院出版社 1996 年版,第 182 页。

③ [美]约翰·杜威:《新旧个人主义——杜威文选》,孙中有、蓝克林、裴雯译,上海社会科学院出版社 1996 年版,第 165 页。

考活动。由此看来，人在杜威的科学的系统化知识体系构建过程中起着重要的作用，科学理论、科学知识不是天然存在的，而是人为的产物，他们的重要性不在于是否符合终极的"实在"，而在于为人类的社会生活解决何种问题。在科学工具的价值和意义方面，杜威高度赞扬科学成果对人类社会的贡献，他对科学发展对社会进步所起到的巨大推进作用做出了积极的肯定，把科学当作"行动中的进步力量"。至于科学发展所带来的负面影响，杜威认为这属于科学的外部应用，取决于人类对科技成果的使用，与科学本身的价值无关。杜威的经验主义哲学认为，科学为我们认识人类以及人类所生活于其中的世界提供了唯一的方法。

罗蒂在一定程度上也持有一种工具主义观点，认为科学、文学是人们应付环境和实现人类幸福生活的工具。罗蒂认为，"自然科学不过是我们应付环境的又一工具，而不是文化中具有特权的一个领域，好像在这里我们获得的是'知识'而不是'意见'"，自然科学"不过是文化中告诉我们如何预见和支配将会发生的事情的那个部分"[①]。罗蒂把这种看法与培根（Francis Bacon）关于"知识就是力量"的观点相提并论，他说"培根主义者把一种文化成就称为'科学'的条件是：可以把某些技术进步以及我们预测和控制能力的某种提高，归功于这种进展"[②]。罗蒂从工具主义立场出发，认为科学是一种有预测和控制能力的认识活动，注重科学的技术性和实用意义，以及科学对人类社会生活所产生的重要作用和影响。本书第二章第二节将详细剖析罗蒂的工具主义科学观。

杜威通过重新考察经验与理性之间的关系，对传统哲学进行重新改造，从而反对形而上学。"经验"是杜威哲学的一个核心概念，

---

① ［美］理查德·罗蒂：《后哲学文化》，黄勇译，上海译文出版社2009年版，第6页。
② Richard Rorty, *Objectivity, Relativism and Truth*, Cambridge: Cambridge University Press, 1991, p. 47.

是他改造哲学的一个突破口。哲学史上，经验论与唯理论之间就知识究竟源自经验还是理性展开过深远而持久的争论。实用主义在詹姆斯时期就已经明确表现出重经验、轻理性的传统，杜威从达尔文的自然主义立场出发，对传统的"经验"进行改造，构建起作为"有机体"与"环境"之间的交互作用的实验主义、自然主义经验论。

在《哲学复兴的需要》一文中，杜威总结他的新经验论与传统经验论有五方面重要差异。第一，传统观念中，经验首先是一种知识事件（knowledge-affair），而杜威的经验则是生命体与其所在物理环境和社会环境的交互作用。第二，传统中，经验是受到"主观性"（subjectivity）影响的"心理事件"（psychical thing），而杜威眼中的经验却是一个真实的客观世界，它参与到人的活动和境遇之中，并随之相应调整。第三，经验的本质曾经被认为是记录业已发生的事情、参照过往的先例，但是杜威的经验本质是"实验的"（experimental），以规划未来、探求未知事物为显著特征。第四，传统经验主义是一种特殊主义（particularism），把关联性和连续性排除在经验之外，杜威主义经验论强调经验中行为与经历的连续性。第五，在传统观念中，经验与思想互相对立，一旦不是过去的复现，推理（inference）就超出经验之外，推理与经验二元分立；杜威的经验论中，任何意识到的经验都通过推理得到，反思是自然而然且一直持续的。[①] 显然，杜威经验论已经完全不同于传统的经验论，是对传统"经验"概念的革新和重构。杜威的经验强调"做"和"行动"，它推翻了"经验论"与"唯理论"两大敌对阵营之间的分解，把经验与理性合而为一。它既尊重理性的要求，又不至于使人陷入"对超经验的权威的盲目崇拜"[②]。正是在这种自然主义经验论的基础之上，

[①] John Dewey, *The Middle Works of John Dewey*, 1899 - 1924, Vol. 10, Jo Ann Boydston ed., Carbondale: Southern Illinois University Press, 1969, p. 6.

[②] John Dewey, *Reconstruction in Philosophy*, New York: Henry Holt and Company, 1920, p. 102.

以对经验与理性的关系的重新梳理作为突破口，杜威实现了对哲学的改造。

罗蒂认同杜威对形而上学的否定，并继承了杜威对以柏拉图、笛卡尔、康德为代表的整个形而上学传统的批判。同时他对杜威也保留了两点异议：首先，罗蒂对杜威的经验论持明确的反对态度；其次，罗蒂与杜威的异议还存在于对科学方法的态度上。罗蒂认为，杜威应当彻底放弃"经验"这一术语，而不是对它重新定义。对经验概念的重塑无法帮助他实现推翻形而上学二元论和哲学改造的目标，甚至经验概念本身无甚必要，因为只有通过语言才能使用和了解世界，除此之外，我们无法对世界有其他的感受。杜威在对形而上学进行历史的社会学考察基础上，提出以科学的经验的方法来替代纯思辨的方法。这种鼓吹科学方法以及使哲学科学化的做法也是罗蒂所抨击的杜威的坏的哲学的典型。

杜威非常重视科学方法，在他那里，"科学的"这一术语首先指的是对科学方法的强调，然后再参照方法强调结果。甚至可以说，探索和实验的方法即是对科学一词的解释，"科学的"指的就是"用来控制形成关于某种题材的判断的有规律的方法"[①]。这意味着，科学方法是一种判断的秩序、一种研究的态度和方法。杜威的科学方法不是一个狭义的概念，它不指具体的自然科学的方法程序，也不单指某种科学实验方法，或者一些专家们在实验室的研究工作中所采用的专门化的技术。这种科学方法提供一种工作和思维的方式和条件，是实验的和经验的。杜威所谓的方法，依赖探究和实验中所得的经验，他认为"现代科学的骄傲在于它具有显然的经验和实验的特性"[②]，科学的经验方法是认识自然的唯一可靠方法。他同时强

[①] [美]约翰·杜威：《新旧个人主义——杜威文选》，孙中有、蓝克林、裴雯译，上海社会科学院出版社1996年版，第157页。

[②] [美]约翰·杜威：《人的问题》，傅统先、邱椿译，江苏教育出版社2006年版，第187页。

调科学研究的内在逻辑,也就是说,理想的科学应该是"每一个概念和叙述都须是从别的概念和叙述而来的,又须能引到别的概念和叙述上去","这种'引出后面,证实前面'的双重关系,就是所谓逻辑的和合理的意义"。① 逻辑为科学合理性提供有效保障。

关于科学方法,罗蒂认为杜威虽然从未停止过对其展开谈论,却始终没有清楚地阐述过"科学的方法"究竟是什么,也从来不曾谈出过什么非常有用的东西。他坚决主张杜威应当抛弃"科学的方法"这个术语,认为这样不会对杜威的哲学理论造成任何影响,② 因为每当杜威论及"科学的方法"时,所说的只是一些民主团体带着"乐意提问、乐意澄清和证明、乐意倾听和尊重别人的意见"③ 等道德品质所开展的社会实践而已。

就哲学与科学的关系而言,杜威的观点是科学带来了无限的可能,促进了新的价值、理想的确立,这为建设性的哲学的形成创造了必要的基础和条件。在他看来,哲学必须与科学方法结盟,自然科学就是由于使用科学的方法才达到被证实的真理,哲学要和科学方法坚决地站在一起才能避免"希腊和中世纪关于永恒最高原理的哲学的复辟",以及避免这种理论哲学所助长的社会权威带来的危险。④ 杜威主张"哲学必须应用科学方法来处理'人的问题'"⑤,这正是罗蒂所极力反对的。罗蒂不赞成科学因其所谓方法的合理性、结论的真理性而成为诸学科效法的典范,他希望能够像解构"大写"

---

① [美]约翰·杜威:《新旧个人主义——杜威文选》,孙中有、蓝克林、裴雯译,上海社会科学院出版社1997年版,第162页。
② Herman J. Saatkamp eds., *Rorty and Pragmatism: The Philosopher Responds to His Critics*, Nashville: Vanderbilt University Press, 1995, p. 94.
③ Herman J. Saatkamp eds., *Rorty and Pragmatism: The Philosopher Responds to His Critics*, Nashville: Vanderbilt University Press, 1995, p. 51.
④ [美]约翰·杜威:《人的问题》,傅统先、邱椿译,江苏教育出版社2006年版,第154—159页。
⑤ [美]罗伯特·B.塔利斯:《杜威》,彭国华译,中华书局2002年版,第36—37页。

的哲学一样宣告"大写"的科学的终结。本书第三章第二节将会就罗蒂对科学方法优越性的抨击展开详述。

就科学而言,以杜威为代表的古典实用主义与20世纪的实证主义一样,都确信科学能够被应用于任何事物,一切事物都可以通过科学方法得到改进。但是实用主义并不认同实证主义将科学态度作为一种更为高级形态的认知方式从根本上区别于普通认知方式的做法。实用主义对科学的优势地位采取的是进化论的解释,他们强调科学与日常生活的连续性,而实证主义更加强调科学的特殊性。因此在改进认知事业的过程中,二者偏爱的手段截然不同:实用主义者将教育当作把人们萌芽状态的科学意识发展到自觉程度的手段,而实证主义者偏爱立法,他们明确规范研究者的话语与实践,而不指望人们对科学态度的自然服从。这种差异直接体现在20世纪美国社会运动中实用主义的进步教育运动和实证主义的普通语义学运动之中。罗蒂以及伯恩斯坦等新实用主义者批判地继承了古典实用主义对科学的观点,在他们那里,"消失的正是传统实用主义对实验干涉与更为一般的对科学的肯定态度"[1],"科学的"这个术语不再显现出某种纯粹敬畏的意义。

四 浪漫主义传统

随着诗歌的兴起,19世纪浪漫主义思潮涌动,英美和德国的浪漫主义思潮如火如荼、蔚然大观。罗蒂认为,"富于想象力的文学取代了古老的宗教和哲学,成为年轻人苦闷与良知的慰藉"[2]。罗蒂的文学思想与浪漫主义传统密不可分。

罗蒂将浪漫主义理解为柏拉图所代表的普遍主义传统的对立面,

---

[1] [美]史蒂夫·富勒:《社会认识论与科学的社会与文化研究议程》,载安德鲁·皮克林编《作为实践和文化的科学》,柯文、伊梅译,中国人民大学出版社2006年版,第401—439页。

[2] Richard Rorty, *Consequences of Pragmatism*, Minneapolis: University of Minnesota Press, 1982, p. 66.

他对于文学想象力的高度重视正源于浪漫主义对想象力的歌颂。浪漫主义的观点认为，想象力是思想的来源，也是自由的来源，因为它是语言的来源。① 英国浪漫主义诗人雪莱（P. B. Shelley）在《为诗辩护》的一开始就对理性和想象展开比对，以想象为"灵"、以理性为"肉"，盛赞想象能够实现对世界的重塑。他认为诗歌与人类的起源息息相关，是一切思想体系的本源，诗歌的定义正是"想象的表现"②。对于浪漫主义而言，想象力"与一个外在于我们的东西有关，它证明我们有别于另一个世界"③。

罗蒂对于理性、客观、恒定真理的拒斥也是在浪漫主义的启发之下形成的。浪漫主义的核心是想象力优先于理性，理性只能沿循想象力开拓的道路前进。浪漫主义者认为，"自然本身是我们人类写下的一首诗"，"理性只能追随想象力开掘的道路，只能重新安排已经由想象力创造出来的那些要素"④。想象力框定了思想的边界，因为它是语言的源泉，而没有语言就不可能有思想的存在。⑤ 按照罗蒂的理解，浪漫主义是这样一种观点，"人类生活最重要的不是我们相信什么样的命题，而是我们使用什么样的语汇"⑥。浪漫主义和实用主义运动的共同点在于，二者都反对"有某种非人类的事物在那里存在，而人类则需要与它相接触"⑦。实用主义与浪漫主义的不同，

---

① ［美］理查德·罗蒂：《实用主义哲学》，林南译，上海译文出版社2009年版，第18—28页。

② P. B. Shelley, *A Defence of Poetry*, New York: The Bobbs-Merrill Company, 1904, p. 12.

③ ［美］理查德·罗蒂：《偶然、反讽与团结》，徐文瑞译，商务印书馆2005年版，第54—55页。

④ ［美］理查德·罗蒂：《实用主义哲学》，林南译，上海译文出版社2009年版，第26页。

⑤ ［美］理查德·罗蒂：《实用主义哲学》，林南译，上海译文出版社2009年版，第16—18页。

⑥ Richard Rorty, *Consequences of Pragmatism*, Minneapolis: University of Minnesota Press, 1982, p. 142.

⑦ ［美］理查德·罗蒂：《实用主义哲学》，林南译，上海译文出版社2009年版，第16页。

就在于认真地对待善与善的抵触,但同样怀疑彻底献身和激情承诺。实用主义就是对浪漫主义的"一种散文式的重述"①。

罗蒂的实用主义英雄杜威和尼采都受益于美国浪漫主义诗人爱默生(Ralph Waldo Emerson)的影响。如果要对浪漫主义者和实用主义者做出严格的区分,那么浪漫主义者倾向于吸纳柏拉图式的理性与激情的区分,但又以理性的代价去赞美激情;而实用主义者很少对理性与激情或客观与主观进行区分。②

在罗蒂看来,虽然苏格拉底式的哲学讨论是有帮助的,但是"自从出现浪漫主义诗人以来,我们主要是得益于诗人、小说家和理论家们的帮助"③。罗蒂的文学文化是对德国浪漫主义诗人、哲学家、文学评论家施勒格尔(Friedrich Schlegel)观点的强力助推。后者认为,"当哲学的力量逐渐式微,我们会听到文学的声音"。德国浪漫主义代表施勒格尔和诺瓦利斯(Novalis)断言,哲学诉诸文学,目的是成为诗歌的一种形式,一种创造世界的方式。④ 浪漫主义思想的主要表现形式是诗歌,它能够扩大人心的领域,容纳思想结构,增强人类德性的技能,为伦理学奠定基础。浪漫主义者不再把诗歌看作哲学思考的一种先验和初步形式,而是它的后续和最高形式。

正如霍普金斯大学教授威廉姆斯(Michael Williams)所言,"罗蒂所欢庆的后哲学文化是一种文学文化",提倡"从想象性著作内的典范中寻求指导,而不是从哲学论证所推出的结论中寻求指导"⑤。格律贝格(Ludwig Grünberg)则认为罗蒂所呼吁建立的文学文化

---

① [美]理查德·罗蒂:《实用主义哲学》,林南译,上海译文出版社2009年版,第37页。
② 孙伟平编译:《罗蒂文选》,社会科学文献出版社2007年版,第397页。
③ [美]理查德·罗蒂:《哲学、文学和政治》,黄宗英等译,上海译文出版社2009年版,第2页。
④ Ludwig Grünberg, "The Future of Art and the Theory of Post-Philosophical Culture", *The Journal of Value Inquiry*, Vol. 28, 1994, pp. 273–280.
⑤ [美]迈克尔·威廉姆斯:《罗蒂论知识与真理》,朱新民译,载查尔斯·吉尼翁、大卫·希利编《理查德·罗蒂》,复旦大学出版社2011年版,第84页。

中，文学——尤其是诗歌——应该取代之前由哲学占据的地位，他批判罗蒂的文学文化充其量只是承继了对浪漫主义的痴迷。[1]

柏林（Isaiah Berlin）也曾重提浪漫主义的概念，他提醒人们重视有关浪漫主义的历史事实：曾经的浪漫主义运动，它的确有过某种核心的东西，的确带来了意识活动中的一场伟大的革命。柏林将浪漫主义与普遍主义对立起来，指出浪漫主义的崩溃归咎于普遍主义这种西方主要传统的栋梁，而浪漫主义才是西方生活中最为深刻和持久的变化。[2]

通过溯源不难发现，罗蒂从分析哲学、实用主义哲学、大陆哲学和浪漫主义传统等看似研究对象、内容、问题域截然不同的学派中吸取的精华具有一些相似的特征：反对本质，反对绝对性，主张一种发展变化的整体理论；反对一元论、二元论，支持多元论；反对冷的、硬的客观性事实，强调对人、诗歌、文学、想象力的重视以及人的主观作用的重要性。罗蒂的文学思想以美国本土实用主义哲学为筑基，融合西方哲学中英美哲学和欧陆哲学两大思潮，承继浪漫主义传统，从而形成独具特色的兼具后现代主义、实用主义和人文主义色彩的文学思想。

---

[1] Ludwig Grünberg, "The Future of Art and the Theory of Post-Philosophical Culture", *The Journal of Value Inquiry*, Vol. 28, 1994, pp. 273–280.

[2] 孙伟平编译:《罗蒂文选》，社会科学文献出版社 2007 年版，第 400—401 页。

第二章　新实用主义文学的底基

罗蒂文学思想筑基于其本人的哲学理论基础之上。尽管罗蒂本人坚决否认自己的学说有任何"哲学基础",但是探究罗蒂的文学观,离不开对其新实用主义哲学核心观点的梳理。新实用主义文学立基于罗蒂对传统形而上学的颠覆和对科学文化的重塑,本章主要从上述两个方面展开阐述。

罗蒂致力于对形而上学的颠覆和对自然科学崇高地位的挑战。通过在本体论层面反对本质主义,在认识论层面反对基础主义和表象主义,在方法论上反对二元论,罗蒂试图撼动形而上学的根基。在此基础上,他对科学作为学科之王的形象重新进行了塑造,将其作为实现人类幸福的一般工具和文学文化整体中的普通成分,通过对科学在方法论和探求真理与实在的优越性严加批判,将科学解读为一种文学样式,从而提高文学在当代文化之林的地位。

第一节　对传统形而上学的颠覆

在《哲学和自然之镜》中,罗蒂揭示了古希腊以来的西方传统哲学所孜孜以求的"镜式本质"。传统认识论中假定世界某处必然存在某个绝对真理、本质或者实在,有待于人们探寻,同时假定认识主体具有某个非历史的、先天的认识构架,能够反映或者镜现这个实在。罗蒂对此提出质疑,由此拉开了他反基础主义、反本质主义、反表象主义、反二元方法论,推崇解释学、教化哲学、无镜的哲学、后哲学文化的序幕,从日益崇尚科学方法的哲学转而青睐向想象力和诠释开放的文学。

一 反本质主义

本质主义是一种"主张事物均有其本质,可以通过对现象的认识加以揭示"的理论。本质主义者把对象的特性分为本质属性和偶有属性,认为"本质是完全的理性形式,是不容怀疑的,真实的,确切的;事物是理想形式的不完全摹本,是可争议的,不真实的,不确切的"①。本质主义的思想传统在西方哲学中根深蒂固,可以追溯到两千多年前的古希腊时期。

脱离宗教和神话的世界观之后,古希腊的哲学开始了对"自然"(physis)的思考。Physis 不是作为自然事物总和的自然界,而是近似于现代的 nature,即"本性",特指事物运动变化的本性。根据亚里士多德的定义,"自然"专指运动和变化的本原。② 本原(arche)被认为是构成世界的根本,是万事万物之所以成其所是的原因,赋予世界特定的秩序。早期自然哲学家把本原作为研究的焦点,热衷于探究"世界的本原问题"。以泰利斯(Thales)为首的米利都学派把水奉为万物的始基,即"水本原说";阿那克西曼德(Anaximander)认为世界的本原是"无定";阿那克西美尼(Anaximenes)提出"气本原说";赫拉克利特(Heraclitus)主张"火本原说",并提出世界的内在本原是"逻各斯"(logos)。探索一切事物遮蔽于表象之下的永恒确定的本质与实在,追寻世界的一般规律和绝对真理

---

① 冯契、徐孝通主编:《外国哲学大辞典》,上海辞书出版社 2000 年版,第 148 页。
② [古希腊]亚里士多德:《物理学》,张竹明译,商务印书馆 1982 年版,第 68 页。

的本质主义思想,成为古希腊自然哲学家了解世界、认知世界的精神古堡。

巴门尼德(Parmenides of Elea)之后,苏格拉底、柏拉图、亚里士多德对本质主义进行了不同程度的阐发。苏格拉底以追问诸事物"是什么"的形式,探究具体事物背后统一恒定的类本质,以获得真正的知识。柏拉图继承苏格拉底的"透过外在现象寻求普遍本质"的观念,在他的"理念论"中对"个别"与"一般"、"表面现象"与"内在真理"进行绝对的区分,强调真理的客观性和永恒性。亚里士多德进一步提出了"本质属性"的概念,用来指称"与其他所有事物相关且又使一事物区别于其他所有事物的东西"。① 至此,古希腊哲学家开创了古典本质主义传统,这一传统流贯西方两千多年的哲学历程。近代和现代以来,笛卡尔、斯宾诺莎(Baruch de Spinoza)、莱布尼茨(Gottfried Wilhelm Leibniz)、黑格尔、萨特(Jean-Paul Sartre)、斯特劳森(Peter F. Strawson)、蒯因、克里普克(Saul Kripke)、普特南(Hilary W. Putnam)、罗尔斯(John Rawls)、哈贝马斯(Jürgen Habermas)等哲学家从不同视域对本质主义加以诠释和增补。揭示客观世界普遍永恒的本质、追寻人类的共同本质、探求二者之间的关系,始终是西方哲学界孜孜以求的形而上学基本原则。

20世纪以来,思想家们对本质主义的基本信念、命题、方法等产生怀疑,本质主义已经不能作为知识信念的据点,相反,它成为文化发展的一道障碍。时至20世纪中叶,实证主义把对本质主义的批判和反思推向极致,"反本质主义"成为罗蒂口中当代哲学的一种"相当普遍的倾向"。反本质主义的哲学家有尼采、韦伯(Max Weber)、曼海姆(Karl Mannheim)、海德格尔、维特根斯坦、德里达、福柯、波普尔(Karl Popper)、詹姆斯、戴维森等。他们对本质主义

---

① [古希腊]亚里士多德:《论生成和消灭》,徐开来译,见苗力田主编《亚里士多德全集》(第二卷),中国人民大学出版社2016年版,第393—468页。

的诘难并没有一套统一的理论体系、行动纲领或公认的范式,而是贯穿现代主义、后现代主义,关涉存在主义、解构主义、实用主义等诸多流派。维特根斯坦对本质主义的反叛最为激进。维氏在其哲学生涯早期是一名坚决的本质主义者,后来倒戈,抛弃对世界本质的信仰,转向后期彻底的反本质主义。在《逻辑哲学论》中,维特根斯坦坚持逻辑原子主义与语言本质图像论的立场,承认语言的本质、思想的本质,在《哲学研究》中他对曾经的绝对本质主义思想进行了深刻的自我批判。他不仅对绝对主义、还原主义和科学主义等本质主义的表现形式进行了全面的否定和讨伐,还提出"家族相似"作为对抗本质主义的核心概念,用"语言游戏"的随意性、多样性、不确定性取代本质主义的普遍性、一般性、单一性、绝对性。他强调万象之间并"不存在绝对的普遍本质,而是像一个家族的成员之间那样显示出各种不同的相似性"①,只需仔细甄别具体研究对象之间错综复杂的类似关系,不要徒劳无功地试图用某个共同的本质来统摄某一类事物。就语言而言,语词的意义不在于能指与所指的对应,语言(命题)的意义也不在于所描绘的图像,而是依赖于语言在实际生活形式中的用法,对于同一语言的不同的使用决定了语言的不同含义。

罗蒂一贯强调自己的哲学立场是反传统的,并且明确表示坚决与本质主义划清界限,并试图将本质主义这棵千年哲学之树连根拔起。罗蒂对实用主义基本主张所做的第一点概括就是:"它只是运用于像'真理'、'知识'、'语言'、'道德'这样一些观念和类似的哲学思考对象的反本质主义。"② 在《没有本体或本质的世界》和《反本质主义和文学左派》两篇文章中,罗蒂明确阐释了反对本质主义的主张,坚持

---

① 张志林、陈少明:《反本质主义与知识问题》,广东人民出版社1995年版,第1页。

② [美]理查德·罗蒂:《后哲学文化》,黄勇译,上海译文出版社2009年版,第230页。

认为"不存在诸如'X的非关系特性'这样的事物,更不存在像'X的内在性质或本质'之类的事物"①。他认为,"必须放弃内在与外在、X的内在核心与边缘领域(由X与构成宇宙的其他事物之间的关系)之间的区别"②,并把放弃这种区别的企图定义为反本质主义。

罗蒂提议应当抛弃"事物中止于何处？事物的关系开始于何处？事物的内在本质从何处开始？事物的外在关系从何处开始？事物的本质核心和偶然边缘从何处开始？"③ 等一系列拙劣的本质主义命题,因为无论对客体做出怎样的描述,都不会穿越"表面之物"而更加接近"实在之物"。哲学本质问题被罗蒂归结为语言的描述,在他看来,不存在"把客体从宇宙其他部分剥离出来的途径,除非说就某个客体而言,某些语句是真的"。对某个客体A的诸多描述之中,尽管某些描述会比另一些要好,但是没有任何一个是关于客体A具有其自身本质的同一性的描述,不存在关于A的某个描述比其他描述更"客观"、更精确、更贴近A的内在本质。总之,没有什么描述能够使我们摆脱语言进入事实,或者摆脱表象进入实在。④ 在他看来,"柏拉图的追求,透过表象抵达实在内在本质的那个企图,是徒劳的"⑤,在内在事物与外在事物之间进行区分是毫无意义的。他说,"像我这样的人认为,我们应当努力从柏拉图的阴影之中挣脱出来,不要再去担心实在的本质或者把握实在事物的真正本质的可能性"⑥。

---

① [美]理查德·罗蒂:《后形而上学希望》,张国清译,上海译文出版社2009年版,第28页。
② [美]理查德·罗蒂:《后哲学文化》,黄勇译,上海译文出版2009年版,第134页。
③ [美]理查德·罗蒂:《后形而上学希望》,张国清译,上海译文出版社2009年版,第37页。
④ [美]理查德·罗蒂:《后形而上学希望》,张国清译,上海译文出版社2009年版,第33—35页。
⑤ [美]理查德·罗蒂:《后形而上学希望》,张国清译,上海译文出版社2009年版,第27页。
⑥ 陈亚军:《形而上学与社会希望——罗蒂哲学研究》,江苏人民出版社2009年版,第101页。

甚至可以肯定，本质主义的探寻是一条"死路"，哲学只能如黑格尔所言，是从思想上对其时代进行把握。

就反对本质主义而言，罗蒂提倡一种"泛关系论"①，主张应当把表象和实在之间的古希腊区分换作关于世界的"不太有效"和"比较有效"的描述。这种泛关系论建议对每一个事物进行思考时都把它看作一个数字，数字是无法具有内在性质、本质核心的，不能用本质主义的语言来进行描述。罗蒂用数字 17 举出了反本质主义论辩的经典事例：对数字 17 所作的描述各不相同，可以说它是 289 的平方根，是 6 与 11 之和，大于 8 小于 22……但是这些描述中没有一个比任何其他描述更符合数字 17 的本质，对数字而言，根本无法给予本质主义方面的考虑。把对数字的反本质主义理解推而广之，无论是对桌子、电子或是人类、自然学科等任何其他事物都无法把握其所谓的本质。依罗蒂所见，"除了一个极其庞大、永远可以扩张的相对于其他客体的关系网络以外，不存在关于它们的任何东西有待于被我们所认识"②。这一主张意味着在罗蒂眼中，事物都处于各种错综复杂的关系中，每一个事物，只要能够作为一条关系发生作用，就一定能够融入另一组关系之中，永远无法抵达不存在彼此交叉关系的某个事物。简而言之，这种反本质主义思想的核心就是，以使客体与客体相互交织的语言图景取代作为介于主客体之间的一道幕布的语言图景。

罗蒂的反本质主义与"语境论"有些相似。像弗雷格和维特根斯坦一样，罗蒂认为描述所使用的语词只有处于一个语句的语境中才具有意义，语言的背后不存在某个同我们正在讨论的事物相吻合的更加直接的非语言学形式，"只有在它与言谈中的其他部分联系起

---

① ［美］理查德·罗蒂：《后形而上学希望》，张国清译，上海译文出版社 2009 年版，第 30 页。
② ［美］理查德·罗蒂：《后形而上学希望》，张国清译，上海译文出版社 2009 年版，第 31 页。

来的情况下，一个名词才具有一个用法"①。人类所有的知识都存在于适合当前社会发展目标的各种描述之中，只有放在既定的语境中，知识的存在和证实才有意义。罗蒂提出泛关系论和语境论的反本质主义立场，其主要出发点是彻底打破对主体和客体进行区分的习惯做法，最终帮助人们完全抛弃真理的符合论。

在古希腊本质主义者看来，人性自身都有一个不可改变的内在本质，可以与宇宙中其他事物进行对比，他们对这一神秘且神圣的本质充满敬畏。罗蒂则认为这一不可改变的所谓"人"的东西，实际上并不是一个本质，包括人类在内，所有事物都不具有内在的固有的本质。实用主义的反本质主义者不以不朽的本体为探索的目的，因为在他们看来并不存在处于优先地位的所谓"发现终极本质"这样的压倒一切的目标，使他们充满敬畏和神秘感的是人类的未来，而不是古希腊人所敬仰的非人类的事物。"语词'人'命名了一个模糊但有希望的计划，而不是命名了一个本质。"② 实用主义的反本质主义者们不去崇拜那个令人羡慕的胜过了我们人类的本质事物，他们承认存在着某些我们当前的工具尚且不能适用的计划，但同时也坚定地希望人类未来必将比现在更为出色，未来的人性也必将胜过当前的人性。

罗蒂的哲学思想溯源所涉及的杜威、尼采、海德格尔三位哲学家，在反对本质主义方面都是罗蒂的同道中人。罗蒂把尼采和杜威一同归于既是实用主义者又是反本质主义者的行列，尼采通过"上帝已死"的宣言彻底拒绝徒劳无功地寻求任何非人的外在事物作为人类生存的目的的做法，杜威也希望人类能够完全摆脱那种认为存在某种永恒的、非人的东西需要人类去把握的观点。同为反本质主

---

① ［美］理查德·罗蒂：《后形而上学希望》，张国清译，上海译文出版社2009年版，第36页。
② ［美］理查德·罗蒂：《后形而上学希望》，张国清译，上海译文出版社2009年版，第30页。

义者，但不是实用主义者的海德格尔则主张对这种观点重新进行理解和把握。海德格尔既反对西方哲学传统的形而上学本体论，又不赞成对本体论的全盘否定。他不提倡追寻抽象的本质或者先验的存在，然而他矢志探寻"此在"在现实世界的真正"存在"，以"存在"问题为哲学研究的核心。因此可以说，海德格尔的哲学态度是在认识论层面反对本质主义，而在本体论上坚持了本质主义。

科学主义是本质主义的一种典型表现形式，对科学的崇拜与对本质、上帝的崇拜并无二致。从反本质主义哲学的基本立场出发，罗蒂反对自然科学中的本质主义。他不认同把科学的方法当作解决和处理万事万物的良方的做法，反对把科学的任务当作发掘和描述潜藏在事物背后的本质或者实在的看法，认为傲慢自大的科学主义是启蒙运动最不幸的遗产。他极力提倡应当"避免科学主义的宣言，因为它不假思索地假定了，我们现在对社会的本质或善的本质已经有了一个牢固的把握"①，它强势地认定科学的即是本质的、最终的。罗蒂认为，在科学领域中，认识应当是科学共同体的成员进行对话和沟通，就如何使人类的生活变得更加美好达成共识。在反本质主义的旗帜下，罗蒂挑战和反叛的实际上是西方哲学长期以来对普遍性概念和终极确定性的寻求。

二 反基础主义

西方哲学的"认识论转向"之后，对某种永恒不变的知识基础的追寻成为人们新的恢宏目标，认为"存在着或者必定存在着一些永久的、与历史无关的模式或者框架，在确定理性、知识、真理、实在、善行和正义的性质时，我们最终可以诉诸这些模式或者框架"。伯恩斯坦所作的上述描述正是基础主义的真实写照，基础主

---

① [美]理查德·罗蒂：《后哲学文化》，黄勇译，上海译文出版社 2009 年版，第 36 页。

者认定"哲学家的首要任务就是去发掘这种基础是什么,用最强有力的证据来支撑他的发现"①,只有找到这种确实可靠的基础,才能够说明为什么有些信念是知识,有些信念却不是。如果不能为哲学、知识和语言找到奠定其基础的阿基米德点,就会不可避免地陷入激进的怀疑主义。

为人类的知识大厦寻找坚实牢固之基础的信念遭到了反基础主义者的攻讦,许多现代西方哲学家从不同的理论角度对基础主义做出过深入的分析和批判,他们致力于打破基础主义的迷梦,为人们解除基础主义的束缚。反基础主义者们在否定基础主义对永恒架构的追寻的同时,也对真理、理性、实在等基础主义的诸多绝对概念进行了彻底的摧毁。他们用一种历史主义、相对主义的立场来重新审视这些基础性的概念,认为他们必须放在特定的理论模式、社会、文化之中才具有存在的意义。相对于基础主义、客观主义赋予他们单一的、确定的意义,反基础主义者们支持这些概念存在着不可还原的多样性的观念。对反基础主义者而言,单一确定的、作为基础的理性标准是无法超越历史的变化而普遍存在的。对基础主义认识论的反叛也成为后现代哲学思潮的重要基本特征之一。按照福柯的观点,笛卡尔的"我思"属于一种社会建构,也是人工制造的产物,因此不能胜任绝对牢靠的第一原理之称;德里达也认为绝对的基础、绝对的起点根本无从寻觅。哈贝马斯虽不赞成反基础主义走得太远,但是也坚决反对有既定的、无须解释的理论上中立的事实或者绝对永恒的中立观察点的存在。伽达默尔的诠释学也同这种观点相互呼应,他认为人的知识不能脱离于社会历史独立永恒存在。在后现代主义者为人类构建的文化图景中,不再需要任何普遍的基础或者辩护。

罗蒂把西方哲学的基础主义传统追溯到古希腊时期,他说,"自

---

① Richard J. Bernstein, *Beyond Objectivism and Relativism: Science, Hermeneutics, and Praxis*, Philadelphia: University of Pennsylvania Press, 1983, p. 8.

希腊时代以来，西方思想家们一直在寻求一套统一的观念，这种想法似乎是合情合理的；这套观念可被用于证明或批评个人行为和生活以及社会习俗和制度，还可为人们提供一个进行个人道德思考和社会政治思考的框架"①。虽然曾在分析哲学的重镇美国普林斯顿大学任教二十余年，但是罗蒂却始终对以分析哲学为首的认识论哲学的未来并不十分看好，对基础主义认识论的否定态度也越来越坚决。

《哲学和自然之镜》即是罗蒂对传统认识论展开的全面批判，奠定了罗蒂反基础主义的哲学基调。他在该书的序言和导言中赫然宣布"本书是反康德的……本书也是反希腊的"，"我们应当摈弃西方特有的那种将万事万物归结为第一原理或在人类活动中寻求一种自然等级秩序的诱惑"。② 因为著书的目的在于"摧毁读者对'心'的信任，即把心当作某种人们应对其具有'哲学'观的东西这种信念；摧毁读者对'知识'的信任，即把知识当作是某种应当具有一种'理论'和具有'基础'的东西这种信念；摧毁读者对康德以来人们所设想的'哲学'的信任"③。罗蒂把这种基础主义又称作"客观主义""系统哲学"，他认为基础主义凡事遵循"第一原理"，把认识的可靠性建立在非人的客观基础之上的做法并不会帮助人们得到绝对的基础，也不会帮助我们更加接近对梦想中那个永恒的、超历史的框架的把握。甚至根本不存在任何指导我们的永恒的、中立的、超历史的框架，认识只不过是对信念和欲望之网进行重新编织的活动。罗蒂对基础主义的态度与其说是反对和反驳，不如说是完全否弃和放弃。抛弃基础主义的形而上学思维方式和对绝对真理、永恒基础的幻想，破除一种意识形态横行的独霸局面，恢复世界本来的面目，

---

① [美]理查德·罗蒂：《哲学和自然之镜》，李幼蒸译，商务印书馆2012年版，第7页。
② [美]理查德·罗蒂：《哲学和自然之镜》，李幼蒸译，商务印书馆2012年版，第8—11页。
③ [美]理查德·罗蒂：《哲学和自然之镜》，李幼蒸译，商务印书馆2012年版，第22页。

给多元的理论、学派、话语留出生存的空间。罗蒂对基础主义的反叛是对自柏拉图以来康德、分析哲学、现象学等众多西方传统哲学共同筑就的基础主义知识大厦根基的弃置，意味着对自柏拉图以来传统的"大写"哲学发起的挑战和冲击。

在罗蒂看来，以洛克的经验主义为起始界限，标志着基础主义的认识论正式成为哲学标准形式，"从作为理性的心转向作为内在世界的心的笛卡尔转变"是"确定性寻求对智慧寻求的胜利"，从那时候起，"科学，而非生活，成为哲学的主题，而认识论则成为其中心部分"。① 自笛卡尔和霍布斯（Thomas Hobbes）时代以来，哲学研究的一条基本原则就是以科学话语为正常话语，科学成为一切其他话语的标准模式。② 逻辑实证主义兴盛时期，自然科学成为合理性和客观性的典范，成为人类文化的基础，对此罗蒂认为"我们应当摒弃西方的那种将万物万事归结为第一原理或在人类活动中寻求一种自然等级秩序的诱惑"③，科学并不具有认识论基础和中心的地位，与其他普通学科无异，因此科学并不能成为模范的人类活动的杰出代表，应由"大写"变成"小写"。在反基础主义的文化中，科学不再是对权威保障需求的一种表达。

三 反表象主义

反表象主义是罗蒂哲学思想之中辨识度极高的一个核心特点，表象主义是基础主义认识论的一种直接表现，也是占据统治地位的哲学思维框架。柏拉图以来形成的一个哲学常识就是，认识和实在具有一种独立于人类对它的描述的存在，这种存在是非人的。柏拉

---

① ［美］理查德·罗蒂：《哲学和自然之镜》，李幼蒸译，商务印书馆2012年版，第64—66页。
② ［美］理查德·罗蒂：《哲学和自然之镜》，李幼蒸译，商务印书馆2012年版，第402页。
③ ［美］理查德·罗蒂：《哲学和自然之镜》，李幼蒸译，商务印书馆2012年版，第11页。

图把知识分为两类：普遍、可靠的"真知"和具体、偶然的"意见"。他在"大写的"实在和"大写的"表象之间做出区分，这种区分从此成为形而上学的宪章，五光十色的表象背后隐藏的亘古的实在成为历代哲学家、科学家前赴后继探寻的目标。表象主义是一种视觉中心论，借助于人的视知觉，将认识的确定性、可靠性建立在非人的客观、永恒基础之上。哲学作为一门学科，之所以自认为可以评判科学、伦理学、艺术或宗教所提出的知识主张，是因为它特别理解知识和心灵的特质，理解知识的基础，而且它在研究作为认知者的人、"精神过程"或者在研究使知识得以成为可能的"表象活动"过程中找到了这种基础。可以说，哲学主要研究的就是关于表象的一般理论，这种理论把文化划分为不同的领域，有些能够较好地表象实在，有些则较差地表象实在，还有一些领域根本不表象实在。在自然科学兴盛之前，哲学由于与知识及其基础的优势关系确立了文化之王的地位。

建立在本质主义、基础主义之上的西方传统哲学被罗蒂讽喻为"自然之镜哲学"。这种镜喻哲学实为罗蒂对认识论表象主义的一种形象比喻，指的是把心灵当作一面镜子，可以映现现象背后的绝对实在，呈现出不同的表象。认识就是精确地表象精神和心灵之外的东西，理解知识的可能性和知识的本质就是理解心灵或者精神构建这些表象的方式，认识必须向自然这面镜子证明自己的合理性。这种认识论中心主义哲学的重要课题的实质是如何证明映现在人的心中的观念和形象是与外在世界相符合的，不同时代的基础主义哲学家经由不同途径，竭尽所能去修理和擦亮这面镜子，在不同的体系哲学理论框架下，帮助人们透过镜像再现心灵以外的事物，获得精确的表象、把握知识。罗蒂认为，17世纪以来，哲学家们就一直在建议，"我们或许从来就不知道实在，因为在我们和实在之间存在着一道屏障，即由主体和客体之间的相互作用，由我们的感觉器官或我们的心灵的建构和事物自在存在方式之间的相互作用产生的一个表象之幕"①。

进入 19 世纪，哲学家们开始把语言当作在主体与客体之间形成的这道屏障，即"我们的语言把范畴注入了原本或许并非为其所内在的客体身上"②。罗蒂对表象主义认识论的攻击，基本的出发点是他坚信任何语汇都是可替代的（optional）、可变换的（mutable）。在他看来，一个物种发展出语言的过程似乎要比它们获得表象宇宙的能力更加容易。他拒绝在人工制造（what is made）与发现（what is found）、主观与客观、表象与实在之间划出明确的界限。这些概念之间不是无法区分，而是这种区分总是在一定的历史背景下、基于对某种利益的考虑或者带有某种目的而做出的，因此毫无普遍性可言。一旦对普遍性和确定性进行有条件的限定或者发出某种形式的挑战，就难免遭受相对主义的批判，但学界所批判的罗蒂的相对主义可以看作在知识或道德中应用一种行为主义的方法，即用"认识论的行为主义"来取代表象论。认识论行为主义的实质是"参照社会使我们能说明的东西来说明合理性与认识的权威性，而不是相反"③，即罗蒂把知识的"真实"与"正确"当作一个社会实践问题，认为知识和真理的确立都是在多主体间进行的，知识即得到社会证实的信念。显而易见，这种认识论行为主义是一种整体论，它的主要任务是以社会和人的行为为参照，来说明认识的真理性，它强调无法离开具体的社会实践去寻找真知，也不能脱离现时代的研究水平去作出判断。

尼采、詹姆斯、海德格尔、杜威、维特根斯坦、古德曼（Nelson Goodman）、德里达和戴维森都被罗蒂划归反表象主义者阵营。④

---

① ［美］理查德·罗蒂：《后形而上学希望》，张国清译，上海译文出版社 2009 年版，第 27 页。
② ［美］理查德·罗蒂：《后形而上学希望》，张国清译，上海译文出版社 2009 年版，第 27 页。
③ ［美］理查德·罗蒂：《哲学和自然之镜》，李幼蒸译，商务印书馆 2012 年版，第 190 页。
④ Douglas McDermid, *The Varieties of Pragmatism*, New York: Continuum International Publishing Group, 2008, p. 128.

在这些反表象主义者眼中,"惯例和自然的区分已经过时,表象和实在的区分也将过时"①。罗蒂对表象—实在之间的区分也持怀疑的态度,在他看来,知识是一种由精确表象所构成的体系这一观点只是有关认识事物的方法的众多选择中的可能性之一。"我们对'就其本身而言的实在'这个短语中的'就其本身而言'究竟被设想为意指什么,全然不知。"② 对此,罗蒂提议应当丢弃在现象和实在之间进行区分的做法,而以"较无用的"和"较有用的"的谈论方式之间的区分来取而代之。正如他对实用主义的基本主张所做的第二点概括所阐明的:"在关于应该是什么的真理和关于实际上是什么的真理之间,没有任何认识论的区别,在事实与价值之间没有任何形而上学的区别,在道德和科学之间没有任何的方法论区别。"③ 他所期待的反表象主义的结果,就是使人们认识到"没有任何一种从'神目'(God's-eye)视角对事物做出的描述,没有哪种当代科学或仍有待发展的科学所提供的天钩(skyhook)能够把我们从成其所是的偶然性之中解脱出来"④。

结合本书第一章对罗蒂文学思想渊源的追溯,不难发现,罗蒂的三位哲学英雄维特根斯坦、海德格尔和杜威尽管在诸多哲学细节上持有不同看法,但是,就关涉传统认识论哲学的方面而言,罗蒂与他们分享三个方面的共同认识:首先,知识并不是精确表象外部世界的一种心灵历程;其次,研究知识之基础的认识论应当被搁置起来;再次,应该抛弃传统的心(灵)的概念。这也正是罗蒂在他的标志性著作《哲学和自然之镜》中所表达的核心观点。罗蒂对

---

① [美] 理查德·罗蒂:《后形而上学希望》,张国清译,上海译文出版社 2009 年版,第 26 页。
② [美] 理查德·罗蒂:《真理与进步》,杨玉成译,华夏出版社 2003 年版,导言第 1 页。
③ [美] 理查德·罗蒂:《后哲学文化》,黄勇译,上海译文出版社 2009 年版,第 232 页。
④ Richard Rorty, *Objectivity, Relativism and Truth*, Cambridge: Cambridge University Press, 1991, p. 13.

"精确知识表象论"的反对为他对"符合论真理说"的批判埋下了伏笔,也为他在科学实在论上所持的消极态度奠定了基础。

四 反对二元论

承前所述,罗蒂反对将认识的主体与认识的客体割裂开来的认知方法,他在方法论层面对二元论的反对是对认识论基础主义以及表象主义认识论否弃的合理延续,更是反本质主义的必然途径和结果。

早在古希腊时期,智者普罗泰戈拉(Protagoras)曾提出:人是万物的尺度。苏格拉底对此极力反对,他坚持认为,某种客观的存在才是真理的标准,它独立于人的主观思想之外。苏格拉底的这种观点便把世界的客观存在同人的主观思想对立起来。"主观"与"客观"的分立不是西方哲学中简单的个别现象。如前文所述,在古希腊的本体论、一元论阶段,哲学家在对普遍性、客观性、绝对性和确定性进行本质主义探索的过程中,就把世界一分为二地分割成"理念"与"现实"、"形式"与"质料"、"现象"与"本质"的对立。柏拉图曾对世界做出高级和低级的两种区分:高级的是恒久不变的、独立于人类生活经验之外的、真实的、本质的理念世界,是人类通过竭力排除各种或然因素想要达到和实现的确定的世界;另一个低级的是充满了不确定性的、人类身处其中的、变动不居的现象世界,是人类试图逃离的、不安全的世界。柏拉图对世界的区分奠定了二元对立思维的基础。

发源于古希腊的这种二元论的思维方式在当时乃至整个传统西方哲学历史中无疑为人类认识世界提供了便利的方法,成为西方哲学传统的一块基石。自17世纪笛卡尔的心物二元论的发展,二元方法论始终支配着哲学问题的系统研究。"表象"与"实在"、"心灵"与"肉体"、"先验"与"经验"、"理论"与"实践"、"事实"与"价值"等诸多分立做法都深刻体现着根植于西方哲学传统之中的二元论思维。"透过事物的表象、把握背后本真的实在"被当作最基本的、最有效的认识世界以及人类本身的方法,成为西方常识的一部分。罗蒂同杜威一样认可二元划分在历史上曾经拥有的合理性,承认这些区分在其所处的时代对人类确实有用,但是他也指出"在经历了两千年之后,这些工具已经老得派不上用场"①。罗蒂将这种二元论称作柏拉图、基督教和康德所共有的一种"异世思维方式",认为它把真实的实在世界同由质料或者感觉、原罪、人的理解结构所创造的现象世界对立起来,所以这种"异世观"是一种"想摆脱时间和历史而进入永恒的企图"②,是以上帝之目寻找不变的真理。

在近代西方哲学历史上,康德在罗蒂看来是一个"转折点"③,认为是他最先在建构知识的过程中,做出不在认知主体与认知客体之间进行分割的尝试。尽管黑格尔也提出我们必须超越主观之物与客观之物之间的区分,但他仍然保留"主观""客观""主客观相统一"等描述。直到杜威才开始真正彻底抛弃这种二元分离和对立,否认认识客体独立于认识活动之外,强调在认识的主体与认识对象之间进行区分是不能成立的。杜威的哲学工作的一个主要特征是以对经验的考察为依据,试图系统地批判和超越人类从占据统治地位的宗教和形而上学传统中所传承下来的二元对立思维模式,以经验的方法抗衡二元论非经验的方法。杜威认为如果采用非经验的方法,就会把认识主体通过思考之后得出的结果当作认识的对象,从而把认识主体与对象、心灵与世界分离开来,看作彼此独立和分离的部分。他把二元论的产生和确立归咎于对原始经验的忽视和经验方法的缺失,认为二元论是"不承认粗糙经验之原始性与最后性的必然结果"④。原始经

---

① [美]理查德·罗蒂:《真理与进步》,杨玉成译,华夏出版社2003年版,第58页。

② [美]理查德·罗蒂:《后哲学文化》,黄勇译,上海译文出版社2009年版,第93页。

③ [美]理查德·罗蒂:《后形而上学希望》,张国清译,上海译文出版社2009年版,第26页。

④ [美]约翰·杜威:《经验与自然》,傅统先译,江苏教育出版社2005年版,第12页。

验虽然存在于认识活动之前,但是当时并不是认识的对象,只有当认识活动开始之时认识对象才真正出现,认识活动与认识对象密不可分,因而认识的主体与认识对象之间也不可分离。

反二元论作为现代西方哲学的一种重要思潮,是许多欧洲大陆哲学家(如尼采、福柯、德里达等)和英美哲学家(如普特南、戴维森等)所共有的一种哲学立场。罗蒂为这些来自欧美不同哲学体系的哲学家们归结的一个共有特点就是,他们都试图摆脱西方哲学传统从古希腊那里继承下来的某些特殊的形而上学二元论的影响,即他们都是反二元论者。蒯因在《经验论的两个教条》中批判的经验论的第一个教条就是在分析真理与综合真理、意义真理与事实真理之间做出二元区分。蒯因的学生、语言哲学家戴维森在此基础上提出对经验主义第三个教条——"模式—内容二元论"的批判。经验论的第三个教条指的是这样一种区分:"心灵或者语言是进行组织的图示,而某些别的东西(例如感性杂多、世界)则是被组织的内容——康德版本的主客体二元论。"模式与内容之间,语言、心灵与可感世界之间不是界限分明的存在物,而是作为一个整体同处于"具有主体间性的概念系统"[①] 之中,互相依存。

反二元论者通常也是反本质主义者,他们批判和摒弃二元教条,因为二元论强调传统哲学家为追求永恒、赋予世界以确定不移的特性,而"不惜把事物斩成毫无联系的两块,只有这样,才能堂而皇之地在理性或机械作用中、在数学式的理性概念或感觉材料之类的粗糙事物中、在原子或本质中、在意识或一种宰制驾驭意识的物理外在性中找出所要求的那种特性"[②]。作为人类认识世界的方法,二元论的优越性在罗蒂这里得不到褒扬。罗蒂认为对于正在发生的事

[①] 顾正林:《从个体知识到社会知识——罗蒂的知识论研究》,上海人民出版社2010年版,第129—130页。

[②] [美]约翰·杜威:《经验与自然》,王复译,载洪谦主编《西方现代资产阶级哲学论著选辑》,商务印书馆1982年版,第185—201页。

情,我们可以有许多种方法来对其进行讨论,但是在这些方法之中,没有任何一种能够比其他方法更加接近事物本身存在的方式。正如他为反对本质主义呼喊的口号那样:道德和科学之间不存在方法论的区别。无论是对科学的研究,抑或对道德的评判,都是对各种经验展开的具体思考,其目的不是去发现所谓的本质、掌握永恒不变的真理并将其作为理性规则加以应用。所追求的应当是对所有可能的描述和说明,是对多元性质的呈现,而非遵照某种方法论的机械程序通达某种真实的信念。

借助二元对立的方法来确证知识、找到真理的做法在罗蒂看来难以立足。认识论传统的这种证实方式是还原论和原子论的,但"证实不是在观念(或语词)和对象之间的特殊关系问题,而是谈话和社会实践的问题"①,谈话性证实应当是天然整体论式的,当我们理解和接受信念的社会性证实之时,我们就已经理解了知识,完全不必要把知识看作有关再现准确性的问题。实用主义先驱詹姆斯曾经强调"模糊性"在经验中所起到的重要作用,②为消解二元论,罗蒂从詹姆斯那里借鉴了"模糊主义"的立场,提出用"新模糊主义"(New Fuzziness)策略来模糊和批判客观和主观、事实与价值之间的对立和区分。新模糊主义是一种多元主义,反对确定性、绝对性,以及任何一劳永逸地将宇宙程序化的企图。

作为实用主义的代表人物,罗蒂甚至把实用主义描述为"一场专门揭露二元论、消解那些由二元论导致的传统问题的运动"③。他反对在主客体之间作出牵强附会的区分,认为重要的不是在认识的主体与被认识的诸多客体之间建立生硬的对立关系,而是使二者相

---

① Richard Rorty, *Philosophy and the Mirror of Nature*, Princeton: Princeton University Press, 1979, p. 170.
② [美]威廉·高文:《威廉·詹姆士与"模糊性"在经验中的重要地位》,徐鹏译,《江海学刊》2004年第4期。
③ Richard Rorty, *Objectivity, Relativism and Truth*, Cambridge: Cambridge University Press, 1991, p. 126.

互交往。从罗蒂的反二元论视角来看,"客观事物和主观事物的区分已经被形成共识的相对适宜度所取代",对"客体"的定义取决于在研究者中取得共识的相对适宜度,而不是依据同客体内在特征的关系。因此,"说'价值比事实更主观',就等于说'哪些事物是丑陋的?'或'哪些行为是邪恶的?'的问题,比'哪些物体是长方形?'的问题更难以达成共识"①。从亚里士多德的意义上来看,获得正确的客体就是在使客体撇清了所有的关系之后所呈现出来的或者人们所看到的东西;罗蒂的主张与之大相径庭——他认为"只有在作为一个关系中的一个关系项的情况下,一个客体才是知识客体"②。罗蒂反本质主义的泛关系论、语境论立场和认识论行为主义立场,有种社会建构论的似曾相识。按照这一立场,只有在具有特定社会关系的社会群体中,知识客体才能够被确证,脱离了特定历史社会背景中的认识主体,客体也将不复存在。所有的知识形式,与其说是借助二元对立方法发现(finding)和揭示(discovering)出来的,不如说是制造(making)出来的,③ 知识的产生是一种制造事业。

在方法论层面反对二元论,也为罗蒂反对真理符合论、反对科学实在论奠定了基础。他建议我们应当完全摒弃本质主义、基础主义、表象主义、二元主义议题以及研究和解决这些议题的任何企图,他努力的实质是试图使哲学一劳永逸地脱离本体论、认识论、方法论,离弃对确定性、普遍性和严格性的寻求,铲除使科学成为理性法庭的形而上学根基。进而为文学研究所惯常采用的辩证型论证形式,"描述"式而非推论式研究方法争得立足的空间。④

---

① [美]理查德·罗蒂:《后形而上学希望》,张国清译,上海译文出版社 2009 年版,第 28—29 页。
② [美]理查德·罗蒂:《后形而上学希望》,张国清译,上海译文出版社 2009 年版,第 36 页。
③ Richard Rorty, *Consequences of Pragmatism*, Minneapolis: University of Minnesota Press, 1982, p. 39.
④ [美]理查德·罗蒂:《偶然、反讽与团结》,徐文瑞译,商务印书馆 2005 年版,第 112 页。

美国学者蒙蒂塔（Eduardo Mendieta）曾经这样描述罗蒂及其所做的哲学工作："罗蒂是反柏拉图的，也就是说，他拒斥作为柏拉图主义基础的现象/本质或偶然/永恒的区分；他是反亚里士多德的，也就是说，他拒斥规范/自然的区分；他也是反托马斯的，也就是说，他拒斥自然法/人类法的区分；他也是反康德的，也就是说，他拒斥本体/现象、分析/综合、先天/后天的区分；他也是反笛卡尔的，也就是说，他拒斥心/物、天赋/获得的区分；他也是反黑格尔的，也就是说，他拒斥这样的观点：存在一个历史的逻辑，这个逻辑是理性的本性，这个理性事关自由；他也是反马克思的，也就是说，他拒斥这样的观点：所有的历史都是阶级斗争史，统治的观念总是统治阶级的观念。所有这些都可以被解读为反本质主义、反实在论、反心灵主义、反主观主义、反认知主义、反历史唯物主义，总而言之，反形而上学、反基础主义。"[①]

蒙蒂塔对罗蒂作为一个彻头彻尾的破坏主义者形象的描绘有故意夸大、危言耸听之嫌，其中对罗蒂反对黑格尔、反对历史性的评价也与本书对罗蒂哲学、文学思想及理论渊源的整体把握不甚相同。但是，他对罗蒂以对本质主义、表象主义以及基础主义的彻底否弃为基本特征的哲学架构的总结同本书对罗蒂颠覆形而上学哲学理路的梳理可谓不谋而合，从而为本书下文的论证提供了辩护和支撑。

第二节　对科学文化的重塑

哲学范式的扭转，使罗蒂重新塑造科学形象的哲学工作得以成

---

① 参见陈亚军《形而上学与社会希望——罗蒂哲学研究》，江苏人民出版社2009年版，第11—12页。

为可能。他对科学的认识打破传统的认识论视角，将科学回归为一种实现人类幸福的工具、文化整体之中的一种普通文化，甚至将其归为一种文学样式，向科学的人类文化中心地位发起全面挑战。

一 科学作为实现人类幸福的工具

罗蒂拒绝将科学当作最具合理性的知识或者作为揭示实在的内在本质、达至真理的最有效方法，反对任何将科学作为知识权威同其他学科分立的企图，他将科学首先理解为一种实现人类幸福的工具。如本书第一章所论述，这种工具主义科学观源自实用主义的哲学传统，尤其是詹姆斯和杜威的影响。詹姆斯将科学与宗教并列，共同作为达至人类幸福的工具；杜威更加旗帜鲜明地将科学视为一种主要的控制手段，一种用以完善行动的工具，[①] 重视科学与艺术在社会建设过程中发挥的不同的工具效用。工具主义认为，没有所谓理论实体的存在，他们将理论陈述的真假与理论陈述是否有用相关联，且否认理论的进步在于逐渐逼近客观真理。实用主义对科学的工具主义理解在罗蒂那里得到了传承，他也主张将科学当作一种工具和手段，拒绝科学的实在论。

首先，值得注意的是，罗蒂认可但却并不强调科学作为认识的工具，他将科学视为人们应付环境的一种工具和实现进步、幸福生活的一种途径，因此科学的认识论优势在罗蒂那里大打折扣。其次，罗蒂注重科学的实用意义，认为科学具有较强的预测、支配和控制能力，[②] 能够有效地解决人类的一些现实问题，有助于增益人类的幸福。再次，科学绝不是增进人类幸福的唯一途径，更不应该本末倒置地被视为人生的终极追求或者哲学研究的目的。这意味

[①] ［美］约翰·杜威:《新旧个人主义——杜威文选》，孙中有、蓝克林、裴雯译，上海社会科学院出版社1996年版，第182页。
[②] ［美］理查德·罗蒂:《后哲学文化》，黄勇译，上海译文出版社2009年版，作者序第6页。

着，数学、物理学所代表的自然科学与文学、艺术、政治所代表的人文、社会科学一样，虽然发挥着各不相同的功能，却都是有助于推动人类文化与文明发展、创造人类幸福美好生活的重要工具。

毫无疑问，科学这种认识活动在人类的社会生活中发挥了重要的作用，产生了不容忽视的影响。在以成就幸福美好生活为鹄的的人类文明进程中，科学的不断进步便于人们"持续地精准驾驭环境"[①]，对于创造一个更加美好的世界作出了不可磨灭的贡献。然而，在注重科学价值功用的同时，罗蒂并不鼓励人们迷信科学。科学在求真、求知意义上的作用及价值，与艺术在求美、求善意义上的作用及价值并无二致，科学发展的目标与道德进步的目标都是"旨在找到丰富人类生活的有效途径"[②]，因此科学只是众多工具中的一种，不能认定科学作为工具比其他工具更富有成效，借用罗蒂的话说，"自然科学只是延续了河狸和木匠都擅长的解决实际问题的能力而已"[③]。显而易见，在反思科学的过程中，罗蒂更多地从实用主义的立场出发，把注意力放在对"幸福"的侧重上，重视科学这种工具与人类日常生活的实际联系。

对科学的工具主义理解深刻影响了罗蒂的真理观及其对待科学实在论的态度，也可以说后者与前者之间互为影响、相互呼应。罗蒂既不赞同有超越"有用性"的客观真理存在，也不支持科学与实在之间的特殊关系。科学只是改善人类生活的一种工具，而不是垄断真理的认识工具，科学理论与艺术作品一样，都是人工制造的产物。对此，本书第三章第二节将展开全面论述。

---

① [美]理查德·罗蒂：《文化政治哲学》，张国清译，北京大学出版社2011年版，第117页。

② [美]理查德·罗蒂：《文化政治哲学》，张国清译，北京大学出版社2011年版，第151页。

③ [美]理查德·罗蒂：《哲学、文学和政治》，黄宗英等译，上海译文出版社2009年版，第115页。

二 科学作为文化整体的一部分

在本书第一章对罗蒂文学思想的理论渊源分析中已经提到,在蒯因整体主义知识观的影响下,罗蒂更倾向于在一种整体主义结构中把握科学,强调自然科学与人文、社会科学共同编织一张相互牵动的知识之网。国内有学者认为,罗蒂义无反顾地反叛传统哲学范式,建立的第三种哲学形态是一种超越大陆哲学与分析哲学的"文化哲学"①,那么在这种文化哲学中,罗蒂希望能够在一个整体的知识和文化框架中谈科学,而不是将科学作为一个专门类别凸显出来。

现代科学技术的蓬勃发展使人们习惯于把自然科学上升到罗蒂称为"普遍主义的高度",作为高级文化的典范。在罗蒂看来,普遍主义宏伟的高度和深度都是无法抵达的,科学的事业只是人类智力活动中一种普通的文化事业,虽然有其独特性,但是相对于其他文化门类而言却不具有任何的特殊性或者优越性,同样隶属于人类文化整体的范畴之中。作为一种普通的人类文化活动,科学"具有一切人类的学术努力的共性:人类心智的产物、可错性、地方性等等"②。当斯诺(Charles P. Snow)将科学与人文两种文化之间的深刻隔阂公之于众的时候,他也明确表示,科学文化确实是一种文化,他不单单将科学文化理解为智力意义上的文化,更是将其框定为人类学意义上的文化。在这样的文化视域中,"共同的态度、共同的行为标准和模式、共同的方法和设想,这些相同之处往往惊人地深刻而广泛,贯穿于任何其他精神模式之中,诸如宗教、政治或阶级模式"③。

---

① 郭贵春:《后现代科学哲学》,湖南教育出版社 1998 年版,第 154—155 页。
② 洪晓楠:《科学文化哲学的向度分析》,《社会科学战线》2009 年第 11 期。
③ [英]查尔斯·P. 斯诺:《两种文化》,纪树立译,生活·读书·新知三联书店 1994 年版,第 9 页。

对罗蒂等实用主义者而言，自然科学同社会科学之间，社会科学同政治学之间，抑或政治学同哲学和文学之间，都不存在巨大的差异，所有文化领域都致力于同一个目的——使人类更加幸福地生活。① 为实现这一宏伟目标，"我们将乐于把文化的一切都放在一个认识论的水平上，或者换句话说，我们将乐于摆脱'认识论水平'和'认知状态'的观念。我们将乐于使社会科学家和人文主义者不再认为有某个值得追求的、叫做'科学状态'的东西"②。科学是"文化之一"，而不是"文化之第一"，它不比文学、艺术等其他文化现象与真理、客观性或实在更加接近，因此无须再在学科意义上严格地将科学树立为其他文化的标杆。罗蒂的底线是我们不再去重视探究真理、实在、理性、客观性等标志科学的"科学性"的课题，不去谈论如何实现科学性或者谁更具有科学性，"科学的"不应当再作为引领文化诸领域发展动向的风向标，也不应当再被当作学科优势的评价标准。

在传统科学哲学中，对科学的理解代表着英美分析传统的科学观，即将科学理解为始于伽利略（Galileo Galilei）的自然科学，科学哲学单指对自然科学的哲学解释和研究。罗蒂理想中的科学更接近于欧洲大陆哲学的 Wissenschaft，尽管不尽相同。Wissenschaft 是宽泛意义上的"科学"，它的词根 Wissen 是德语中的"知识"，系统化的知识就构成了科学，因此欧陆意义上的"科学"包括自然科学、社会科学、精神科学，欧陆哲学视域中的科学哲学不只是关于自然科学、实验科学的哲学，还包括了历史哲学、文化哲学。③ 按照康德的观点，"任何一种学说，如果它可以成为一个系统，即成为一个按

---

① Richard Rorty, *Philosophy and Social Hope*, London: Penguin Books, 1999, p. 25.

② [美]理查德·罗蒂：《后哲学文化》，黄勇译，上海译文出版社 2009 年版，第 76—77 页。

③ 郭贵春、成素梅：《德国科学哲学的发展与现状——与汉斯·波塞尔教授和李文潮教授的访谈》，见郭贵春、成素梅主编《科学哲学的新趋势》，科学出版社 2010 年版，第 180—191 页。

照原则而整理好的知识整体的话,就叫作科学"①。那么科学充当一种"陈述系统"的角色,可以生发出"自然科学""技术科学""社会科学""神经科学"等诸多形式,"科学"更像是"文化"这样的全称词语。"科学的"不应再作为褒奖某些学科的褒义词,或者作为设立特殊领域的界限,"科学的"作为评价知识、学科的赞词,应当被"文化的"所彻底取缔。罗蒂对科学的哲学反思要点就是不再把自然科学当作人类文化的图腾,将自然科学视为作为整体的文化样态中平常无奇的一种,置于与人文科学、社会科学等旗鼓相当的位置,以此呼吁和警示人们,不要把科学当作一种新的宗教来顶礼膜拜,为文学和其他不以理性著称的学科留下余地。

三 科学作为一种文学样式

罗蒂所采用的新的描述自然科学的方法还包括将科学统摄在一种宽泛的"文学"概念之下。他把科学视作文学的一种样式,宣告"把科学和哲学至多是当作文学中的不同体裁"②,并将诗人而非科学家或者牧师奉为文明的先锋。作为分析哲学出身的实用主义哲学家,罗蒂受文学吸引而逐渐偏离了西方主流哲学的思想轨迹,他对文学、诗歌和浪漫主义的赞誉无论是在哲学界还是文学界早已有目共睹。因此罗蒂对科学的哲学反思显示出鲜明的人文倾向也不足为奇。如果将科学归结为一种工具、一种文化还远不足以撼动科学在当今文化格局中的中心地位,不足以扭转各个学科唯科学马首是瞻的局面,那么罗蒂索性将科学归为文学的做法可谓对科学发起的强力挑战。

罗蒂将科学归为文学样式的核心出发点是科学需要倚仗语汇和文字的表达。传统的文化观念中,科学能够"发现自然本身使用的

---

① [德]伊曼努尔·康德:《自然科学的形而上学基础》,邓晓芒译,上海出版公司 2003 年版,第 2 页。

② Richard Rorty, *Consequences of Pragmatism*, Minneapolis: University of Minnesota Press, 1982, p. 141.

语言",科学的进步就是向着"与实在相符"的目标迈进;在罗蒂那里,科学的发展意味着"在追求一个特定目的中一种词汇比另一种词汇更好用"。他并不关注科学认识过程中的发现、证实环节,他甚至跟从蒯因,从根本上拒斥科学是对事物本质或者客观真理的发现和证实,推崇将科学作为人工发明物的观点。因此罗蒂更加看重科学的辩护和争论过程,以及对科学文本的组织和修辞、论述和阐释环节,他突出强调科学所采用的有效叙述方式,以及科学家们如何"用流行的行话来表达他们做出的各种猜想"①。

罗蒂对科学语汇的强调与科学修辞学之间存在着显著的差异:后者承认科学的客观性和真理性,其对科学文本、科学知识的历史性和社会性特点的注重始终以修正和完善传统认识论为前提,而罗蒂则在关注科学所使用的修辞辞令的同时彻底抛弃了认识论。在罗蒂那里,科学的成功不在于其合理的理论建构和严谨的实验求证,只完全依赖于语汇的使用。以伽利略与亚里士多德之争为例,罗蒂将亚里士多德的胜利归因于"幸运地采用了更加有效的表达方式"②,恰当地使用行话构建了科学的假说,难免陷入"偶然性"和"机遇主义"的泥沼。

当然,科学语汇只是众多语汇中的一种,其他学科也同样需要语汇的帮助。因此科学是涵盖诗歌、散文、小说、戏剧等众多样式的文学体裁中的一种,诸学科不同的语言表达形式都可以归入罗蒂的文学范畴,作为同样值得尊重的、严肃的研究,获得平等的学科地位。由此看来,我们不能赞同尼哈马斯的观点,认为罗蒂试图以文学替代科学,作为人类活动的范式。③ 尼哈马斯对罗蒂的误解在

---

① 孙伟平编译:《罗蒂文选》,社会科学文献出版社 2007 年版,第 216—217 页。

② Richard Rorty, "Method, Social Science and Social Hope", in Steven Seidman ed., *The Postmodern Turn: New Perspectives on Social Theory*, Cambridge: Cambridge University Press, 1994, pp. 46-64.

③ Alexander Nehamas, "Can We Ever Quite Change the Subject?: Richard Rorty on Science, Literature, Culture, and the Future of Philosophy", *Boundary 2*, Vol. 10, No. 3, 1982, pp. 395-413.

于，他将罗蒂把科学作为文学样式的行为简单地理解为仍是在区分人类认识行为的优劣，事实上这种区分恰恰是罗蒂通过不懈的哲学努力所致力于消除的。

同样，哲学也只是一种"书写形式"，像任何文学的体裁一样。它不受形式或者内容的限制，只受到哲学传统的限制，讲述"父亲巴门尼德、诚实的老叔叔康德和调皮的兄弟德里达"等家族成员的浪漫故事。[1] 罗蒂认为文学批评将哲学取而代之："我觉得在英国和美国，哲学已被就其主要文化功能而言的文学批评所替代——作为年轻人自我描述其与过去不同处的一个源泉……这大致是因为盎格鲁-撒克逊哲学中的康德主义和反历史主义趋向。在黑格尔未被忘却的过渡中，哲学教师的文化功能是判然不同的，而更接近于美国文学批评家的地位。"[2]

四 反对科学主义而非敌视科学

对科学形象殚精竭虑地改造，将科学视为工具、文化，甚至文学，都清晰地显露出罗蒂对传统哲学赋予科学的文化权威地位的不满。鉴于他在著述中论及科学时始终是以一副正义之士向文化权威发难的姿态，以及他对传统哲学和科学形象的强力批判与改造，罗蒂在学界被扣上了"反对科学"的帽子，被描绘成一个反科学者的形象。需要澄清的是，罗蒂并不是憎恶科学及其现代性成果的矫枉过正的人文主义反科学斗士，他攻击的矛头并不指向自然科学本身，也从不诟病科学的经验研究及科学领域的发现与成就，他所拒斥的是科学沙文主义。罗蒂所指称的科学主义是这样一种学说："自然科学优越于文化的其他领域，自然科学中的某些东西使它比任何其他

---

[1] [美] 理查德·罗蒂：《哲学、文学和政治》，黄宗英等译，上海译文出版社 2009 年版，第 4 页。

[2] 参见 [美] 乔纳森·卡勒《论解构》，陆扬译，中国社会科学出版社 1998 年版，第 3 页。

的人类活动更接近于现实。"[1] 这种崇尚科学的"主义"同客观主义、理性主义一样，对科学有着近乎偏执的狂热和崇拜（本章反对本质主义小节末尾已有提及）。

在他的著述中，罗蒂曾多次肯定科学在近现代人类社会发展进程中起到的积极作用和卓越贡献，尤其认可科学的控制和预测功能。但是，在"科学""科学的"这两个词已经获得空前威望的当今时代，科学的行为被当作绝对明智的、值得赞赏和鼓励的，不科学的行为意味着愚昧、被鄙视。这就人为地夸大了科学的权威性，甚至赋予科学在人类文化领域中至高无上的地位，将自然科学中行之有效的方法论外推到科学之外的所有文化领域，包括社会科学领域、人文科学领域，这种以"科学精神""科学态度""科学准绳"衡量一切学科的做法是罗蒂所不能苟同的。当今的西方文化已经到了"需要以其先前使自身非神学化的同样方式来使自身非科学化"[2] 的紧要关口。

简而言之，罗蒂否定的是科学主义者对科学做出的实证主义诠释，反对他们试图把一切知识都还原为自然科学的统一科学模式，反对科学万能论。他的科学观无意消解科学，而是颠覆科学在文化中的王者独霸地位，将科学回归为一种普通的社会文化活动。罗蒂清醒地认识到，"对科学主义的反动导致了对自然科学的攻击，说后者是一种伪神。但科学没有任何错，错就错在将它神化的企图，这一企图是实在论哲学的特征"[3]。因此罗蒂并不主张站在科学的对立面，一边享受科学带来的便利，一边对科学横加指责，而是主张冷静清醒地对科学进行重新审视，跳出近代以来人类社会对科学狂热和

---

[1] Herman J. Saatkamp eds., *Rorty and Pragmatism*: *The Philosopher Responds to His Critics*, Nashville: Vanderbilt University Press, 1995, p. 4.

[2] ［美］理查德·罗蒂：《哲学和自然之镜》，李幼蒸译，商务印书馆2012年版，第10页。

[3] Richard Rorty, *Objectivity*, *Relativism and Truth*, Cambridge: Cambridge University Press, 1991, p. 34.

趋之若鹜的迷信圈。正如埃里吉·丹（G. Elijah Dann）所指出的，"我们不能将罗蒂解读为贬低了科学探究对于人类社会的重要性，但是科学的重要性绝不是因为它能够以其他学科所不能的方式表象实在的本质"[①]。罗蒂所做的努力是试图把科学拉下神圣的文化领袖宝座，摧毁当代西方文化的中心，重塑科学形象，从而建立无根基的后科学文化。

罗蒂在对哲学优越性发起猛烈抨击时曾宣称："随着主导着哲学活动的那套语汇受到质疑，一个明确的自主的称作'哲学'的文化活动便变得可疑起来。随着柏拉图二元论的行将过时，哲学和文化其余部分的区分便处于危险之中。"[②] 现代哲学是实证主义和科学的哲学，因此对哲学之王覆灭的预言也是罗蒂对科学作为优势文化做出的宣判。在罗蒂筑建的后哲学文化中，自然科学被拉下理性的神坛，不再作为真理的代言人，而是与人文文化和社会科学文化处于平等地位，共同作为文化的不同类型绽放异彩。在这种后哲学、后科学的文学文化中，"没有人（至少没有知识分子）会相信，在我们内心深处有一个标准可以告诉我们是否与实在、真理相接触。在这种新的文化中，无论是牧师、物理学家或诗人都不会比别人更'理性'、更'科学'或更'深刻'。没有哪个文化的特定部分可以挑选出来作为范例以说明文化的其他部分，其中没有跨学科的、超文化的、非历史的标准"[③]。科学并不是知识探索的唯一有效形式，更不是通往知识的独一无二的优先通道。现代社会将自然科学作为其他高级文化范例的态度应当被彻底破除。

[①] G. Elijah Dann, *After Rorty: The Possibilities for Ethics and Religious Belief*, New York: Continuum International Publishing Group, 2006, p. 25.

[②] ［美］理查德·罗蒂：《后形而上学希望》，张国清译，上海译文出版社 2009 年版，第 91 页。

[③] Richard Rorty, *Consequences of Pragmatism*, Minneapolis: University of Minnesota Press, 1982, p. 38.

第三章 强势文化的"陨落"

对比宗教文化与哲学文化、科学文化的更迭，罗蒂预言哲学文化与科学文化的式微和文学文化的兴起，并将文学奉为文化的典范，鼓励人们重视文学，竭力助推文学的复兴。黑格尔虽然对艺术的过去大加赞赏，却对艺术的未来，作为一种前哲学状态的绝对理念无甚信心。相对于黑格尔，罗蒂更加坚信未来文学艺术将在后哲学文化中异军突起。

对哲学的改造和对科学的攻讦，皆为罗蒂的新实用主义文学观铺就了道路，为其发展壮大提供了滋养的土壤，为文学文化的兴起吹奏起序曲。通过将认识论替换为诠释学，将研究哲学取代为对话哲学，推崇教化哲学贬斥系统哲学，罗蒂竭力以小写的哲学替代大写的哲学，以期转变传统的哲学范式。在当今硬事实为王、客观真理凌驾于情感与观点之上的科学文化领域为文学谋得立锥之地，罗蒂对科学与其他学科的划界问题进行消解，摒弃真理符合论和科学实在论，并对科学方法的优越性发起挑战。

第一节 哲学文化的"陨落"

对形而上学的全面颠覆并不意味着罗蒂将主张完全抛弃哲学。

与只破不立的后现代主义解构者不同，罗蒂在根除形而上学的同时，积极改造认识论哲学，对未来哲学的形态进行了大胆的设计。他建议用诠释学来填补罢黜认识论之后留下的空白，用对话哲学和教化哲学来取代传统的研究哲学、体系哲学，将"大写的"认识论哲学改造成"小写的"哲学。

罗蒂对认识论哲学的彻底改造昭示出他对待科学的基本立场必然是与建立在分析哲学和逻辑主义框架中的主流科学观相去甚远。他致力于使知识与真理让位于自由开放的诠释和不同文化范式间持续的对话，防止使哲学走上牢靠的科学大道，防止科学与哲学的联姻对文学等人类其他学科多元发展的垄断与遏制。

一　从认识论到诠释学

在基础主义认识论被罗蒂彻底放弃之后，学界对如何填充认识论留下的空白众说纷纭，其中一种代表性的观点认为，罗蒂将"用政治问题替代认识论问题"[①]，因为国家的民主进程和自由主义等政治哲学问题显然在罗蒂这位以"筑就国家"为己任的公共知识分子的哲学视域中占据着重要的地位。对他而言，关注个人与社会关系等议题确实比研究如何获得与真理相符合的正确的知识要有趣得多。另外一种极具代表性的看法则是：罗蒂在彻底摆脱基础主义、表象主义认识论之后，建议转向一种开放的状态——诠释学。诠释学被罗蒂定义为传统镜式哲学之后的哲学，一种否认普遍公度性的、存在于人类谈话之中的哲学。本书倾向于后者，即认同罗蒂在摧毁传统哲学的基础主义认识论之后，并不主张以一套名为"诠释学"的新的认识论范式对镜喻表象主义取而代之，而是对我们的文化不再提出任何限制和对照的要求，进入一种自由的诠释状态。在诠释学

---

① 吴开明：《论罗蒂对基础主义的拒绝》，《厦门大学学报》（哲学社会科学版）2005年第1期。

的视域下，一切论断都产生于既定的社会传统之中，共同的社会实践的语境约定了知识的价值及其合理性，自由和开放的谈话取代真理成为我们思想的目标。

罗蒂在《哲学和自然之镜》中首次提出从认识论转向诠释学之时便一再澄清，他提出的诠释学并非作为认识论的一个"继承性主题"，而是以此来表示与认识论为中心的哲学的彻底决裂。在他那里，"诠释学"并不代表一门学科，用以步认识论的后尘、完成认识论未竟的事业；它也不是一种方法，用以实现认识论始终未曾达到的那种结果；更不是一种纲领性的研究理论。相反，诠释学"是这样一种希望的表达，即由认识论的撤除所留下的文化空间将不被填充"①。认识论并不是人类文化的必需品，任何适当地以某种形式替代认识论的学科也不足以充当文化必需品的角色，不必为崩塌之后的认识论寻找替身。

因此，断不可误解为罗蒂的后哲学文化大厦中以诠释学作为替代基础主义认识论的另一种不同的认知方式。罗蒂的诠释学不是简单地与科学性、预测性的"说明"（explanation）相对立的对精神现象的"理解"（understanding）所指向的那种认知方式，② 而是全新的"另外一种对付世界的方式"③。对于学界声称罗蒂以诠释学"替代"认识论的讹传以及对罗蒂诠释学概念的热切关注，罗蒂本人曾经在1995年的一次访谈中表示与其被误传误用，宁可放弃这个概念。他说，"引入诠释学概念来解释认识论之后的状态是件不幸的事"，他希望自己从未提及这一概念，只用"我们与其继续认识论事业，莫不如想一些更有趣的事来做"④ 来表达。

---

① ［美］理查德·罗蒂：《哲学和自然之镜》，李幼蒸译，商务印书馆2012年版，第335页。

② 潘德荣：《西方诠释学史》，北京大学出版社2013年版，第475页。

③ Richard Rorty, *Philosophy and the Mirror of Nature*, Princeton: Princeton University Press, 1979, p. 356.

④ Joshua Knobe and Richard Rorty, "A Talent for Bricolage: An Interview with Richard Rorty", *The Dualist*, Vol. 2, 1995, pp. 56 – 71.

罗蒂的"诠释学"概念来自海德格尔、伽达默尔、德里达一支，着力解构传统的形而上学，与施莱马赫（Friedrich D. E. Schleiermacher）等专注于诠释学方法论的认知性诠释学无关。然而罗蒂意义上的诠释学与伽达默尔意义上的诠释学也存在着截然不同的区别。第一，伽达默尔的现代哲学诠释学仍是一项基础主义事业，他的目的是维护来自古希腊的"高等文化"遗产。罗蒂的诠释学是一种无根基的事业，他关注的焦点是保护自由、开放的文化。第二，伽达默尔诠释学是关于本体论研究的一种哲学，以"理解"现象的普遍本质而不是关于理解的认识论、方法论为研究的出发点，诠释学在伽达默尔那里被当作人文科学、精神科学、社会科学立名的条件。罗蒂不是在一套哲学体系的意义上使用诠释学这一概念，他的诠释学被用作对抗传统认识论的手段，是抛弃认识论之后的产物。第三，伽达默尔诠释学并未放弃对真理的寻求，相反，他把诠释学当作确保获得真理的一门学科。他在《真理与方法》一书中的一项重要任务就是论证拥有科学方法的自然科学不是获得知识和真理的唯一可靠途径，捍卫"那种我们通过艺术作品而获得的真理的经验"[①]。罗蒂的诠释学是当我们不再囿于认识论时自然而然获得的东西，以重要性论之，是否获得知识与真理让位于对话过程中取得的一致意见，即知识和绝对的真理不再是值得人们为之奋斗的目标，取而代之的是通过有益的对话尽可能地达成意见一致。

在论证诠释学对抗认识论之可能性的过程中，罗蒂以科学哲学家库恩（Thomas Kuhn）作为同盟，援引其《科学革命的结构》中为自然科学建立的科学模型和对自然科学史的范例研究。罗蒂首先借鉴了库恩的"可公度性"（Commensurability）概念。传统镜式认识论以承认可公度性为前提基础，认为哲学应当以发现永恒研究构架为中心，这种构架与心灵相对照的对象或者限制人类研究的规则

---

① ［德］汉斯-格奥尔格·伽达默尔：《诠释学Ⅰ：真理与方法》，洪汉鼎译，商务印书馆2013年版，第5页。

为一切话语所共有,或者至少是在某一个主题方面每一种话语都具有的。通行的认识论概念下,人们需要不断找寻与其他人最大限度的共同基础,以证明自身合乎理性、合乎人性。罗蒂的诠释学是非基础主义的,它致力于在那些明显不可公度的对话或语汇之间进行调解,因此是为反对"对某一话语的一切参与活动都是可公度的"假设而进行的斗争。这种实用主义风格的诠释学,为允许不同读者对文本进行各式阐释的实用主义文本阐释观奠定了基础。

比较而言,罗蒂的诠释学与传统认识论在追求的目标、发挥的作用等方面存在着显著区别。第一,就研究的目标而言,认识论哲学以真理为探求的终极目标,竭尽所能去发现共同的基础框架或能为谈话的一切组成部分所共用的一组适当词语,把谈话者统一在共同的合理性之中;诠释学不以发现真理为目的,只关注如何调和明显不可公度的话语或语汇,促使不同范式之间的对话与合作继续进行下去,[①] 始终怀抱彼此达成一致的希望。第二,从发挥的作用来看,信仰认识论的哲学家主要扮演一种"文化监督者"的角色,以柏拉图的哲学王的视野对所有人类活动作出客观、公正的陈述和裁决,为世界寻找规律、为人类社会寻找可以遵循的规范;信仰诠释学的哲学家发挥的是"博学的爱好者、广泛涉猎者和各种话语间的苏格拉底式调节者所起的作用",他们通过谈话的方式,调和或超越各个学科和不同话语间的分歧。第三,在研究与谈话的关系方面,谈话的方式对于认识论而言就是一种含蓄性的研究,因为认识论哲学主要探索心智和语言的运作方式;对诠释学来说,研究的方式是惯常性的谈话,因为诠释学主要探索谈话的运作方式。第四,从对待参与者的态度区分,认识论把认识活动的参与者看作在追求共同目的的过程中由相互利益统一起来的一个整体(universitas),诠释学把诠释活动的参与者看作统一在某个社群(societas)之中,社群

[①] R. J. Snell, *Through a Glass Darkly*, Milwaukee: Marquette University Press, 2006, p. 63.

成员由文明、礼貌而非共同的目标或者基础联系在一起。① 第五，就研究对象来说，认识论描述我们在统一的约束性模式中对熟悉的事物所做的研究，诠释学描述我们在自由、开放的状态下从新的看待事物的角度对不熟悉的事物所做的研究。

显然，罗蒂抛出诠释学的概念用以代表同认识论完全对立的两种观念。认识论与诠释学各自领域之间的界限既不是"自然科学"与"人的科学"区别的问题，也不是"对自然的研究"与"对精神的研究"之间的区别问题。二者之间的区别主要是一种"熟悉性"的区别：如果我们充分理解发生的事物，并且致力于将其整理、扩大、加强和传播，甚至是为其"奠定基础"，则我们的工作是认识论的；如果我们不理解发生的事物，但是不采取自欺欺人的"辉格式"态度而是坦然承认，则我们的工作就是诠释学的。

对传统哲学认识论的崇尚是科学主义得以膨胀的必然前提，以至于西方自启蒙以来，尤其是自康德以来，一直把自然科学当作知识的典范和衡量文化其他领域的标尺。自然科学的客观性和合理性探寻已然成为一种价值观的体现。罗蒂对认识论的取缔表明他对破除认识论传统中某种既定的旧式思维定式的坚决态度，即破除认识论从科学出发，通过发现能被看作"认识的"或"科学的"人类话语的共同基础而被推广到文化的其他领域中去的定式思维。"诠释学"这个术语标志着哲学研究"趣味"的变化，即"从可以一劳永逸地处理好的事物转向只能被一遍又一遍地反复解释和反复语境化的事物"②。

二 从研究哲学到对话哲学

罗蒂提出以对话哲学代替传统的研究哲学。彻底否弃基础主义

---

① Richard Rorty, *Philosophy and the Mirror of Nature*, Princeton: Princeton University Press, 1979, pp. 318–321.
② ［美］理查德·罗蒂:《文化政治哲学》，张国清译，北京大学出版社 2011 年版，第 205 页。

认识论、本质主义和二元论是对传统哲学赖以生存的基础的摧毁，放弃"自然之镜"的认识论焦点必将导致作为诸学科文化领袖的传统哲学分崩离析，"哲学"作为一门专业学科的概念将无立足之本。以罗蒂的三位哲学英雄为首的20世纪伟大的哲学家们将人的行为、语言和存在代替认识论问题作为哲学新的主题。罗蒂也在颠覆认识论中心主义之后，以"小写的"哲学代替"大写的"哲学，以后哲学文化实现对哲学的改造。

此文化中，哲学不再占据人类文化的基础与核心地位，成为一种普通的文化活动，同其他学科平等相处。哲学家解说文化的某个领域如何以及为何与实在保持着特殊关系的权威身份不复存在。哲学家虽然仍是理解事物如何关联的专家，但他们不再有"任何特殊的问题需要解决，没有任何特殊的方法可以加以运用，没有任何特别的学科标准，也没有任何集体的作为专业的自我形象"[1]。

在这种文化中，人们完全抛弃那种尝试证明自己的信念符合事物所是的那种企图，转入与他人的对话之中，在平等的对话里探究其他可能的选择。哲学的目的由寻找认识与实在相符的正确方式，转变为保持对话的继续，哲学客观的、合理的、超验的、实证的形象被打破，自由、平等的哲学对话将代替传统的哲学研究。在这种对话哲学中，智慧就是维持谈话的能力，而非揭示知识之根据的能力，也不是为再现本质找到正确语汇的能力。人们不必再以普遍性的准确描述为目标，而是成为不同的、新的描述的生产者。通过与来自不同文化、不同领域、不同知识背景的人不断地进行多角度的对话，不断重新创造人类自身、完善自己。后哲学文化中"大写的"哲学就是追求与实在相符的真理的研究哲学，"小写的"哲学就是自由、宽容的对话哲学。

在罗蒂看来，分析哲学与对话哲学之间的区分，应当取代当今

---

[1] Richard Rorty, *Consequences of Pragmatism*, Minneapolis: University of Minnesota Press, 1982, p. 39.

哲学学界在分析哲学同大陆哲学之间的区分,前者区别了由于采取不同的元哲学态度而产生的不同的自我形象,后者的区分主要是地理学和社会学的问题。自我形象的区分与地理学定位的区分之间存在一定的联系,也就是说,在英美国家分析哲学备受钟爱,欧洲大陆国家则更加青睐对话哲学。在对话哲学流行的国家和区域,黑格尔及其历史主义备受推崇;在对话哲学不甚流行的地域,康德及其有待揭示的"思想、意识、理性或语言等永久性结构"① 是哲学家们的灯塔,指引他们孜孜不倦地走在探索之路上。

罗蒂的实用主义即是一种以对话为核心的哲学,他欣赏具有充分历史主义态度的对话哲学家,他们不把哲学研究当作一种科学的训练,而是当作轻松的、惯常的谈话。哲学本身的价值,就在于它与有关人类的其他对话的关系,而不是它与所探讨主题的关系。哲学家工作的价值,存在于它同其他哲学家工作的关系,不在于它同事情本身的关系。简而言之,以分析哲学为代表的研究哲学是一种专家文化,它以严谨的研究方法萃取本质、探寻基础、垄断真理,具有对文化的其他样态进行审判的权威。罗蒂所倡导的对话哲学把哲学平民化,以民主、平等的多元对话形式展开研究,降低了"爱智慧"的门槛,使哲学不再是晦涩艰深的专家的事业。

在某种程度上,伽达默尔的哲学诠释学也是一种对话哲学。伽达默尔诠释学的一个核心概念是"理解",即主体(读者)与客体(文本)之间的交互活动。他把理解看作对话的一部分,认为"理解关系表现为一种类似于某种谈话的相互关系"②,虽然文本并不像一个谈话者那样真实地同读者讲话,但是寻求理解的人必须通过自身使它讲话。对话的特点是不按谈话任何一方的意愿进行,交谈过程

---

① [美]理查德·罗蒂:《文化政治哲学》,张国清译,北京大学出版社 2011 年版,第 142 页。
② [德]汉斯-格奥尔格·伽达默尔:《诠释学Ⅰ:真理与方法》,洪汉鼎译,商务印书馆 2013 年版,第 533 页。

中某个词如何引出其他的词,谈话发生怎样的转变,如何进行下去,如何得出结论以及得出何种结论等整个进行过程不受谈话参与者的控制,相反,所有的谈话参与者都是谈话的被引导者,没有人预先知道谈话将会产生什么结果。只有通过对话才能增进相互了解、达成一致意见,在此基础之上视域融合和理解才得以可能。

另外,哈贝马斯也提出过有关对话的哲学。他的对话伦理学认为,意义和真理在对话的过程中将会不断地涌现,经由谈话的形式,人们能够实现对知识的理解和对真理的把握。哈氏的对话伦理学在追求的哲学目标上与罗蒂的对话哲学也形成了显著差异,罗蒂推崇的对话哲学不追求达至所谓隐藏在对话深层的完美真理,对他而言,真理早已被重新释义为一个表示满意的形容词。

沃恩克(Georgia Warnke)对罗蒂的对话哲学很不以为然,她认为,伽达默尔强调我们从自己的谈话对象那里能够学到什么,我们如何能够被自己所学到的东西所改变;罗蒂只强调我们为我们自己的利益能从我们的研究中得到什么,因此她批判罗蒂的哲学对话具有强烈的主观主义色彩。① 这种观点同苏珊·哈克(Susan Haack)对罗蒂的"粗俗的实用主义"② 评价如出一辙。二者都把罗蒂倡导对话的实用主义哲学误解为"凡事为其所用"的拿来主义伎俩,显然忽略了其中所蕴含的沟通、交流、理解的深层内涵。

三 从系统哲学到教化哲学

诚如海德格尔所言,"当歌德或者黑格尔说到'教化'一词时,以及当19世纪50年代一个有教养的人说'教化'一词时,个中差异就不仅在词义的形式内涵上面,而且也在言说的世界内质上,尽管两

---

① [美]乔治娅·沃恩克:《伽达默尔——诠释学、传统和理性》,洪汉鼎译,商务印书馆2009年版,第167—209页。
② Herman J. Saatkamp eds., *Rorty and Pragmatism: The Philosopher Responds to His Critics*, Nashville: Vanderbilt University Press, 1995, pp. 126-147.

者并不是毫无联系的"①。"教化"（Buildung，德语词）同"共通感"（Sensus Communis）、"判断力"和"趣味"一起构成伽达默尔诠释学建构通向真理之路的四大人文主义概念。伽达默尔以"教化"取代作为思想目标的"知识"，描述的是个体和文化进入一个更宽广的规定的共同体的过程，"教化了的"个体是超出他们的私有兴趣和关注的局限性，能够把生活和关怀放在一个更大视域中的有教养的人，"教化了的"文化是在一个更大的世界共同体之中来理解其自身位置的文化。

从某种意义上说，罗蒂正是以伽达默尔为向导，在《真理与方法》一书中找到了自己哲学的出发点，以教化作为哲学的目标。② 罗蒂借用伽达默尔的教化概念来与以认识论为中心的哲学划清界限，但罗蒂的教化（edification，英语词）与伽达默尔的教化不尽相同。③当罗蒂使用教化一词时，是用来代表"发现新的、较好的、更有趣的、更富有成效的说话方式"的构想。罗蒂认为，教化可以通过诠释学和诗学两种途径进行。对我们自己或他人进行教化，一方面可以通过诠释学活动，在我们自己的文化和某种异国文化之间、在不同历史时期之间，或者在我们自己的学科同其他"以不可公度的词汇来追求不可公度的目的"的学科之间建立联系；另一方面，教化还可以通过诗学来进行，即通过思索新的目的、新的词语或者新的学科的诗性活动，用我们新发明的、不熟悉的语词去重新解释我们所熟悉的环境。④

镜式认识论与诠释学之间的对立，实际上也是系统哲学和教化哲学之间的对立。在罗蒂那里，西方以认识论为中心的镜式哲学也

---

① ［德］马丁·海德格尔：《尼采（上册）》，孙周兴译，商务印书馆2003年版，第159页。

② ［荷］弗兰克·安克斯密特：《崇高的历史经验》，杨军译，东方出版中心2011年版，第25页。

③ 殷杰、何华：《语言与理解——伽达默尔诠释学的"语言转向"及其对实用主义哲学的影响》，《山西大学学报》（哲学社会科学版）2012年第3期。

④ Richard Rorty, *Philosophy and the Mirror of Nature*, Princeton: Princeton University Press, 1979, p. 360.

被称为"系统哲学",与之相对立的以怀疑基础主义认识论纲领为主要出发点的哲学称为"教化哲学"。

系统哲学建立在主客体二分、事实与价值二分,准确映现周围世界、探求镜式本质的基础上,系统哲学把哲学的目的看成发现关于为一切人类研究和活动提供最终公度性词语的客观真理,旨在为人类的认识和实践提供永恒的基础框架。与系统哲学正相反,教化哲学以维持谈话继续进行为目的,不去发现客观真理、不去寻求永恒的行为标准,认为不存在为一切人类研究和活动提供最终公度性的一套词语。① 系统哲学家属于主流哲学家,他们同科学家非常相似,力图让哲学的研究主题像科学一样合理、可靠,因此不断寻找真理,论证权威,接近永恒的存在,试图把哲学建设成科学那样的千秋伟业。哲学史上系统哲学的代表包括柏拉图、笛卡尔、康德、胡塞尔、逻辑实证主义者和英美分析哲学家等。

教化哲学是一种无基础、无中心的活动,它的目的不是追寻客观性、发现真理、找到永恒的阿基米德点,而是就共同关心的主题平等地进行谈话。教化哲学的代表有尼采、詹姆斯、伽达默尔、德里达、库恩等,教化哲学的典型样板就是伽达默尔的哲学诠释学。罗蒂所敬仰的三位哲学家——杜威、维特根斯坦和海德格尔也都是伟大的教化哲学家,他们质疑用终极语汇追求普遍公度性的整个构想,徘徊在主流之外。② 相对于建设性的系统哲学家而言,教化哲学家是治疗性、反动性的,他们非常清楚一旦他们对其施以反动作用的时代成为过去,他们的著作就会失去原有的意义。他们锲而不舍地追求一种整体主义观点,认为语词并非通过自身的再现性而是通过与其他语词建立的联系来获得意义的,因此,伟大的教化哲学家只提供讽

---

① Richard Rorty, *Philosophy and the Mirror of Nature*, Princeton: Princeton University Press, 1979, p. 377.

② Richard Rorty, *Philosophy and the Mirror of Nature*, Princeton: Princeton University Press, 1979, pp. 368 – 369.

语、谐语和警句,力图通过对话激发无限的诗意和想象力。

罗蒂主张以教化哲学替代传统的体系哲学,以谈话和交流取代认知和求真。教化哲学鼓励新的对自我和世界进行描述的方式,承认多样性,它所关注的重点不再是去发掘信念的基础、对真理的永恒正确的理解,也不是世界得以存在的方式。教化哲学的研究重心转向如何唤起人们对诸多不尽相同的对付世界之可能性的意识,促进人们对不同的生活选择的意识,提高人们对新的描述模式之可能性的意识。教化哲学对人类自身发展的重视胜过对真理的探求和占有,对新的假定的考量胜过对已有假定的证明。

从教化的视角来看,重要的是把人们的思维方式与其他不同的思维方式进行比较,承认自己思维方式的文化本土性和有限性,意识到观点其实只是此时此刻所能想象的最佳应对方式,或者意识到"即便当我们能够证明关于我们想知道的每样东西的真实信念,我们也只不过是符合了当时的规范而已"①,同确实、永恒的真理或道德律无关。教化的目的永远只有一个,即"去履行杜威所谓的'击破惯习的外壳'这一社会功能,防止人们自欺欺人地以为他们了解自己或者了解除了某些可供选择的描述之外的其他什么东西"②。简而言之,教化的目的就是使人们不因为自己或他人对所谓真理的占有而夜郎自大或者迷信权威。

教化似乎永远也不可能使哲学终结,这一点罗蒂本人应当清楚地认识到,但是充分发挥教化的功能有助于防止文化的自满,③ 防止哲学走上牢靠的科学大道。显然,罗蒂不以追求真理、把握实在和本质为文化发展的要义,而是注重不同文化范式间持续进行的对话

---

① Richard Rorty, *Philosophy and the Mirror of Nature*, Princeton: Princeton University Press, 1979, p. 367.

② Richard Rorty, *Philosophy and the Mirror of Nature*, Princeton: Princeton University Press, 1979, p. 379.

③ James Tartaglia, "Rorty's Thesis of the Cultural Specificity of Philosophy", *Philosophy East and West*, Vol. 64, No. 4, 2014, pp. 1018–1038.

和对话过程中不断拓展的领域。

在批判形而上学、改造认识论哲学的基础之上，罗蒂抛出的独树一帜的文化模式——后哲学文化，也是一种后形而上学文化、后科学文化、文学文化。在罗蒂看来，当一种文化放弃了在现象与实在、意见与知识之间的对立，便可看作后哲学的文化。后哲学文化对科学文化进行重塑，由崇尚自然科学的科学性走向强调整体性的多元文化，其中，科学和艺术将始终提供一个在不同的理论、运动、学派之间激烈竞争的景观。人类活动的目的不是达至真理之后一劳永逸地休息，而是进行更丰富、更好的人类活动。在这种文化范畴中，人类进步不再是走向任何一个预先准备好的地方，而是"使人类有可能做更多有趣的事情，变成更加有趣的人"[①]。对哲学范式的彻底扭转为罗蒂推倒基础主义哲学大厦、重塑科学形象，确认人文学科的合理性身份奠定了基础，使得文学文化的确立得以成为可能。

第二节 科学文化的"陨落"

科学哲学的传统研究课题是探讨科学事业在整个生活模式中的地位，为科学作为合法知识和成功的文化典范提供终极辩护。罗蒂跳出维护科学之优势文化身份的窠臼，致力于弱化科学与文学等其他学科之间的差异，拆解科学作为文化权威的神性地位。他在新的哲学范式下，从作为工具、文化和文学的科学观出发，对科学哲学的四个传统论题：科学划界问题、真理符合论、科学实在论和科学方法优越性展开批判。最终的目标指向滤除自然科学附带的光环，在文学文化的自由主义乌托邦中为文学等人文学科谋求立足之地。

---

① ［美］理查德·罗蒂：《后哲学文化》，黄勇译，上海译文出版社2009年版，第80—81页。

一 消解科学划界问题

划界（demarcation）又称科学划界或分界，指的是"在科学与其他知识体系、社会活动和建制之间，特别是非科学和伪科学之间的划界"[①]。划界问题是科学论研究的核心问题，研究的焦点主要涉及在科学与他者之间作出区分的可能性及其意义，以及区分标准如何确立的问题。历史上知识分界的思想最早可以追溯到古希腊哲学家巴门尼德和柏拉图，在当时，科学虽然从属于自然哲学，但是将知识与纯粹意见、真理与谬误之间进行区分的"泰阿泰德问题"[②]可谓划界问题最原始的雏形。自文艺复兴以来，近代自然科学开始从哲学的母体中分离出来，在与宗教的抗争中逐渐获得独立，科学以反对形而上学和实验科学的名义与哲学和宗教划清界限成为历史的必然。

17世纪，以伽利略和牛顿（Isaac Newton）、惠更斯（Christiaan Huygens）等科学家为首，人们从认识论层面区分科学知识与意见，普遍认为科学知识比意见更加真实可靠，尽管对这种真实可靠性的证明意见不一。时至19世纪，可错论的出现极大地挑战了认识论意义上科学知识与主观意见之间的区分，以孔德（Isidore Comte）、贝恩（Alexander Bain）、马赫（Ernst Mach）等为代表的思想家们转向从方法论层面探索科学与其他文化的区别，坚持认为使科学与众不同的是科学方法。但是在何谓科学方法这一关键问题上，思想家们始终各持己见，难以达成一致。

19世纪至20世纪，自然科学的蓬勃发展使得科学与非科学之间的分界显得尤为重要。既然从认识论和方法论上无法有效地解决分界问题，以维也纳学派为代表的逻辑经验论者转而关注科学陈述的意义，提出以科学的"可证实性"原则为中心的意义标准，力图在

[①] 李醒民：《划界问题或科学划界》，《社会科学》2010年第3期。
[②] ［美］齐硕姆：《知识论》，邹惟远、邹晓蕾译，生活·读书·新知三联书店1988年版，第8—9页。

科学与非科学之间作出明晰的绝对区分。根据科学的可证实性特征，科学的陈述或假说可以通过经验归纳和逻辑推理证明为真，由经验证实的经验科学自然而然地被赋予了真理性。与此相反，波普尔强烈批判将"意义"作为划界的标准。仿效康德把归纳问题称作"休谟问题"，波普尔把划界问题称作"康德问题"，并且将划界问题视作康德知识论的中心问题[1]。他认为通过逻辑归纳以经验证实科学知识的做法并不可靠，提出将理论的"可证伪性"或"可反驳性"作为科学与非科学之间划界的标准，即"经验的科学的系统必须有可能被经验反驳"[2]，科学理论无法得到一劳永逸的证实，只能一次次证伪。

当历史主义科学哲学家库恩把科学区别于他者的本质属性归结为"范式"[3]（paradigm），重视科学家集团的共同信念，以他为代表的科学家和哲学家们对待科学划界的态度已经不似逻辑主义那么坚决。库恩号召"我们决不应当去寻找一条界限分明的、绝对的标准"[4]，这意味着对科学划界绝对标准的追求逐渐向相对化和模糊化转变。他的《科学革命的结构》成为挑战划界问题的重要著作。自逻辑经验主义和波普尔之后，反对划界的呼声日渐高涨，许多哲学家怀疑能够真正找到任何可以辩护的划界标准，质疑科学与非科学之间根本不存在泾渭分明的界限，后现代主义者、SSK建构论者成为反划界论的主力军。费耶阿本德（Paul Feyerabend）宣称，"科学和非科学的分离不仅是人为的，而且也不利于知识的进步"[5]，他用

---

[1] [英]卡尔·波普尔：《科学发现的逻辑》，查汝强、邱仁宗、万木春译，中国美术学院出版社2008年版，第10页。
[2] [英]卡尔·波普尔：《科学发现的逻辑》，查汝强、邱仁宗、万木春译，中国美术学院出版社2008年版，第17页。
[3] [美]托马斯·库恩：《科学革命的结构》（第四版），金吾伦、胡新和译，北京大学出版社2012年版。
[4] Thomas S. Kunn, *The Essential Tension*, Chicago: The University of Chicago Press, 1977, p.272.
[5] [美]保罗·法伊尔阿本德：《反对方法》，周昌忠译，上海译文出版社2007年版，第283页。

"怎么都行"(anything goes)的态度彻底弱化科学与非科学之间的分界线,向划界研究发起挑战。劳丹(Larry Laudan)断言划界问题是一个"伪问题"(pseudo-problem),宣告划界问题的死亡。因此,无论是科学哲学家内部的后现代主义者,还是后现代主义思潮中激流勇进的人文学者,都从不同的角度、用各种方法消解或弱化科学划界问题。[①] 科学与他者之间的赫然对立变得既不重要也无意义。在对科学划界的探索从划界标准绝对化走向相对化再到消融,从静态判断走向动态把握的历史演进过程中,划界问题从有关认识论、方法论的问题,逐步发展成一个关涉科学的社会建制、社会语境、文化共同体和文化背景的问题。

罗蒂的划界主张正处于这一发展进路的尾端,看似坚决的反划界论者,其实是"强调科学与人文相近似的方面"[②]。他曾在深入分析划界问题的起源之后,对为何存在划界问题、科学与非科学的区分为何在人类思想史上获得如此的重要性给出了两种可能的答案。其一,企图把实践的慎思同非人的、非视角性的对真理的追求(自然科学被当作这种追求的典范)区分开来,是想获得"形而上学的安慰"——一种过去由宗教提供的安慰。其二,自然科学家通常是某种道德德性的突出样板。他们以坚持说服而不是压服、以(相对而言)不腐败、以耐心和理性而享有较好的声誉。这种德性之所以在科学家而不是其他文化精英中间流行,与其学科和研究程序密切相关。[③] 罗蒂认为,追求形而上学安慰的企图无法掩盖把科学理想化、通过划界加以神圣化的企图,而自然科学附有值得其他学科效仿的道德德性,是由于19世纪时期科学主义修辞将"道德德性"与所谓"理性"所代表的"理智德性"混为一谈,因此,这两种解说

---

① 范燕宁:《科学划界标准的三次历史性转折及其方法论意义》,《贵州社会科学》2008年第9期。

② 洪晓楠:《科学文化哲学的前沿探索》,人民出版社2008年版,第324页。

③ Richard Rorty, *Objectivity, Relativism and Truth*, Cambridge: Cambridge University Press, 1991, pp. 60–62.

在罗蒂那里都不足以支撑划界问题存在的合理性。

科学文化哲学将科学的划界问题细化为科学外部划界——区别科学与非科学，和科学内部划界——人文科学与自然科学的区别问题。[1] 罗蒂对划界问题的思考更多地着眼于科学内部的划界，而不是科学与非科学、伪科学、形而上学的外部划界问题。其目的不在于制定区分自然科学与人文科学领域的分水岭，而恰恰旨在弱化、模糊甚至消解这种分野，强调科学文化的整体性。罗蒂极力主张消除自然科学与其他学科之间的本质区别，他认为在文化之间进行划分，造成的困难远远比能够解决的要多。将科学作为实现人类幸福的工具、文化整体中的一部分、一种文学样式的科学观中，已经清晰地体现出罗蒂消解科学与其他学科间认识论差异的卓绝努力。他所谓的"取消划界问题"并不意味着对科学或者科学家的驳斥或者贬低，只是不再把科学当作文化中的权威者，不再把科学家当作传递神谕的牧师，不再把科学当作人心与世界对抗的地方。[2] 罗蒂消解划界问题的实用主义策略可以归结为以下三种。

首先，用"正常话语"（normal discourse）与"反常话语"（abnormal discourse）的区分取代科学与非科学之间的区分。[3] 罗蒂的正常话语与反常话语概念借自库恩对常规科学与反常科学的定义。[4] 根据罗蒂的认识论行为主义所提出的实用主义知识研究方法，正常话语与反常话语之间的分界线亦即可公度话语与不可公度话语之间的分界线。"正常话语在一系列达成一致的规约内运行，这些规约涉

---

[1] 洪晓楠：《科学知识社会学对科学哲学的贡献——科学文化哲学视野》，《广东社会科学》2014年第1期。

[2] Richard Rorty, *Objectivity, Relativism and Truth*, Cambridge: Cambridge University Press, 1991, p. 36.

[3] Richard Rorty, *Philosophy and the Mirror of Nature*, Princeton: Princeton University Press, 1979, p. 333.

[4] John Furlong, "Scientific Psychology as Hermeneutics? Rorty's Philosophy of Mind", *Philosophy and Phenomenological Research*, Vol. 48, No. 3, 1988, pp. 489 – 503.

什么是相关的话语组成部分，什么是对一个问题的回答，什么是对该回答的好的证明或者对该回答的好的批判。反常话语是当某个对这些规约一无所知或置若罔闻的人加入该话语时所发生的事情。"①正常话语代表可公度的话语、在可公度话语中堪称典范的自然科学以及认识论哲学传统，反常话语则指涉放弃对可公度性的追求、崇尚不可公度话语的其他文化类型，以及罗蒂所推崇的诠释学。

那么，科学与非科学之间的界限不是一个有关客观知识与其他可疑知识之间的区别的问题，而是被削弱为存在于正常话语与反常话语之间的一种有关熟悉性的区别问题。当我们完全理解正在发生的事情并将其整理编辑以拓展、加强、传授或者为其奠定基础时，我们所做的工作就是正常话语的研究；如果我们不了解发生的事情但是坦率地承认，而不是对其公然采取"辉格式"态度，我们的工作就一定是反常话语范畴的研究。②用正常话语和反常话语来取代科学与非科学，看似老套的哲学语汇更迭游戏，语词交替之间，下场的是科学这种权威文化及其身上附加的神性，上场的是熟悉度不尽相同的平等的话语。英国学者巴斯卡称，《实用主义的后果》一书的整体趋向就是以正常话语与反常话语之分取缔科学与非科学之分。③巴斯卡的评价虽然有降低和抹杀该书在融合欧陆哲学与英美分析哲学之外的哲学贡献之嫌，但是却恰当地凸显了罗蒂消解科学与非科学界限所采用的第一种策略。

其次，直接将科学降至与其他学科平等的认识论地位。划界的做法确保将科学作为独特的文化领域、模范的人类活动，与文化的其他部分区分开来，这被罗蒂视为对科学作为文化之王身份的一种

---

① Richard Rorty, *Philosophy and the Mirror of Nature*, Princeton: Princeton University Press, 1979, p. 320.
② Richard Rorty, *Philosophy and the Mirror of Nature*, Princeton: Princeton University Press, 1979, p. 321.
③ Roy Bhaskar, *Philosophy and the Idea of Freedom*, New York: Routledge, 2011, p. 18.

特殊保障。划界问题的存在本身助长了科学主义的声势，因此无益于弥合自然科学与人文科学、社会科学等其他文化之间的裂隙。美国的实用主义传统历来致力于两种尝试：尝试将文化的其他部分提升至自然科学的认识论水平；尝试将自然科学降至与艺术、宗教和政治相同的认识论水平。① 罗蒂显然更倾向于第二种尝试，在他看来，自然科学并不具有凌驾于其他学科之上的特别的认识论、方法论地位，科学只是话语的一种形式而已，它并不比人文科学具有更多的客观性、硬事实，也不与实在有任何特别的关系。

传统文化中科学之所以具有崇高的地位，是因为自柏拉图以来人们总是习惯于将硬事实与软价值、主观与客观对立起来。实际上自然科学并不比科学之外的东西更优越、更神圣。尽管科学有其独特的魅力——它用说服而不是暴力使人改变信念，它与我们的预见并控制世界的能力有某种关联，但是即便如此，也不足以支撑科学与文化的其他部门的划界问题构成一个独特的哲学问题，即并不是可以有一个叫作科学哲学的学科来加以论证的问题。② 这意味着，罗蒂通过对划界问题的否弃，对"科学哲学"这一包罗万象的优势学科的存在意义提出挑战。

再次，将科学与非科学之间的区分当作一种历史的偶然产物。罗蒂说，"我们都是关于重视严格区分科学与宗教、科学与政治、科学与艺术、科学与哲学等等的历时三百年的修辞学的子孙。这种修辞学形成了欧洲的文化"③。按照罗蒂的解释，我们习惯于这种将科学与非科学分立的文化，宣称忠诚于这种分界文化，但是这并不足以支撑分界问题存在的正确性。以 17 世纪上半叶在伽利略所代表的

---

① Richard Rorty, *Objectivity, Relativism and Truth*, Cambridge: Cambridge University Press, 1991, p. 36.
② ［美］理查德·罗蒂:《后哲学文化》，黄勇译，上海译文出版社 2009 年版，第 88 页。
③ ［美］理查德·罗蒂:《哲学和自然之镜》，李幼蒸译，商务印书馆 2012 年版，第 349 页。

科学与贝拉明大主教所代表的宗教之间产生的激烈冲突为例。我们认为将科学与宗教相区别是正确的,认为伽利略是科学的、正义的,这只是因为我们是伽利略的继承人。在科学与宗教的对决中,科学幸运地取得了胜利(lucked out),成为文化的权威。科学价值需要与其他价值区分开来,仅仅是因为科学胜利了。作为这一胜利成果的继承者,我们别无选择地将科学与非科学区分开,但是我们始终没有充分的依据证实这种区分的正确性。这一文化现状对罗蒂而言,是历史的产物,具有很强的偶然性。如果历史的偶然选择了宗教或者文学等其他文化,我们同样会认为宗教、文学是理解自然的正确方法,将其作为超越迷信的人类文明的进步。

荷兰学者安克斯密特曾就划界问题对罗蒂进行严厉批判,评价他拒绝科学与其他文化分界的做法非常"轻率""非常鲁莽",且"与我们的所有直觉冲突",甚至将罗蒂贬斥为"极端的语言超验论者",批评罗蒂将自然科学与人文科学混成了一锅大杂烩。[①] 对此,我们应当看到,罗蒂的真正意图实为集结一张整体主义的信念之网——既包容科学文化,又兼顾人文文化的后哲学文化。在罗蒂的哲学视界中,科学并不具有某种特殊的本质,使它与其他种类的意识形态截然不同,因此无须再借助划界彰显自身,科学的划界问题在罗蒂那里被彻底取消。

罗蒂不仅主张消解科学的划界问题,科学同真理和实在的特殊关系、由于科学方法而独具的优越性也被他逐一否定。

二 摒弃真理符合论

对真理的热爱是古希腊以来哲学家们孜孜矻矻求索的原动力,哲学"爱智慧"的集中体现即在于萃取真理。真理理论的兴衰荣辱

[①] [荷]弗兰克·安克斯密特:《崇高的历史经验》,杨军译,东方出版中心2011年版,第23—24页。

牵动着科学的成败,真理的存在及其重要性是科学理论成功的基石。罗蒂对科学以真理之名独占文化鳌头的现状重新进行审视,他既不轻率鲁莽地否定真理及其意义,也不单纯武断地反对真理符合说,而是通过重新定义真理概念、改造真理的判定标准,彻底摒弃真理的符合论,揭开科学与真理之间神秘的面纱。

哲学发展的历史进程中,思想家们对真理的概念进行了广泛持久的探讨。笛卡尔理解的真理是确信,康德给出经验真理和先验真理的区别,黑格尔在抽象真理和具体真理——科学真理与思辨真理——之间做出重要区分。柏拉图以来最具广泛而深远影响的传统真理观是符合论的真理理论,即将真理视作有着诸多表象形式的一种超历史的实在,它像世界那样独立于人类的心灵之外,"存在在那里"(out there)等待着人们去"发现"。把握真理就是运用正确的方法明晰表象下客观的、终极的实在,去伪存真。简而言之,真理即是命题与实在相符合。

实用主义的真理观一贯不流于传统,不屈从于符合论的真理观。实用主义对客观真理持否定的态度,把"真"等同于"好"。詹姆斯认为,"真"是我们思考之路上的权宜之物,是就信念而言的"善",真理就是"有用",是我们最好加以相信的东西。皮尔士在外延上把"真理"与"满足"相提并论,认为"真的东西不过是认识中令人满足的东西",甚至仅仅是使用科学方法获得的、使人在情感上满足的"信念"[1]。杜威秉持"真理即有用"的工具主义真理观,将判断观念、思想、理论等是否符合真理的标准定为看它们是否有助于人们的行动取得成功。在他那里,真理不过"是一个抽象名词,适用于因其作用和效果而得着确证的、现实的、事前预想和心所期愿的诸事件的汇集"[2]。

首先,在实用主义真理理论传统的基础之上,罗蒂重新定义了

---

[1] 涂纪亮:《从古典实用主义到新实用主义》,人民出版社2006年版,第218页。
[2] [美]杜威:《哲学的改造》,许崇清译,商务印书馆1989年版,第84页。

真理的概念。他否认了永恒真理、客观真理的存在，把等价于绝对、客观的存在的真理视为本质主义旧时代的遗物。旧式的"大写真理"及其所代表的合法性、确定性、权威性是他的"后哲学"革命所极力摒除的对象。注重"大写的"真理同追逐"大写的"哲学，以及其他任何代表普遍与永恒的"大写"权威一样，注定是徒劳无功的。"以真理为目标的探索的麻烦是，你不知道你什么时候已经达到了真理，纵使你实际上已经达到了真理也是如此。"① 在罗蒂看来，"'真理'这个词所指的，是所有真的陈述共有的一种性质"②，应当"被看作不过是一个表示满意的形容词的名词化，而不是看作一个表示与超越的东西、不只是人类的东西的接触"③。罗蒂并不完全否定与"假"相对的"真"这个形容词的意义，"真"在罗蒂和詹姆斯等实用主义者那里，与其说是一个用来指称某个事态的词，倒不如当作一个只表示称赞的词。"真"不具有任何说明的用途，只有一种表示赞同的用途。"大写真理"及其附带的神性应当被普通的"小写真理"所取代，"小写的"真理是对世界的描述，是人工制造的产物，它的存在依赖于人类创造出来的语汇。罗蒂断言，他的实用主义有关真理、知识和理性的看法建立在对下述论断的否定基础之上："有独立于人类语言和人类历史而存在的任何秩序。"④ 由于不同的人类共同体对人生和人类研究的目的尚且意见不一，对真理的歧见更是数不胜数。

从罗蒂抛除认识论之后的诠释学视角来看，根本没有被称作"对真理的寻求"的任何特殊的人类活动存在，也没有一种叫作"热爱真理"的德性，"所谓寻求真理，就是在对话的进程中尽可能地达

---

① ［美］理查德·罗蒂：《后形而上学希望》，张国清译，上海译文出版社2009年版，第62页。
② ［美］理查德·罗蒂：《后哲学文化》，黄勇译，上海译文出版社2009年版，第1页。
③ ［美］理查德·罗蒂：《后哲学文化》，黄勇译，上海译文出版社2009年版，作者序第8页。
④ ［美］理查德·罗蒂：《实用主义哲学》，林南译，上海译文出版社2009年版，第116页。

成一致的问题"。正如本书第一章所述,罗蒂认为最好是以尼采的方式来思考真理问题,将真理完全视作一个"协同"问题,就真理而言,"只有对话存在""只有我们(存在)"[1]。某种程度上来说,传统意义上的体系性的真理概念已被罗蒂在终结认识论的同时彻底打翻,认识论追求的"真"被伦理学追求的"善"取缔。罗蒂等实用主义者实际上并不提供任何真理理论,在他们那里,真理不具有内在的、实在的本质,甚至已经根本"没有一种真理理论"[2]。总而言之,罗蒂并没有抛弃真理概念,也并未否认真理的多种重要用途。他对真理进行了全新的界定,目的在于重申真理本身不能命名一个我们必须为之奋斗的、凌驾于实在之上的普遍主义目标,鼓励放弃对合法性和确定性的寻求,不再引用权威。

其次,罗蒂对真理的判定标准也进行了实用主义的改造。既然真理不是非人的实在,人们便无须穿越表象的迷雾,不断擦亮心灵之镜才能够达到正确的认识。罗蒂明确宣布"拒绝一切形式的真理符合论"[3]。对真理符合论的拒绝被罗蒂视为实用主义的核心要义[4],他追随杜威,将符合论称作"旁观者知识观"[5],并断言对于他们实用主义者而言,"真理的首要标准是其与一个人的其他信念的一致……我们的信念和愿望形成了我们的真理标准"。"最好的真理标准是,真理是由自由研究获得的意见。"[6] 这种社会建构论、语境论以及相

---

[1] Richard Rorty, *Objectivity, Relativism and Truth*, Cambridge: Cambridge University Press, 1991, p. 32.

[2] [美]理查德·罗蒂:《后哲学文化》,黄勇译,上海译文出版社2009年版,第78页。

[3] [美]理查德·罗蒂:《真理与进步》,杨玉成译,华夏出版社2003年版,第65页。

[4] [美]理查德·罗蒂:《实用主义哲学》,林南译,上海译文出版社2009年版,第16页。

[5] Stanley J. Grenz, *A Primer on Postmodernism*, Grand Rapids: William B. Eerdmans Publishing Company, 1996, p. 153.

[6] [美]理查德·罗蒂:《后哲学文化》,黄勇译,上海译文出版社2009年版,第2—4页。

对主义论调的真理理论认为,科学知识、理论同真理一样,不是非人的语汇,而是一定的社会历史条件下的产物,是人类的创造物。

在此意义上,罗蒂与福柯成为同道中人。福柯认为,真理制度随着社会的更迭相应变化,每个社会都有其"作为真实事物起作用的各类话语的总政策",都有其"用于区分真假话语的机制和机构,用于确认真假话语的方式;用于获得真理的技术和程序"。[1] 真理的判定在福柯和罗蒂那里不再是对独立于人类语言和人类历史之外的自然秩序的准确表象,而是都与真理追求者所在的共同体、社会密不可分,甚至都与权力紧密相连。"真理是一个权力的效果"[2],掌握权力者即掌握真理;同时,真理之名也赋予某个人或者学科以权力。罗蒂还在尼采的视角主义影响下,用偶然性来解释真理以及其他确定的东西,他说:"任何东西只要重新加以描述,都可以被视为要么好要么坏,要么重要要么无关紧要,要么有用要么无用。"[3] 只要与我们的整个信念之网相融贯,我们的陈述便为真。无怪乎格兰兹(Stanley J. Grenz)评价罗蒂:"(他的)实用主义的真理观提升了融贯论而不是符合论。"[4]

人类文明的发展历程勾勒出爱智慧的西方人由宗教上帝到哲学真理,再到科学知识的朝圣之路。西方启蒙运动把科学置于宗教的地位,奉为信念的源泉,使之成为客观、实在、合理等的代名词,与传统哲学探求的真理等量齐观。传统的真理为文化之中的权威提供保障,能够求得真理者即被视为人类文化当之无愧的霸主。然而根据罗蒂的实用主义观点,"真理"不是只掌握在宗教牧师、哲学

---

[1] [法]福柯:《福柯集》,蒋梓骅译,杜小真编选,上海远东出版社1998年版,第445—446页。

[2] [美]理查德·罗蒂:《后形而上学希望》,张国清译,上海译文出版社2009年版,第199—204页。

[3] Richard Rorty, *Contingency, Irony and Solidarity*, Cambridge: Cambridge University Press, 1989, p. 7.

[4] Stanley J. Grenz, *A Primer on Postmodernism*, Grand Rapids: William B. Eerdmans Publishing Company, 1996, p. 153.

家、科学家等特权人士手中最高级别的知识,"真理"成为一个单义词,"可以同等地运用于律师、人类学家、物理学家、语言学家和文学批评家的判断"①。在实用主义者眼中,人类探索的目标不是真理,而是一种协调行动——"人与人之间就做什么达成共识","就想要达到的目的以及为此而使用的手段达成共识"②。将真理屈尊降贵为某种"趋于一致的意见"之后,自然科学相应地不再具有唯一的合法性,人文学科在文化进步进程中的贡献同样值得褒扬。

波普尔也曾以他的"证伪说"质疑真理与某一学科及其研究方法——尤其是科学——之间的特殊联系,他坚持认为经验数据能够证伪一个科学理论但却无法证实它,所以科学从来没有发现真理。罗蒂等实用主义者们也指出,"现代科学不是因为其与实在符合而使我们能够应付世界,它只是使我们能够应付世界而已"。并"完全放弃了与实在相符合的真理观念"③。因此,罗蒂对真理的实用主义解读颠覆了科学作为理性事业的根基,真理同客观实在、知识、科学之间的等量代换被彻底打破,科学以追求真理而彪炳显赫、为真理代言的时代被罗蒂画上了句号。

罗蒂超越真理符合论的态度与其反本质主义、反表象主义的基本哲学主张相契合,并以后者为前提基础和理论依据。前文已详细论述罗蒂对西方哲学中的本质主义传统的摈弃:作为一位彻底的反本质主义者,他对事物及人存在内在本质的理念给予坚决的否定。罗蒂断言,"那些希望真理具有一个本质的人,也希望知识,或理性,或研究,或思想与其对象之间的关系也有一个本质。而且,他们希望他们能够运用他们对这样的本质的认识来批判在他们看来是

---

① [美]理查德·罗蒂:《后哲学文化》,黄勇译,上海译文出版社2009年版,第77页。
② [美]理查德·罗蒂:《后形而上学希望》,张国清译,上海译文出版社2009年版,第96页。
③ [美]理查德·罗蒂:《后哲学文化》,黄勇译,上海译文出版社2009年版,第6页。

错误的观点,并为发现更多的真理指明前进的方向",但是"这样的希望是徒劳的。这里,没有任何地方存在这样的本质。也没有任何普遍的认识论方法来指导或批评或保证研究过程"。① 在罗蒂那里,既然具有内在本质的实在不复存在,相应地也不再存在与认识相符合的对象,人的心灵不再是一面镜子,知识也不再作为外部世界的精确表象,与实在相符合的真理之说便不攻自破。真理符合论是实在论得以成立的前提,对真理符合论的摒弃也势必导致对科学实在论的超越。

三 非"科学实在论"

考察罗蒂对传统科学哲学的批判,科学实在论是一个必不可少的维度,罗蒂甚至把实在论—反实在论的论争视为"当代哲学的中心"②。在这一维度上,学界的研究指向不尽相同,主要有三种代表性的研究倾向。第一,认为罗蒂反对科学实在论。对真理符合论的拒绝和对表象主义的颠覆直接营造了罗蒂哲学中反实在论的气息,因为实在论者通常支持符合论的观点,同时,他们也必然是表象论者。法莱尔(Frank B. Farrell)认为罗蒂态度坚决地诟病科学实在论,所以秉持的是一种激进的反实在论立场;③ 涂纪亮把罗蒂奉为"实用主义内部反实在论的主帅"④。第二,也有学者认为,罗蒂本人是一名实在论者。德维特(Michael Devitt)认为,无论是对符合论真理的拒斥,抑或罗蒂偶尔赞同地提及的语言的实用主义进路,都不足以得出任何反实在论的结论,因此"在罗蒂论述中的反实在论

---

① [美]理查德·罗蒂:《后哲学文化》,黄勇译,上海译文出版社2009年版,第231页。
② [美]罗蒂:《哲学的场景》,王俊、陆月宏译,上海译文出版社2009年版,第1页。
③ Herman J. Saatkamp ed. , *Rorty and Pragmatism*: *The Philosopher Responds to His Critics*, Nashville: Vanderbilt University Press, 1995, pp. 154 – 188.
④ 涂纪亮:《实用主义:实在论与反实在论之争》,《云南大学学报》(社会科学版)2006年第2期。

气息是误导性的,罗蒂是一个实在论者"①。第三,认为罗蒂既不支持实在论,也不支持反实在论,而是持一种"非实在论"(non-realism)观点。正如劳斯(Joseph Rouse)所指出的,罗蒂对科学哲学的讨论大部分注重对科学实在论的批判,但是他也驳斥反实在论。②这三种研究中,第一种占据主流声音,是以罗蒂的基本哲学态度为标准做出的整体性判断。第二种研究属于少数学者出于对罗蒂论述漏洞的推演(如支持第一种观点的法莱尔,他认为罗蒂在对实在论论敌进行批判的过程中,已经预设了一个正确的实在,这种行为本身属于坚定的实在论者),或者为支持自身观点而作的牵强援引(如德维特,他将符合论真理观与实在论之间的联系断然分开,因此得出罗蒂不必是反实在论者的结论)。本书支持第三种研究,认为"非实在论"最忠实于罗蒂本人对科学实在论问题的表述,集中反映出罗蒂有关实在论问题的真实立场。

首先,罗蒂对实在论持消极和否定的立场。无论是以"温和的实在论"解说软化罗蒂反对实在论的激进态度,或者是生硬地将罗蒂归在实在论者的行列,都是不可取的。因为实在论是传统科学哲学的经典论题,实在论哲学的特征是企图将科学神圣化,因此也必然成为罗蒂实用主义哲学攻讦的主要靶标。罗蒂否认科学同实在之间有着特别的关系,在他看来,实在论者的一个明显的错误在于,他们没有正确地认识语言和现实之间的关系,甚至忽略了我们的语汇同世界之间的关系。如果诚如实在主义者宣称的那样,现实世界独立于我们的关注之外,那么我们如何确证我们对世界的言说同世界本来的面目之间的联系呢?被解释的现实世界和解释成功的标准,以及解释者之间的关系是不可忽视的。如果对实在的认识和理解是

---

① [澳]迈克尔·德维特:《实在论与真理(第二版)》,郝苑译,科学出版社 2013 年版,第 181 页。

② Joseph Rouse, "From Realism or Antirealism to Science", in Charles Guignon, David R. Hiley eds., *Richard Rorty*, New York: Cambridge University Press, 2003, pp. 81 – 104.

一种彻底的人类实践，那么我们没有充分的理由能够证明，对于科学理论、方法成功的任何解释能够指向一种被称为实在的客观真理。罗蒂认为，没有人能够把关于电子或者基因等的理论实体，可靠地同科学理论和方法的成功运用相联系。不存在类似"对任何事情的最好说明"这样的东西，说明过程中说明者及其特定的目的最为关键，因为所有的说明都只是服务于某个特定说明者的目的。罗蒂同意戴维森的论断，认为"说明总是在一个描述之下的，而关于同一因果过程的不同描述可用于不同的目的。不存在任何比其他描述似乎'更接近于'被说明的因果作用的描述"①。这样，科学哲学中遇到的困境就被罗蒂转化为一个语言哲学的问题。

事实上，罗蒂态度强烈地反对人们对实在论的信仰。他认为，"实在论坚信科学可以使人接近实在的说法，不过是牧师的宣讲比俗人更接近上帝这一说法的现代翻版"②，对实在论的热爱和信仰，无异于宗教怂恿人们拜倒在非属人的权力面前的说教。范·弗拉森也发现了"中世纪对上帝存在的努力证明"同"现代人对科学实在论的正确性的证明"极其类似。③ 然而，实在论者认定必然存在着一种人类能够求助的非人权威，这种信念已经被织入西方人的常识之中。在16世纪之前，提供救赎的非人类权威主要是宗教的上帝。在文艺复兴至康德之间，这种权威是哲学提供的永恒真理。黑格尔时代以来，自然科学开始以其与实在的特殊关系成为新的权威。"实在"的观念在文化中划分出非人类的硬事实领域和人类作为独立个体的软领域，这一区分在罗蒂看来是柏拉图的最坏的一种观念，因为即便是在实在论者竭力为科学提供"理性"支持的情况下，也无法确证

---

① ［美］理查德·罗蒂：《后哲学文化》，黄勇译，上海译文出版社2009年版，第68页。

② ［美］理查德·罗蒂：《当代分析哲学中的一种实用主义观点》，李红译，《世界哲学》2003年第3期。

③ ［美］范·弗拉森：《科学的形象》，郑祥福译，上海译文出版社2005年版，第257—258页。

在人的内心深处有一个标准可以告诉我们是否与实在相接触,以及何时与实在相接触。

文学之所以在传统文化中不受重视,科学之所以在传统文化中占据那么崇高的地位,是基于柏拉图以来的观点,即人们"都这样那样地坚持要在实在与现象,或理性与非理性之间做出区分"①,习惯在主观与客观、科学与非科学之间建立二元对立。而罗蒂从尼采、詹姆斯等先辈那里,早已学会对"更接近事物本质的研究方法""就其本身而言的实在""现象—实在之间的区分"强烈质疑,认为只有"当我们抛弃了'与实在符合'的整个观念以后,我们才可以避免假问题"②。

其次,在实在论与反实在论的问题上,罗蒂主张从根本上抛弃科学实在论这一议题。罗蒂同意法因(Arthur Fine)的看法,主张既不应当支持实在论,也不支持反实在论。1986年,科学哲学家法因在《自然本体论态度》一文中开篇即称"实在论死了",宣告一个后实在论时代的到来。③ 法因将科学比喻成一场宏伟的表演,实在论与反实在论好似在为谁在其中的演出最好而争论不休。他提醒人们,这场演出是观众与演员的同台合演,剧本、解释表演的说明书和有关演出的疑问、猜测都是节目的一部分,演出会随着自身的发展不断寻找与自身相适应的局部阐释。这样的开放性科学观决定了人们所采纳的是自然本体论态度(Natural Ontological Attitude,NOA),一种放弃对科学的认识论和形而上学研究之后,所采纳的既非"实在论"也非"反实在论"的"非实在论"态度。这种态度意味着,

---

① [美]理查德·罗蒂:《后哲学文化》,黄勇译,上海译文出版社2009年版,第93—94页。
② [美]理查德·罗蒂:《后哲学文化》,黄勇译,上海译文出版社2009年版,第200页。
③ Arthur Fine, "The Natural Ontological Attitude", in Arthur Fine, *The Shaky Game: Einstein, Realism and the Quantum Theory* (second edition), Chicago: The University of Chicago Press, 2009, pp. 112-135.

"不去寻求科学与伪科学之间明确的分界,或者把'科学的'头衔当作蓝丝带用来授奖",不授予科学任何特殊的文化身份,因此罗蒂对于法因在实在论问题上所持的这一"非实在论"立场总体持赞同的态度。

然而,罗蒂对法因的赞赏是有限度的,他只是同意法因完全搁置实在论之争的做法,但是却拒绝后者对蒯因的"本体论承诺"的复兴。当法因宣称"自然本体论态度认可日常的指称语义学,并通过真理把个体、属性、关系、过程及被我们接受为真的科学陈述所指称的诸如此类的东西委托给我们"[①] 时,罗蒂判断法因牵强地扯入了日常的指称语义学,目的在于以这一语义学的应用来帮助人们决定将要什么样的本体论承诺。按照罗蒂的评价,法因的本体论承诺混淆了生存论承诺和对赞同一种言说方式或一种社会实践的声明。[②]

罗蒂的一篇论文的标题真实准确地反映出他在对待科学实在论问题上的核心立场:"超越实在论与反实在论。"[③] 实在论与反实在论的讨论主要关涉科学的性质,论争的焦点是科学理论有无真理性,科学理论所陈述的本体是否真实存在等问题。就这些问题而言,罗蒂主张,"实在论与反实在论之间的争论是无谓的,因为这种争论假定了一个空洞的、错误的'被造成为真'的信念的观念"[④]。他指出,"实在论和反实在论双方都无法对科学理论的实在性作出肯定或否定的回答,因而争论是无意义的"[⑤]。因此,实在论与反实在论之争作

[①] Arthur Fine, "The Natural Ontological Attitude", in Arthur Fine, *The Shaky Game: Einstein, Realism and the Quantum Theory* (*second edition*), Chicago: The University of Chicago Press, 2009, pp. 112 - 135.

[②] [美] 理查德·罗蒂:《哲学的场景》,王俊、陆月宏译,上海译文出版社2009年版,第9页。

[③] Richard Rorty, "Beyond Realism and Anti-realism", Ludwig Nagl and Richard Heinrich eds., *Wo steht die Sprachanalytische Philosophie Heute?* Münden: Oldenbourg, 1986, pp. 103 - 115.

[④] [美] 理查德·罗蒂:《后哲学文化》,黄勇译,上海译文出版社2009年版,第194—195页。

[⑤] 参见张今杰、唐科《后现代科学哲学述评》,《求索》2006年第2期。

为一个论题,应当被彻底取消。①

罗蒂对科学实在论的态度与他的反本质主义、反表象主义的基本哲学观点一脉相承。在科学本质主义者和表象论者看来,实在有其固有的内在本质,它独立于人之外,科学知识就是认识与实在相符合。在罗蒂看来,对这种"事物如何自在存在"命题的精确考虑,莫不如去探索语言这一处理外在存在物的工具的效用。通过质疑独立于心灵和语言之外的"实在"存在的可能性,罗蒂提出,同本质论、表象论一样,"实在"作为一个问题应当从哲学讨论中被彻底划掉。②

由此看来,科学进步不能理解为一项透过表象而直达本质的事情,而是一项把越来越多的材料——来自显微镜和望远镜的材料,由肉眼获得的材料,经过实验获得的材料,以及早就一直存在着的材料——纳入一个融贯的信念网络的事情。③ 在罗蒂看来,一种与实在的特别的关系、一种特别的方法,科学所具有的这两个显著特征使得"科学"命名了一个独特的文化领域、一种自然性。④ 罗蒂不仅以"非实在论"的中立态度取消或超越了科学实在论,对于科学方法的优越性议题,他也进行了全面的批判和超越。

四 拒绝科学方法优越性

科学与其他文化的区分之所以成为一个独立的哲学问题,取决于科学作为一门优势学科具有其他学科所不具备的优越性。罗蒂把这种优越性归结为很大程度上来自科学方法所标榜的优越性。科学方法论的建立者们,柏拉图、亚里士多德、笛卡尔以及他们的众多

---

① [美]理查德·罗蒂:《文化政治哲学》,张国清译,北京大学出版社2011年版,第149页。
② 参见尚智丛、高海兰《当理性被反思时——西方科学哲学简史》,山西教育出版社2002年版,第193页。
③ [美]理查德·罗蒂:《后形而上学希望》,张国清译,上海译文出版社2009年版,第63页。
④ [美]理查德·罗蒂:《后哲学文化》,黄勇译,上海译文出版社2009年版,第47页。

追随者，都相信存在着某种方法，能够找到科学的真理，或者至少能判断哪些给定的假说为真。笛卡尔认为，科学活动的特殊性正体现在必须遵从具有约束力的方法指令方面。正统的科学哲学相信借助某种现成的、独立的、科学性的标准，来确证科学研究与实在之间存在着其他人类活动并不拥有的关系。从逻辑主义的可证实性原则，到批判理性主义精致的可证伪主义方法论，可靠、客观、严密、合理、行之有效的方法被当作科学事业取得成功的秘诀，对独特的说明、特别的推论的运用，使得科学与文学等其他学科区分开来。

在罗蒂的新实用主义与古典实用主义之间，一个显著的差异就在于对待"科学方法"的态度上。戴维森、罗蒂等新实用主义者，从策略上放弃了存在着"科学方法"的假定，反对将所谓科学方法作为典范推广到文化的所有领域。即便是蒯因、普特南等被贴上分析哲学家标签的新实用主义者，也都不认为自己实践着所谓"概念分析"的方法或者其他任何方法。[1] 詹姆斯、杜威的古典实用主义从皮尔士开始，则始终坚持科学方法的重要性。他们坚信对科学方法的运用增进了某个人的信念为真的可能性，然而在罗蒂看来，谈论"如何把科学方法引入哲学"最多的杜威从来没能够清楚地解释科学方法究竟是什么，或者被假定附加在科学方法之上的德性是什么，而詹姆斯的"实用主义方法"除了坚持压制柏拉图问题之外别无他意。

很显然，罗蒂并不是对科学方法进行质疑的第一人。维特根斯坦针对哲学家们对科学方法的迷恋早就展开过强烈批判，他指出，哲学家总是"两眼盯着科学方法，不可遏制地想要采取科学处理方式提出和解答问题。这一倾向是形而上学的真实源泉，使哲学家陷入漆黑一团"。在维氏看来，哲学的问题是语言用法问题，而不是经验性的科学问题，所以对哲学问题的解决不是提出有待证实的假设或理论，不是把现象归入自然律下面，使之得到解释，而是要细究

---

[1] ［美］罗蒂：《后形而上学希望》，张国清译，上海译文出版社 2009 年版，第 92 页。

语言的用法,对语言用法进行描述。① 因此,维特根斯坦对科学方法的批判,事实上是局限于对科学方法统摄哲学领域的反对。罗蒂对科学方法的反对要比维特根斯坦更加彻底和坚决,他所反对的是在更广泛的人文、社会科学领域,对不为文化的其他部门所共有的、导致可靠性的所谓科学方法的趋之若鹜。

1956年,波普尔在《论科学方法的不存在》一文中,从批判理性主义角度对科学方法做出了全新的界定。他断言,传统意义上的那种所谓通向真理的科学方法是不存在的。这种不存在体现在三个意义层面:首先,不存在方法能发现科学理论;其次,不存在方法能判定科学假说的真理,即不存在能够证实科学理论的方法;再次,不存在方法能判定假说是否"概然"或概然地为真,也就是说,科学理论无法概率化。② 实际上,波普尔是以消解方法的方式鼓励科学研究者们放弃科学研究方法的整齐划一,强调以不同的学科背景借由方法的多样性求得丰厚的论证收获。他所秉持的是一种批判理性主义的科学方法观,主张科学活动的参与者们怀抱求知的愿望和互相学习的意愿,以最强的形式严格地批判彼此的观点,并倾听对方的答辩。因此,在波普尔那里,科学方法即由此类"批判"构成。他不建议其他学科模仿物理、数学学科的测量、观察、归纳等研究途径,因为以实验的精密性、推理的逻辑性、测量的精确性、数据的精准性论证"科学性"的教条是对研究方法彻头彻尾的误解。

后现代科学哲学家费耶阿本德(也作法伊尔阿本德,下同)将波普尔对待科学方法问题的非理性因素贯彻到了极致。现代科学在方法上所具有的优势地位,在费耶阿本德那里遭到严厉的批判甚至彻底颠覆。费耶阿本德指出,科学活动具有动态性质和复杂性,是

---

① 参见张志林、陈少明《反本质主义与知识问题》,广东人民出版社1995年版,第27—28页。
② [英]卡尔·波普尔:《实在论与科学的目标》,刘国柱译,中国美术学院出版社2008年版,"序言"第25—28页。

一个异质的历史过程，科学研究根本不可能被完全纳入任何一种科学方法论的固定框架之中，因此科学不需要任何一种方法论。作为一种无政府主义事业的科学才更加符合人本主义，更能鼓励社会的进步。[1]

他在研究方法方面提倡一种"怎么都行"的方法论，主张包括诉诸文学、神话、成见等所有方法都可以运用。其实质同波普尔的批判性科学方法一样，属于方法论的多元主义。旨在揭示一切方法论——甚至最明白不过的科学方法论——都有其适用范围和局限性，不存在作为普遍标准的压倒性研究法则。[2]

费耶阿本德坚持认为，历史的研究证明，指导科学事业的包括一些固定不变且必须遵守的原则的"方法"正陷入危机。这些迄今为止十分有效的方法规则不应成为学科发展进步的桎梏，因为一切法则终将被有意或者无意地推翻，无论它在认识论上曾经如何论据充足。这是科学的成功和进步所必需的。"没有'科学的方法'；没有任何单一的程序或单一的一组规则能够构成一切研究的基础并保证它是'科学的'、可靠的。"[3]

通过这样的方式，费耶阿本德瓦解了"科学在方法论上具有优越性"的说法，在此基础上，他还进一步论证以科学成果来支持科学优越性的说法也是站不住脚的。科学的优越性并非独立自主不受益于任何其他媒介而获得的研究和论证的结果，而是政治制度，甚至军事压力共同作用的结果。如果非科学的意识形态、实践理论和传统能够得到与科学公平竞争的机会，它们必将成为有力的竞争对手，甚至可以揭露科学的重大缺点。[4] 费耶阿本德所谓的"反对方

---

[1]〔美〕保罗·法伊尔阿本德：《反对方法》，周昌忠译，上海译文出版社2007年版，导言第1页。
[2]〔美〕保罗·法伊尔阿本德：《反对方法》，周昌忠译，上海译文出版社2007年版，第11页。
[3]〔美〕保罗·法伊尔阿本德：《自由社会中的科学》，兰征译，上海译文出版社2005年版，第119页。
[4]〔美〕保罗·法伊尔阿本德：《自由社会中的科学》，兰征译，上海译文出版社2005年版，第125页。

法"并非旨在否定科学的研究方法整体或者某种具体的科学方法，而是向科学方法压倒其他诸种研究方法成为独霸权威的现状发起宣战。

罗蒂也对自然科学倚仗特殊的研究方法跻身卓越文化之首的说法不屑一顾，以同样激进的态度与费耶阿本德形成呼应。[①] 他通过三种途径，批判和超越科学方法的优越性。其一，否认科学方法与其他研究方法之间的差别。罗蒂指出，在常规科学活动中，"科学家使用的就是我们在所有的日常活动中所使用的司空见惯、明显不过的方法"[②]，这种方法相较于艺术、文学等其他学科的研究方法，不具有任何的特殊性。即便是皮尔士、杜威和波普尔等哲学家对于科学的所有溢美之词，按照罗蒂的理解，实际上也只是"对一些道德美德——是一个开放社会的美德——的赞美，而不是对于任何一个特定认识策略的赞美"[③]。

其二，以"合适的语言修辞"解释科学方法的优秀。对于某个既定的研究目标来说，一种词汇可能会比另一种词汇更加有效，但是修辞上的令人满意不足以支撑科学方法的效力。例如，罗蒂曾对自由落体之争中伽利略的成功和亚里士多德的失败进行阐释，判定伽利略比亚里士多德的想法更好，因为他使用了一些术语词汇，帮助他很好地解释了他的想法，以恰当的行话成功构建了他的科学假说。这些用作规范的术语，其实不过就是"我们现在对于将来如何说明那些我们实际上不知道怎样说明的东西所做的各种猜测的后果"[④]。

---

① Roy Bhaskar, *Philosophy and the Idea of Freedom*, New York: Routledge, 2011, p. 19.

② Richard Rorty, "Method, Social Science and Social Hope", in Steven Seidman ed., *The Postmodern Turn: New Perspectives on Social Theory*, Cambridge: Cambridge University Press, 1994, pp. 46 - 64.

③ [美]理查德·罗蒂:《后形而上学希望》，张国清译，上海译文出版社 2009 年版，第 20 页。

④ Richard Rorty, *Objectivity, Relativism and Truth*, Cambridge: Cambridge University Press, 1991, p. 58.

其三，以偶然性诠释科学方法的成功。仍以伽利略与亚里士多德的科学较量为例，按照罗蒂的理解，伽利略只是由于恰巧使用了有益的术语，因而"更加幸运"而已，[1] 历史的偶然性被视作科学理论和方法成功的重要因素。罗蒂还以牛顿为例，展开进一步论证。他说，"科学史只告诉我们，有一天牛顿有了一个好主意，即引力，但是对于引力如何使牛顿获得引力的概念，或者世界如何'引导'我们聚合在'绝对的'而不是'视角性的'术语上，则保持沉默"[2]。

显然，这种以"幸运"诠释科学成功的"偶然性"分析具有较强的机遇主义色彩，科学的发展绝非完全建立在偶然的基础之上那么简单和随意。但是同时我们也不得不承认，罗蒂对科学方法究竟如何获得成功的质疑，切中了科学主义者"科学是对世界最好的说明"的要害。物理学家牛顿所迸发的"智慧火花"同艺术家、文学家等的"灵感闪现"异曲同工，都是非理性的过程。在他们对世界的不同描述中，科学研究标榜能够提供"最好说明"、指导我们的经验发现，然而我们始终无法证实，自然科学天才头脑中所发生的情况比人文科学的研究更加接近世界是其所是的样子。

总之，罗蒂否定自然科学中存在使其优于其他学科的特别方法的说法，断定即便是科学家也并没有值得我们其他人模仿的方法。法因也曾在《没人持有特殊之见》中表达对科学以其方法优于其他学科的质疑，他说，"科学方法提升了信任，成就了科学的客观性……也许这整个领域错误的第一步，是认为科学有其特殊性、科学思考不同于其他任何思考的观念"[3]。在科学研究的过程中，除了来自研

---

[1] Richard Rorty, "Method, Social Science and Social Hope", in Steven Seidman ed., *The Postmodern Turn: New Perspectives on Social Theory*, Cambridge: Cambridge University Press, 1994, pp. 46-64.

[2] [美]理查德·罗蒂：《后哲学文化》，黄勇译，上海译文出版社2009年版，第63页。

[3] Arthur Fine, "The Viewpoint of No-One in Particular", *Proceedings and Addresses of the American Philosophical Association*, Vol. 72, No. 2, 1998, pp. 7, 9-20.

究伙伴的零星言论的对话制约，没有任何别的制约。

　　罗蒂曾在论证自由主义的偶然性时表示，启蒙运动编造过许多政治巧言，把科学家描绘成某种牧师，他们能够借助"逻辑""方法""客观"而与非人类的真理建立联系。这个策略在当时有用，但是现在却不那么奏效了。因为，首先科学已不再是最引人关注、最有前景、最令人振奋的文化领域，其次，科学史家已清楚地表明，对科学家的这种描绘与实际的科学成就几乎毫不相干，试图分离出所谓的"科学方法"是多么无意义。①

---

　　① Richard Rorty, *Contingency, Irony and Solidarity*, Cambridge: Cambridge University Press, 1989, p. 52.

第四章 文学文化的兴起

文学文化与哲学文化、科学文化相对立，在罗蒂那里代表传统形而上学和认识论大厦崩塌之后兴起的一种理想文化范型。他将文学奉为文化的典范，鼓励人们重视文学，竭力助推文学的复兴。在罗蒂看来，以不确定性、偶然性、多元性、包容性见长的文学文化无疑将会继宗教、哲学、科学之后，成为人们未来的希望。本章在新实用主义哲学视域下探讨文学文化兴起的路径，剖析文学文化的含义与特点，评价文学文化的地位，阐释罗蒂文学文化中的高频词。最后一节从弱理性对抗强理性、团结对抗客观性两个方面对罗蒂的文学文化与传统科学文化进行比较研究。

第一节 复兴文学文化的路径

罗蒂把西方知识分子进步的历程划分为"上帝—哲学—文学"三个阶段。他指出，在文学文化兴起之前，文明的演进历经宗教文化和哲学文化的鼎盛时代，两种文化以不同的方式满足人类的需求，为人类提供精神的慰藉和救赎真理。救赎真理是指"将永远终结我们对自己的思考的一套信仰"[1]，信仰救赎真理意味着相信所有在世

---

[1] ［美］理查德·罗蒂：《哲学、文学和政治》，黄宗英等译，上海译文出版社2009年版，第101—102页。

存在都可以划归一个独一无二的背景，这个背景提供最本真的东西，抓住了这个背景，便完成了人类关于自身、万物的终极思考。"相信救赎真理就是相信有某种东西，它和人生的关系如同现代物理的基本粒子与四大元素的关系一样，这种东西是现象后面的实在，它真实地描述了事情的发展状态，它是最后的秘密。"[①] 简而言之，救赎真理是某种非人的存在，对救赎真理的信仰和热爱能避免堕入令人不安的偶然性和不确定性。

在16世纪文艺复兴以前，人们依赖宗教从万能的上帝那里获得救赎真理，是宗教文化时代。17世纪开始，人们"试图以对真理之爱取代对上帝之爱"，从文艺复兴柏拉图主义重整旗鼓，直至康德之后、黑格尔之前的时期，救赎真理存在于哲学对精神之外的永恒规律的把握，是哲学文化时代。自黑格尔以降，知识分子不再迷信许诺最本质生活的单一背景，开始关注过程重于结果，试图以对自我之爱取代对真理之爱，"崇拜我们自己内心深处的精神的或诗的本性，相信这内在自我具有准神性"[②]，是文学文化时代。文学文化自康德之后不久就开始在哲学文化的血液中暗涌，自黑格尔时代至今，已有两百多年的历史。

当19世纪浪漫主义运动以文学取代哲学成为文化的中心，人们便无须再把哲学视作命题的唯一来源和救赎真理。向文学展示出的多样性迈进，"放弃由牧师、哲学家或科学家来发现的实在的内在本质的想法……就是要放弃寻求准确描述人的本性，继而放弃寻求人类如何过一个美好人生的唯一解决方案"[③]。如果说通过哲学获得救赎是通过获得"一套可以代表万事万物真实存在的规律的信仰"，那

---

① ［美］理查德·罗蒂：《哲学、文学和政治》，黄宗英等译，上海译文出版社2009年版，第101页。
② ［美］理查德·罗蒂：《偶然、反讽与团结》，徐文瑞译，商务印书馆2005年版，第35页。
③ ［美］理查德·罗蒂：《哲学、文学和政治》，黄宗英等译，上海译文出版社2009年版，第115页。

么文学则是通过"尽可能多地了解人类的多样性来获得救赎"。[①] 文学文化以不断拓展人类的想象力、增进各种可能性的发生取代客观真理，成为人们新的追求。

然而在黑格尔时代与尼采时代之间，还有一项伟大的哲学运动未被罗蒂单独提及，即以客观性、合理性著称的自然科学开始尝试以经验探究为人类提供新的救赎真理。如此看来，也可以将科学从哲学中析出，将西方知识发展的进程细分为四个阶段："上帝—哲学—科学—文学"。文学文化的兴起无可避免地遭遇以哲学、科学为中心的文化范式的阻碍。

罗蒂曾对"文学文化"中"文学"代替宗教文化、哲学文化实施"救赎"的行动作出澄清，"救赎"一词在这里既不是指称某个"非人位格的非认知关系"，也不是与某些命题的"认知关系"，而是以图书、建筑、绘画、诗歌等人工制造品为中介与其他人类成员之间的"非认知关系"。这些人工制品使得人的不同生活存在方式变得富含意义与价值，文学文化抛弃了宗教和哲学共同的假定，即救赎必定来自人与某个人造物之外的事物所建立的关系。[②]

本书第二、三章的论述清晰呈现出罗蒂解构哲学、科学在众学科中的优势地位，将哲学与科学回归为普通的社会文化活动，继而复兴文学的路径。通过颠覆形而上学、改造认识论哲学，对哲学范式进行根本的转变，以此拆解哲学在文化中被赋予的特权地位，将哲学拉下文化的王位。罗蒂主要从本体论、认识论、方法论三个层面对形而上学发起颠覆性进攻。通过反对本质主义、反对基础主义和表象主义、反对二元分立，瓦解科学的形而上学根基。用语境论和泛关系论反驳对诸种表象之下万事万物终极本质的探寻，以认识

[①] ［美］理查德·罗蒂：《哲学、文学和政治》，黄宗英等译，上海译文出版社2009年版，第102页。

[②] ［美］理查德·罗蒂：《文化政治哲学》，张国清译，北京大学出版社2011年版，第105页。

论的行为主义来反对传统认识论对可依赖的知识基础框架的探索，用新模糊主义来消解二元论在主体与客体、现象与实在等诸事物之间架设的截然对立。

早在罗蒂之前，哲学先贤们对本质主义、基础主义、表象主义、二元论的批判已有不少著述，罗蒂在此处并未有太多的原创性见地，只是把反叛的旗帜举得更高，否弃的决心和行动更为彻底。他力图置身传统科学哲学的认识论、本体论和方法论之外，推倒形而上学大厦，打破应然真理和实然真理之间的认识论区别、事实与价值之间的形而上学差异、道德与科学之间的方法论差别。

罗蒂在放弃以"神目观"（God's eye view）透视万事万物普遍规律的意图，放弃对逻各斯中心主义、确定性、客观性的寻求之后，借助诠释学视角对行将枯竭的哲学传统进行改造，拆解科学在认识论上的优越性。他以诠释学命名认识论撤除之后遗留的开放、自由状态。哲学研究由认识论时代步入诠释学的多元时代，哲学研究的"趣味"从一劳永逸地处理好的事物转向被反复解释的语境化的事物。罗蒂以对话哲学取代研究哲学，以教化哲学抵御系统哲学，将哲学、自然科学降至与其他学科和文化同样的地位，共同作为人类对话范式中诸多声音之中的一种。

以维持谈话继续进行为哲学的主旨，不苛求客观真理，不划定永恒的行为标准，不追求为一切人类研究和活动提供公度性的终极语汇。以认识论为定位焦点的"大写哲学"，其要义是发现独立于人的意识之外的永恒之物，或者像科学一样正确把握知识、真理、德性、正义。

对话哲学和教化哲学等"小写哲学"在共同的社会实践语境中约定事物的内涵和价值，其要旨是使人们在更加富有成效的平等谈话之中，抛除权威、偏见和执拗，更加宽容、自由、幸福地生活。对话哲学和教化哲学彰显了罗蒂"后哲学"精神的要义："克服人们以为人生最重要的东西就是建立与某种非人的东西（某种像上帝，或柏拉图的善的形式，或黑格尔的绝对精神，或实证主义的物理实在本身，或康德的道德律这样的东西）联系的信念。"①

罗蒂去除科学文化王冠的主要方式，是在新实用主义哲学范式下对科学文化进行重塑，为科学树立新的形象，继而拆解使科学优于其他学科的哲学根基。梳理新的哲学范式下罗蒂建立的科学形象，可以厘清罗蒂对待科学的基本哲学态度。罗蒂将科学当作一种实现人类幸福的工具、文化整体的一部分、一种文学的样式，与其他学科、文化共同实现达至人类美好生活的终极目标。这并不意味着对科学本身的贬抑或者敌视，而是对科学主义的拒斥。

科学划界问题、真理符合论、科学实在论、科学方法优越性四个核心议题是罗蒂对科学优越性的传统哲学根基实施批判的切入点。

首先，通过历史的分析确立罗蒂对科学划界问题的基本观点，在罗蒂那里科学不再拥有文化至尊的意义，以科学作为文化分类的标准应当被彻底取缔。罗蒂消解划界问题所采用的实用主义策略可以归结为三种，即用正常话语—反常话语的区分代替科学—非科学的区分、降低科学的认识论地位、诉诸历史的偶然性。

其次，在简要回顾哲学史上的真理概念以及实用主义真理观的基础上，剖析罗蒂对真理概念的重新定义和对真理判定标准的实用主义改造。他放弃对客观永恒真理及其内在本质的探寻，将"真"当作一个赞词，将真理的标准设定为人与人之间达成的共识。

再次，通过梳理学界有关罗蒂与科学实在论关系的三类代表性研究倾向，确立罗蒂从根本上反对科学与实在之间有任何特殊关系，但是也不支持反实在论的中立立场。罗蒂赞同法因的自然本体论态度，主张抛弃科学实在论这个议题，因此持非"科学实在论"观点。

最后，罗蒂通过三条途径批判和超越科学方法优越性，即否认

---

① ［美］理查德·罗蒂：《后哲学文化》，黄勇译，上海译文出版社2009年版，作者序第7—8页。

科学方法与其他研究方法之间的差别、将科学方法的优秀解释为合适的语言修辞、以偶然性解释科学方法的成功。

在一系列的降科学、降哲学、升人文的操作背后，罗蒂试图在文化的万神殿中为文学争得一席之地，使文学文化的概念同哲学文化和科学文化并列，使文学这个始终处于边缘的学科获得更多应得的瞩目与重视，为人类文化发展史提供新的可能。

第二节 文学文化含义与地位

1959年英国科学家、小说家斯诺（Charles P. Snow）提出著名的"斯诺命题"，将科学文化与人文文化之间的深刻隔阂曝光在聚光灯下，在整个西方社会引起学界争鸣。罗蒂的"文学文化"概念即来自斯诺的两种文化。文学文化与"后哲学文化""后科学文化"，"后形而上学文化"和"诗性文化""诗化的文化""自由主义文化"表意相同，经常相互交替使用，是罗蒂新实用主义文学景观的重要组成。

两千多年前，柏拉图构建他的理想国蓝图时将诗人放逐在外，他给了诗人两宗罪：第一，诗人是模仿者，文艺作品是"模仿的模仿"，不能教人认识真理；第二，诗歌滋养情感和欲念等人性中卑劣的部分，而这些本应由理性压制下去。在罗蒂推崇的文学文化王国中，科学、哲学、宗教是走下神坛的过气英雄，文学才是达至幸福的途径，是后形而上学时代、后科学时代、后人文主义时代的希望。

文学在罗蒂那里之所以具有至高无上的地位，是因为文学本身的开放性特点与罗蒂的反本质主义哲学高度契合。在文学文化之中，"实在""知识""本质"等概念以及探寻这些语汇背后的事物本性的努力被一劳永逸地搁置起来。文本主义者把文学置于文化的中心地位,把科学和哲学作为文学中的不同体裁,[1] "诗人而非科学家、牧师或者宗教先知被当作文明的先锋和文化英雄"[2]。

至此难免使人心生质疑:罗蒂的文学文化难道只是要把文学推到社会文化的核心位置,矫枉过正地从科学主义的极端走向人文主义或者文学主义的另一个极端吗?取下科学头上的文化王冠转而加冕于文学,不是以助长"文学中心主义"之风来遏制"科学中心主义"的风气吗?结合罗蒂给文学文化所下的简洁定义——"用文学替代宗教和哲学的文化"[3],更是容易致人误解,得出罗蒂主张转向文学文化中心主义,以文学之王取代宗教上帝、哲学之王和科学之王的结论。

有学者曾经对罗蒂的文学文化深表疑虑,认为他在论述文学文化的过程中存在着诸多前后矛盾之处,尤其是在呼吁文化平等、消解哲学权威之后又假借强文本主义者之口将"文学"推至文化中心地位的做法实难自圆其说。[4] 以普林斯顿大学哲学、文学教授尼哈马斯为代表的批判者们,甚至把罗蒂的文学文化仅仅当作后现代主义学者对科学主义的强势反击。

尼哈马斯坚决反对罗蒂将科学归向文学的做法,他不无忧虑地担心,"认为文化有其中心,某些人类活动应当作为文化范式的思维模式,恰恰把我们又带回到形而上学和'坏'哲学去"[5]。作为横贯

---

[1] Richard Rorty, *Consequences of Pragmatism*, Minneapolis: University of Minnesota Press, 1982, p. 141.

[2] Herman J. Saatkamp ed., *Rorty and Pragmatism: The Philosopher Responds to His Critics*, Nashville: Vanderbilt University Press, 1995, p. 32.

[3] [美]理查德·罗蒂:《哲学、文学和政治》,黄宗英等译,上海译文出版社2009年版,第105页。

[4] 安佰鸿:《理查德·罗蒂的文学文化》,《东岳论丛》2009年第2期。

[5] Alexander Nehamas, "Can We Ever Quite Change the Subject?: Richard Rorty on Science, Literature, Culture, and the Future of Philosophy", *Boundary 2*, Vol. 10, No. 3, 1982, pp. 395–413.

英美分析哲学与欧洲大陆哲学的实用主义翘楚,罗蒂的真实意图是狭隘地"只许文学点灯,不许科学放火",唯文学独尊吗?

　　罗蒂的理想文化范型绝不是狭义维度上的"文学的",正如它显然不是"科学的"一样——罗蒂明确地反对再给目前已被过度权威化的自然科学任何鼓励。反对文化权威、反对学科之神的罗蒂并没有自欺欺人地在把科学拉下神坛之后,转身又把文学推上文化霸主的宝座。因为在批判形而上学、科学主义的同时,罗蒂早已清楚地意识到,我们完全没有任何理由"在我们以前崇拜光芒四射的逻各斯的地方,为文学这个以文学语言表达其声音的灰暗的上帝设置一个祭坛"[①]。我们发现,看似自相矛盾的表述中,罗蒂对"文学文化"概念的使用可以分为狭义和广义两个层面来理解。

　　狭义的文学概念是指,借助语言文字工具进行描述的一种艺术,包括诗歌、小说、戏剧、散文等多种体裁。文学作为一个独立学科同哲学、政治、宗教等其他学科相分立。狭义的文学文化是建立在这种纯粹文学意义上的单一学科文化,仅限于依赖不同样式的文字作品在文本层面传递文化信息的文化类型。狭义的文学文化是文本主义的文学文化,伊格尔顿(Terry Eagleton)和布鲁姆(Harold Bloom)论及的文学文化多属于此维度。文学文化以自由而不是真理为目标,因此在现代社会文化中处于边缘地位。罗蒂盛赞文学文化的巨大美德在于:"它告诉年轻的知识分子,人类的想象力是救赎的唯一源泉。"[②] 这种想象力之于罗蒂正如科学的客观性、合理性之于正统的科学哲学家。文学文化显著的优势特点是不断寻求新意,不试图逃避时间寻求永恒。

　　广义的文学是一切描述人类社会文化的文字行为及作品的统称,

[①] [美] 理查德·罗蒂:《后哲学文化》,黄勇译,上海译文出版社2009年版,第145页。

[②] [美] 理查德·罗蒂:《哲学、文学和政治》,黄宗英等译,上海译文出版社2009年版,第107页。

包括所有用语言进行的表述。广义上的文学概念类似文化的概念，超越了学科间的划界。广义的文学文化是一种"泛文学文化"[①]（pan-literary culture），不单指涉唯一的文学这门学科，它以文学的强大兼容性涵盖包括文学、艺术、建筑、绘画、歌曲，甚至电影、电视等大众文化形式在内的一切人类创造力的产物。一切皆为文学。

广义的文学文化不局限于文字文本的文学形式，更支持对生活和世界不拘一格进行多元呈现的多种文化类型，因此被罗蒂当作最理想的文化样板。其要旨是发扬想象力、创造力，以包容性、多样性与西方传统的理性中心主义抗衡。它立足于未来，是一种既融合科学文化的锐意进取精神又吸纳人文文化的人本关怀精神的整体主义文化。当罗蒂说"文学现在已经撤换了宗教、科学和哲学，成为我们文化的首要学科"[②]，则是在广义的文学文化维度上使用文学概念。

这种泛文学文化中，科学、哲学、宗教等与狭义的文学学科同属于广义文学概念下辖的不同种类，他们以不同的语汇丰富着人类的社会和文化生活。根据罗蒂对他所倡导的文学文化作出的深度解释："在这种文学文化中，既不是在与非人类的位格的非认知的关系中，也不是在与命题的认知关系中找到救赎，而是在与其他人的非认知关系中，借由人类作品诸如书籍、建筑、绘画和歌曲等建立的关系中找到。这些作品能使人浏览其他方式的人生。"[③] 这种理想的文化既能够包容科学的崇拜者，也应允许文学研究以及其他人文科学、社会科学研究以自己的方式存在。由此足见，文学文化的首要目的不是凸显文学在文化社会中的重要性，而是以文学精神张扬诗性的洒脱，摆脱强权文化的桎梏。

正如他所描述的"诗化的文化"那样，这样的文化就是不再坚

[①] 陆扬：《德里达的幽灵》，武汉大学出版社 2008 年版，第 234 页。

[②] Richard Rorty, *Consequences of Pragmatism*, Minneapolis: University of Minnesota Press, 1982, p. 155.

[③] ［美］理查德·罗蒂：《哲学、文学和政治》，黄宗英等译，上海译文出版社 2009 年版，第 105 页。

持要人们在描画的墙的背后去寻找真实的墙，不再在纯粹由文化建构出来的试金石之外寻找真正的真理试金石，放弃寻找唯一宝藏的企图。因为诗化的文化坚信，所有的试金石都不过是文化的建构，所以它会把目标放在创造更多不同的、多姿多彩的文化建构上。①

启蒙理性主义把宗教拉下神坛，以科学取而代之，罗蒂的文学文化绝不是以文学颠覆自然科学，以一个文化中心取代另一个文化中心，以一套语汇取代另一套语汇。在他的无本质、无基础的自由主义文学的乌托邦中，不再供奉高高的神龛，不再有某个具有特权的核心的专业学科或者制度，而是允许人们在画展、书展、音乐会、电影、人种博物馆、艺术博物馆、科技博物馆等多种文化之中自由选择。这是罗蒂一以贯之的实用主义哲学态度。

因此，文学文化的主旨不是以文学中心主义取缔科学中心主义，不是想确立一种新的文化权威，只是想提倡一种新的生活方式——向创造力、想象力无限敞开的生活方式。罗蒂力主复兴文学文化，并不是教会神职人员的反叛，向西方思想史上黑暗的前哲学宗教阶段倒退，对文学文化的鼓励不仅不是反启蒙运动的胜利，反而是试图用另一种方式对启蒙运动进行继承和发扬。

第三节　文学文化的特点

文学文化不受文学理论或者哲学理论的支配，它琐碎、散漫、无中心、不精确，不追求同一性、确定性，以倡导多元论、鼓励对话、崇尚想象力、尊重偶然性的特点发挥着教化的作用。罗蒂认为，走向文学文化是人类文明的进步，尽管文学文化在柏拉图主义者和

---

① ［美］理查德·罗蒂：《偶然、反讽与团结》，徐文瑞译，商务印书馆 2005 年版，第 80 页。

逻辑实证主义者看来是一种颓废或者倒退。

一 倡导多元论

如本书第二章所述，罗蒂在反对本质主义、基础主义和表象主义的基础上，反对将主观与客观、现象与本质、表象与实在等相对立的二元论。文学文化可以理解为一种宽容的、去中心的文化多元论或者多元主义，亦可当作多元文化、无中心文化、非理性主义文化的代名词。"多元论"或"多元主义"是要"发明和阐发一些同已被人们接受的观点不一致的理论"，马泰·卡里内斯库曾用这一概念来概括后现代主义的特征，美国批评家诺米·谢奥也指出"这种被称作多元论的多样性是后现代主义时代的一个标志"[1]。文学本身的特点决定了在这种文化中，不存在统一的知识，也没有核心的、本质的、确定的、客观的真理有待人们去发掘，它不提倡以一套统一的、压倒性的、权威的方法来供各个学科效仿，而是尊重差异性，尊重各种文化形态各自的存在价值。[2]

相较于科学文化盛行的时代，逻辑实证主义在哲学领域的胜利"剥夺了哲学中的浪漫和灵感，只留下专业能力和智力上的老练世故"[3]。过度专业化、科学化、学术化的自然趋势鼓励发展分析解决问题的能力，却以单调的知性压制着想象的才能与热情。罗蒂无限憧憬怀恋科学尚未渗透其他学科之前的情景，他认为"以前，既为艾耶尔的仰慕者提供空间，也为怀特海的崇拜者提供空间的时候，哲学作为一门理论学科才处于一个更好的状态"[4]。艾耶尔代表逻辑、

---

[1] 王先霈、王又平主编：《文学理论批评术语汇释》，高等教育出版社2006年版，第764—765页。

[2] [美]理查德·罗蒂：《反对统一性》，付洪泉译，《求是学刊》2004年第3期。

[3] Richard Rorty, "The Inspirational Value of Great Works of Literature", Raritan-A Quarterly Review, Vol. 16, No. 1, 1996, pp. 8-17.

[4] Richard Rorty, "The Inspirational Value of Great Works of Literature", Raritan-A Quarterly Review, Vol. 16, No. 1, 1996, pp. 8-17.

批判和知性，他批评文学缺乏所谓的"认知意义"；怀特海则代表魅力、天赋、浪漫和华兹华斯。

如果科学文化的美德在于科学家们依赖说服而不是压服，这种美德值得各个学科效仿，那么文学文化的德性在于它鼓励年轻的知识分子们以宽容和开放的胸襟接纳各种文化和学科，任由想象力驰骋，尽可能多地了解人类智识的多样性。文学文化的随意性、无中心性等为科学文化所贬抑的弱势，彰显为文学文化的包容性、多元性。

文学文化中的多元化特点首先体现在各学科的平等共融。罗蒂理想的文学文化乌托邦社会中，不再存在权威的优势学科。包括哲学、自然科学在内的各个学科，都被喻为文学形式中的一种，建筑、艺术、宗教、哲学等以自己的研究方法、研究内容和目的自在地存在。客观性和合理性不再是衡量学科是否具有意义和价值的依据，对绝对真理和实在的发现能力也不作为各学科硬实力的统一标准。对文学文化中的诗人而言，逻辑上的论证不再是合理性的代名词，而只是"许多种修辞技巧之中的一种而已"[①]。对文学文化中的哲学家而言，他们是兴趣广泛的知识分子，乐于对任何事物提供自己的观点，希望这个事物能与所有其他事物相关联，不再是运用特别方法解决特别问题的专业的"（大写的）哲学家"。

在这种去中心化的多元文化中，人们既可以崇拜上帝，也可以尊崇科学，可以钟爱文学，也可以不推崇任何事物。在这里，文学研究以及其他人文科学、社会科学研究等以其自身的多元方式自由存在和发展，免受科学这把唯一标尺的品评，为人类的文明作出独有的贡献。专业学科之间的分界——尤其是科学与非科学之间的界限问题——不再是羁绊学科发展的掣肘。科学与人文领域传统上僵持不下的专业学科、两极分立的文化领域在文学文化中打破藩篱、

---

① ［美］理查德·罗蒂：《实用主义哲学》，林南译，上海译文出版社2009年版，第35页。

相互渗透、共同发展，最终形成欣欣向荣的多元文化生态景观。

文学文化中的多元化特点还体现在阅读的多样性和对人生的多样性的体悟和包容。文学文化中，追求布鲁姆式自律，并且幸运地有足够的时间、金钱和空闲的知识分子们，参观不同的宗教场所，去不同的剧院或博物馆，最重要的是阅读大量不同书籍，尤其是虚构的文学而非论证性的书籍。按照布鲁姆的理解，阅读许多书籍的意义在于，意识到存在着多种可能的再描述，存在多种可能的生活目的，从而记得同时使用多种不同的语汇而不是唯一的语汇，最终成为一个自律的自己。①

二 鼓励对话

罗蒂的文学文化是一种对话的文化，其魅力在于承认人类生活和世界的复杂性，允许不同语汇存在，并致力于通过各种不同视角的描述呈现复杂性、多元性样态的共存。文学文化中，"最英勇的行为不是选定一种描述后对其他的描述断然拒绝，而是有能力在诸多描述之间来来回回、游刃有余"②，因此，没有哪些描述或语汇同任何其他的描述或语汇相比，能够提供一种关于某一对象的更好、更准确、更接近真实的解释。

本书第三章第一节有述，罗蒂作为苏珊·哈克嘲讽的"对话主义者"③，从注重逻辑实证的英美分析哲学转向大陆哲学派系青睐的对话哲学，将哲学的鹄的由镜现真理和实在转入对自由、平等对话的维系。实用主义者在抛弃认识论之后，正是通过使用尽可能多的、各种不同而又有用的词汇来讨论和对话，以此取代对知识及其本质的探

---

① ［美］理查德·罗蒂：《哲学、文学和政治》，黄宗英等译，上海译文出版社2009年版，第102页。
② Richard Rorty, *Essays on Heidegger and Others*, Cambridge: Cambridge University Press, 1991, p.74.
③ ［美］苏珊·哈克：《粗俗的实用主义：一种无益教化的见解》，张国清译，载［美］海尔曼·J.萨特康普编《罗蒂和实用主义》，商务印书馆2003年版，第169—199页。

索。"对话"这一概念在文学领域和诠释学领域都有其一席之地。

在文学领域,"对话"是巴赫金用于阐释"复调理论"的基本术语,是巴赫金"对话理论"的核心概念,是"小说或文学的一种属性"。对话关系不仅存在于"小说结构的一切因素之中",也渗透在"一切人类言语以及一切人类生活的关系和表现形式当中"[①]。对话的第一个特征是"共同参与",巴赫金认为对话的方针是"共同参与的方针",主张充分保留议论的独立性,既与他人议论紧密联系,又不湮没他人议论或者跟从他人的议论。对话的第二个特征是"未完成性"。巴赫金说:"存在就意味着进行对话的交际,对话结束之时,也是一切终结之日。"因此对话实际上不可能也不应该完结,在不断的对话中,人外在地显露自己,同时也逐渐形成他现在的样子。对话的第三个特征是开放性。处于对话中的双方或者多方不会只是囿于自身,他们的每一个感受,每一个念头都具有内在的对话性,充满对立的斗争或者准备经受他人的影响。[②] 第四个特征是对话具有无限性,对话主义不仅仅局限于一种文学或者纯粹的人与人之间的现象,它描述的是一切言语的互动,因此还有一切观念活动、社会活动和意识形态活动的前提条件,无论理解还是经验都是对话性的。[③]

作为诠释学的术语,"对话"源自柏拉图的写作对话的具体实践,当对话双方克服各自的偏见,使意见趋向一致,对话才能真正进行并且不断逼近真理。伽达默尔将"对话"概念纳入诠释学,指出"理解一个文本就是使自己在某种对话中了解自己","理解总是以对话的形式出现,传递着在其中发生的语言事件"。[④] 按照伽达默

---

① [英]阿拉斯泰尔·伦弗鲁:《导读巴赫金》,田延译,重庆大学出版社2017年版,第95页。

② 王先霈、王又平主编:《文学理论批评术语汇释》,高等教育出版社2006年版,第303—304页。

③ [英]阿拉斯泰尔·伦弗鲁:《导读巴赫金》,田延译,重庆大学出版社2017年版,第111页。

④ 王先霈、王又平主编:《文学理论批评术语汇释》,高等教育出版社2006年版,第482页。

尔的效果历史意识理论，对话的过程实质上就是相互理解的过程，也是对话者"视域"不断前行和拓展的过程。对话的双方或者多方带着自己对于某一话题的"前见"参与到对话中，对话进行的过程中对话者的"视域"相互交融，在保留各自"视域"的基础上形成一种更大更新的视域，从而达成共识，构成对话者对论题的新的理解。这就决定了对话具有开放性、无限性，能够永无止境地进行。①

罗蒂在《哲学和自然之镜》中，明确提出谈话（conversation）中的哲学这种说法，强调谈话和讨论（discussion）对于理解知识而言是一个重要的境遇，哲学家的道德关切就在于继续推进西方的谈话。我们可以继续柏拉图所开始的谈话，但无须讨论柏拉图所想讨论的议题，无须是哲学，也无须是科学，各学科都可以在谈话中贡献自己的声音。宗教人士、科学家抑或哲学家，没有谁对认知的认识比其他人更清楚，更不能居高临下地要求谈话的其他参加者洗耳恭听。

文学文化为"对话哲学"的发生发展提供了丰厚的土壤。文学促进了人与人之间的对话，文学提供了对话的最佳途径，文学知识分子以丰富的想象力精妙构思，重新描述生活世界，读者通过阅读感知生命的多样性，拓展自我描述和认知。在文学文化的国度里，文学作品以其"不强势"的特点向人们传递着人类历史进程中对自身的认识，对世界的开拓，对人类过去的反思，以及对未来美好的期许。以"对话"见长的文学不像科学要求其他学科向自身看齐那样向其他学科兜售所谓"文学的研究方法"、第一原理、等级秩序，而是鼓励宽容、尊重和倾听。通过说服而不是压服，让各学科在对话中增进交流、增加包容性，以其自身的方式存在和发展，让每一个人都有机会尽情地发挥他的能力来从事自我创造。②

---

① 张鹏骞：《论伽达默尔的"对话"概念》，《思想与文化》2018年第2期。
② [美]理查德·罗蒂：《偶然、反讽与团结》，徐文瑞译，商务印书馆2005年版，第120页。

三 崇尚想象力

想象力是浪漫主义运动的口号，被罗蒂奉为文学和文学文化的又一美德。文学文化强调发挥想象力——一种重要的"通过提出关于符号和声音的有益而新颖的用法来改变社会实践的能力"[1]，重视任想象力驰骋在知识进步进程中的重要作用，因此文学文化属于想象力文化而非理性中心的文化。[2] 想象力能够框定思想的边界，想象力有多远，思想的疆域就有多宽广。在文学文化的世界里，如果人们放弃寻求亘古不变的永恒，以想象力的光辉代替理性的照耀，用希望代替认识，便会充满美好幸福的无限可能性。

文学文化得以存在的前提就是，"虽然想象力有目前的界限，但是这些界限能够被永远拓展下去"。"想象力无限地消耗着自己的作品。它是永生的，永远扩展的火焰。"虽然布鲁姆所谓的"陈旧的恐惧"在文学文化中一直存在，但是这种恐惧本身却使得火焰更加猛烈。因此罗蒂着力强调在知识进步进程中充分发挥想象力的重要作用，认为不能"接近人类想象力目前界限"而生活的人生根本就不值得活。[3] 富于想象绝不是沉迷于幻想，而是既要推陈出新，又要尽可能地得到认可和接纳。这种能力是与社会意义上有用的新奇性同步的。

想象力优先于理性，理性无法走出想象力画出的圆圈，因为想象力创造了理性得以运作的游戏。[4] 想象力可以抵御理性中心主义的负面影响，避免人类文化整体"科学化"的趋势。想象力是物理宇

---

[1] ［美］理查德·罗蒂：《文化政治哲学》，张国清译，北京大学出版社2011年版，第120页。

[2] 陆扬、王毅：《文化研究导论》，复旦大学出版社2006年版，第353页。

[3] ［美］理查德·罗蒂：《哲学、文学和政治》，黄宗英等译，上海译文出版社2009年版，第106页。

[4] ［美］理查德·罗蒂：《实用主义哲学》，林南译，上海译文出版社2009年版，第30页。

宙新科学图画的源泉,[1] 科学与其他学科都以极富想象力的方式用自己的语汇和方法描述事物,有利于成功实现学科的目的。

罗蒂与努斯鲍姆（Martha C. Nussbaum）都认为文学想象在社会道德与政治方面起着积极的作用。罗蒂建议人们应当设法不把想象力看作"产生心智图像的能力",而是看作"改变社会实践的能力"。富于想象与沉迷于幻想相反,是人们既要做事有新意,又要足够幸运地得到别人的认可,且融入他们的处事方式之中。[2] 努斯鲍姆则说,"文学与文学想象确实是颠覆性的……能够想象不同于自己的人在逆境中挣扎的具体情形,这样一种能力似乎也具有极大的实践价值与公共价值"[3]。在罗蒂看来,想象力能够有助于文学中移情作用的产生,使人们愿意把更多的"别人"当作"我们",把"他们科学文化"或者"他们人文文化"都当作"我们文学文化"。在想象力作用下,学科之间相互启示、互相促进,向无限的新的可能性开放,从而能够更好地增强科学与人文学科之间自由平等的沟通和交流。

人类在最近的一千年里取得的进步究竟是扩展了我们的想象力,还是提升了精确表象现实的能力？如果让罗蒂在上述两者之间做出选择,毫无疑问他会选择前者。在他看来,不能将思想的进步或者道德的进步看作大写的"真"、大写的"善"抑或大写的"正确",而是要看作想象力方面的某种增长。

总而言之在罗蒂那里,想象力——而不是论辩——才是可能的共同体的新观念的源泉,浪漫主义想象力才是人类主要的能力,[4] 是人类社会发展进步的真正动力。鼓励人们把想象力视为文化进化的

---

[1] ［美］理查德·罗蒂:《后形而上学希望》,张国清译,上海译文出版社 2009 年版,第 69 页。
[2] ［美］理查德·罗蒂:《文化政治哲学》,张国清译,北京大学出版社 2011 年版,第 120—121 页。
[3] ［美］玛莎·努斯鲍姆:《诗性正义:文学想象与公共生活》,丁晓东译,北京大学出版社 2010 年版,第 6—12 页。
[4] ［美］理查德·罗蒂:《偶然、反讽与团结》,徐文瑞译,商务印书馆 2005 年版,第 17 页。

边界,在和平与繁荣的条件下,想象的力量在科学、道德、艺术等各个方面不断发挥着作用,使得人类的未来无论在精神上还是在物质上,都比过去更加富裕。①

四 强调偶然性

"偶然""偶然性"通常被当作与"必然""必然性"相对立的哲学概念。在罗蒂那里,文学文化所强调的偶然性更多指的是一种灵活性(flexibility),或者以想象的能力而敞开的一种不执迷于寻求大写真理的开放性。对于罗蒂文学文化中所强调的偶然性,不建议套用传统哲学的二元对立法来理解,即认为"绝对的偶然"一定导致"必然",或者直接认定"普遍的偶然"是种不可能存在的吊诡,甚至认为他只是在鼓吹后现代主义无厘头的"不确定性",是种"不可知论"。如果从坚定的康德主义视角看罗蒂所尊崇的偶然性,恐怕只剩下荒诞、无稽的评价和驳斥的欲望,很难窥见不同己见的视域。

秉持真理的制造说,拒斥真理的发现说,使得罗蒂的文学文化理想社会中,对偶然性的尊崇达到了相当的高度。正是偶然性的彰扬使人们扬弃了传统的哲学,进入无根基、无本质的文学文化时代。有学者提出,罗蒂哲学架构中的几个支撑点——反本质主义、反逻各斯中心主义、反认识论、反方法论和反本体论——其根本的枢纽点就是被绝对化了的"偶然性"概念②,甚至认为偶然性是文学文化的基础③、是罗蒂哲学的核心④。

---

① [美]理查德·罗蒂:《后形而上学希望》,张国清译,上海译文出版社 2009 年版,第 68—69 页。
② 潘德荣:《偶然性与罗蒂实用主义》,《华东师范大学学报》(哲学社会科学版) 2005 年第 1 期。
③ 黄家光:《论罗蒂文学文化与因果实在论的困境》,《科学技术哲学研究》2008 年第 3 期。
④ Chung-Ying Cheng, "On Three Contingencies in Richard Rory", In: Yong Huang eds., *Rorty, Pragmatism and Confucianism*, New York: State University of New York Press, 2009, pp. 45-72.

罗蒂对偶然性的热爱在他的英美分析哲学和欧洲大陆哲学源头已经初见端倪（见本书第一章第二节），他从"语言游戏说"中吸纳了后期维特根斯坦对语言偶然性、随意性的认识，从尼采那里吸纳"以自我创造取代发现"的精神，并进一步拓展至真理与科学的偶然性。在《偶然、反讽与团结》中，罗蒂从语言的偶然、自我的偶然、自由主义社会的偶然三个方面逐步阐释偶然性的重要作用，赋予偶然性以极高的哲学地位。

语言的偶然性是后两者的前提，语言的偶然性进一步导致了由语言建构的自我和自由主义社会的偶然性。用罗蒂自己的话说，从"承认语言的偶然性"，进一步"承认良心的偶然性"，"以及这两种承认如何导出一幅关于知识和道德演进的图像"。① 从语言的偶然转向自我，继而转向社会。要先掌握语言，才能理解自我的含义、进行自我批判，再从自我发展出社会中人与人之间的相互关系。语汇、词句描述是人类独有的创造物，人类通过语言描述世界、表达思想。在罗蒂看来，我们的语言，也即 20 世纪欧洲的文化与科学的语言，是"许许多多纯粹偶然的结果"，不能代表超越的现实指向外部的客观世界。我们的语言和文化，跟兰花和类人猿一样，都只是一个偶然，是千百万个找到定位的以及其他无数个未定位的突变共同作用的随机产物。② 语言不是对实在的反映，而是生活实践过程中人类为应付世界而产生的一种工具。

语言表述所具有的任意性和偶然性被罗蒂当作真理和科学研究的重要内容。他一再强调真理是制造的，而不是发现的，③ 因为在他那里，只有语句可以区分真假；人类通过所制造的语言构成语句，

---

① [美]理查德·罗蒂：《偶然、反讽与团结》，徐文瑞译，商务印书馆 2005 年版，第 19 页。
② [美]理查德·罗蒂：《偶然、反讽与团结》，徐文瑞译，商务印书馆 2005 年版，第 28 页。
③ [美]理查德·罗蒂：《偶然、反讽与团结》，徐文瑞译，商务印书馆 2005 年版，第 16 页。

从而完成对真理的制造。语言的偶然性不仅反映在真理的制造上，也被罗蒂用来解释科学的成功。生物、物理等自然科学对事物的重新描述同文化批判对历史的重新描述相比，既不更加接近事物自身，也不具有任何客观性优势。

　　自古以来，在承认偶然并努力成就创造与超越偶然并努力成就普遍性之间，存在着某种紧张的关系，以黑格尔和尼采为分界线尤为明显。在之前的哲学家看来，与必然的、本质的、有目的的普遍人类本性相比，个体自我的特殊偶然都是不重要的。黑格尔与尼采之后，20世纪的一些哲学家追随浪漫主义诗人，认定自由就是承认偶然。他们跟从尼采，认为"人类的英雄是强健的诗人""创造者"，而不是传统中作为发现者的科学家。他们坚持"个体存在的纯粹偶然"，极力避免哲学中把生命视为一成不变、视为整体的企图。维特根斯坦和海德格尔等后尼采哲学家，就致力于呈现"个体与偶然的普遍性与必然性"。

　　罗蒂认为，在尼采那里，自我认识就是自我创造，认识到自己的偶然、直面自己的偶然、对自己的原因追根问底的过程，与"创造新的语言""独创一些新的隐喻"的过程是一而二、二而一的。最强健的创造者，以崭新的方式使用字词的人，最能够体悟自己的偶然。那么大概也只有诗人才能真正体悟偶然，确信偶然。其他人注定像哲学家一样，坚信对人类处境的唯一正确描述和一个普遍的生活脉络，注定把我们有意识的生命都花费在企图逃离偶然上。在尼采看来，一个极致的生命所要越过的关卡，不是时间与超越时空的真理的分界线，而是旧与新的界限。成功的极致的个人生命，就在于避免对其存在偶然做传统的描述，而是去发现新的描述。①

　　在对"自我的偶然"的论证中，罗蒂还援引弗洛伊德（Sigmund

―――――――――

　　① ［美］理查德·罗蒂：《偶然、反讽与团结》，徐文瑞译，商务印书馆2005年版，第43—45页。

Freud）加入他的统一战线，反驳康德将"普遍道德意识"作为自我的中心的论断。罗蒂笔下的弗洛伊德是道德心理学家，不是柏拉图一派的为善恶、是非或者真实幸福提供普遍标准的道德哲学家。他唯一的有用之处就在于有能力使我们从一般的概念转向具体概念，从寻找真理和颠扑不破的信念的企图转向个人过去的独特偶然，他的道德心理学与尼采和布鲁姆把强健的诗人当作人类典范的企图殊途同归。

弗洛伊德在论达·芬奇时曾说，"打从精子与卵子交汇的一刹那开始，与我们生命有关的每一件事物，事实上都是机缘"①。弗洛伊德把康德道德自我的道德意识去普遍化（de-universalize），使道德意识变成像诗人的创作一样，各自有各自的独特性。他让我们把道德意识视作历史条件的产物，它和政治、美感意识一样，都是时间和机缘的产物。弗洛伊德对良心寻根追底，在我们成长过程的偶然中找到良心的根源。道德自我，是我们内在不属于现象的、不是时间和机缘产物的、不作为自然时空因果的那个部分，弗洛伊德留给我们的自我是一个由偶然所构成的组织，而不是一个由若干技能所构成的、至少表面上或者潜在的秩序井然的系统。②

在自由主义社会的偶然方面，按照罗蒂的表述，一旦我们把我们的语言、良知和我们最高的希望视作偶然的产物，视作偶然产生出来的隐喻经过本义化的结果，我们就拥有了适合理想的自由主义国家公民身份的自我认同。因此文学文化理想国的理想公民，坚信他们的社会创建者和维持者是诗人而不是那些发现或清楚地看见世界或人类真理的人。他们也知道，自由主义社会的建造者和改变者、社会中公认的语言和道德立法者，都只不过是在偶然之间为他们的

---

① ［美］理查德·罗蒂：《偶然、反讽与团结》，徐文瑞译，商务印书馆 2005 年版，第 47 页。
② ［美］理查德·罗蒂：《偶然、反讽与团结》，徐文瑞译，商务印书馆 2005 年版，第 49 页。

幻想找到了字词而已，他们的隐喻也只不过是偶然符合了同一社会中其他人隐约感受到的需要而已。① 自我的偶然与社会的偶然，导致自我创造的私人语汇与自由主义社会的正义语汇之间的裂隙，为罗蒂将私人自我与公共社会二者分离埋下了伏笔。

显而易见，文学文化的自由主义乌托邦是罗蒂对未来的一种理想文化范型的设计，体现出美国当代实用主义哲学家对未来社会的预想和建构。文学文化的公民们对他们的道德考量所用的语言都会秉持一种偶然意识，进而对他们的良知和社会也秉持相同的偶然意识，都能将承诺及其对自己的承诺的偶然意识结合成一体。没有什么领域是超出有限的人类境况之外，超越时间和空间的偶然性之外的。罗蒂对偶然的普遍性和必然性如此重视，以至于舒斯特曼（Richard Shusterman）不得不质疑他似乎进入了一个"倒转的反本质主义的本质主义"②。

罗蒂的文学文化观点曾被国内学者与中国传统文化中的"大人文观念"进行形象的类比③：中国传统文化中，各学科处于纵横交错的融合状态，既互相启迪，又互为所用，学术领域间不存在严格的界限划分，也没有为其他研究奠定基础的特殊学科。这种理论同罗蒂泛文学文化的相似体现了东西方文化跨越时空的契合，非常值得学界深思和重视。

第四节 文学文化关涉词

在罗蒂的文学文化世界中，语言、诗人、隐喻都是常用语汇。

---

① ［美］理查德·罗蒂：《偶然、反讽与团结》，徐文瑞译，商务印书馆 2005 年版，第 89 页。

② ［美］理查德·舒斯特曼：《实用主义美学》，彭锋译，商务印书馆 2016 年版，第 119 页。

③ 张国清：《无根基时代的精神状况》，上海三联书店 1999 年版，第 284 页。

罗蒂认为语言不是真理和实在的再现，而是知识和意见呈现的工具，语言是被创造而不是被发现的，其偶然性而非本质性是罗蒂文本无本质观点的铺陈。诗人以其创造力、想象力和对偶然性的张扬成为文学文化的智者，人类进步的推动者和道德的先知。隐喻在罗蒂那里则是描述社会现象和科学、文化、道德进步的重要手段。

一　语言

语言是罗蒂实用主义哲学、文学关注的焦点问题之一，从罗蒂早期的文献中不难发现，语言一直是新实用主义研究的重要内容。按照罗蒂的表述，他们新实用主义者与杜威等古典实用主义者的不同主要在于：首先就是新实用主义者谈论语言，而古典实用主义者谈论经验、心灵和意识；其次是如本书第三章第二节所述，对科学方法这一概念的质疑。[①] 关于语言与罗蒂实用主义之间的关联，简要总结如下。

第一，罗蒂反对将语言视作知识、真理和实在的再现或表现，认为语言体现的只是一部分社会实践与其他社会实践的关系，而不是一种"前语言学的逻各斯的体现"[②]。他主张在语言方面彻底采取维特根斯坦式的态度，把世界"去神化"（de-divinize）。20世纪哲学由认识论转向语言，只是要求哲学语言能够更准确地反映语言框架之外的世界终极结构，以语言之镜代替心灵之镜，准确地镜现一个永久的非历史的知识架构。在他看来，语言是"人运用时代赋予他的全部知识去解释自己和自己的世界（人的世界、生活世界）的符号化的结果"[③]。按照罗蒂的历史主义观点来看，在语言和世界之间，

[①]　叶秀山、王树人总主编，江怡主编：《西方哲学史》（学术版）第八卷，江苏人民出版社2005年版，第290页。

[②]　[美] 理查德·罗蒂：《后哲学文化》，黄勇译，上海译文出版社2009年版，第135页。

[③]　严明：《话语共同体理论建构》，复旦大学出版社2013年版，第53页。

不存在"适合的紧密性"关系，没有哪一个由语言设计的世界图画能比其他任何一个世界图画更多或者更少地再现世界的实际存在。① 一旦我们认为语言的任务在于表现意义或者再现实在，我们就会把"语言是媒介"尊奉为颠扑不破的概念。罗蒂提倡像戴维森一样，摒弃将语言作为媒介的说法。语言不能被视作信念和欲望的媒介，不能够代替心灵或者意识，成为介于自我与非人的实在世界之间的第三要素，否则我们就仍然是纠缠在实在论的问题中，没有进步。

第二，语言是被创造而非被发现的，真理只是语句的一个性质，只能依附于语言的言说之中。② 只有语句才有真假之分，人类制造语言来构成各式各样的语句，从而制造了存在于语言内部意义网络之中的真理。罗蒂从实用主义鼻祖皮尔士那里，早已获得反对柏拉图主义"语言无处不在普遍存在"的启发，皮尔士指出，语言是人创造的，只能表示人让它表示的东西，不能表示人类能力之外的任何东西，人的语言就是人的总和。③

第三，罗蒂主张承认我们所使用的语言的偶然性，认为语言是历史的和相对的偶然。如第三节所述，语言是罗蒂偶然性理论的重要抓手，偶然性三个方面中的第一项便是语言的偶然性。人们出于不同的愿望对同一事物用不同的方式进行描述的做法日益被人们认可，语言的重要性日益增长，因此"20世纪已经没有闲暇时间来谈论终极实在的本质"④。罗蒂将丰富语言看作丰富经验的唯一途径，语言没有超验的限度，而经验则是潜在的、可以无限丰富的东西。

第四，罗蒂认同维特根斯坦和戴维森的语言工具论，认为不同

---

① [美]海尔曼·J.萨特康普编：《罗蒂和实用主义》，张国清译，商务印书馆2003年版，第15页。
② [美]理查德·罗蒂：《偶然、反讽与团结》，徐文瑞译，商务印书馆2005年版，第16页。
③ [美]理查德·罗蒂：《后哲学文化》，黄勇译，上海译文出版社2009年版，第9—10页。
④ [美]海尔曼·J.萨特康普编：《罗蒂和实用主义》，张国清译，商务印书馆2003年版，第30页。

的语汇犹如不同的工具，而不像拼图游戏的片块。① 从罗蒂的新实用主义视角看来，"世界具有一内在本性"的真正意义，无非是说比起其他的语汇，某一些语汇更能够再现这个世界。在艺术、科学、道德和政治思想中，但凡革命性的伟大成就，往往是因为有人注意到我们所用的两个或者几个语汇正在彼此相互干扰，于是发明一套新的语汇来取代。例如，亚里士多德的语汇曾经干扰了16世纪数学学生们正在发展的数学语汇。新语汇的创造正如发明了新的工具来替代旧的工具。因此实用主义者想把语言只单纯看作一个工具，只是实现人类特定目的的手段。②

第五，语言无本质。本书第二章提到，罗蒂新实用主义哲学的重要基调就是反本质主义思想。在《哲学研究》中，维特根斯坦呈现了这样一种思想——语言没有所谓的唯一共性，即没有所谓的本质，我们根本无法确定地定义它。只有在各种具体的语言游戏中，我们才能描绘它的某些相似性。受维特根斯坦的影响，罗蒂等实用主义者认为，语言只不过是具有物理特性的音义结合的符号，并不存在所谓的本质。它对世界的描述不具有本质性，只是为了获得特定观点目标而实行的符号和声音的交换。

二　诗人

罗蒂的文学文化乌托邦中，诗人是文明的先锋，是文化的英雄。③ 罗蒂从布鲁姆那里借鉴了"强悍诗人"这个说法，并且适当扩充了这个词的意义。在他看来，像柏拉图、伽利略和马克思这样有着丰富想象力的人，在哲学、物理学或人类思想的其他领域修改我

---

① ［美］理查德·罗蒂：《偶然、反讽与团结》，徐文瑞译，商务印书馆2005年版，第22页。
② ［美］理查德·罗蒂：《后哲学文化》，黄勇译，上海译文出版社2009年版，第135页。
③ ［美］海尔曼·J.萨特康普编：《罗蒂和实用主义》，张国清译，商务印书馆2003年版，第52页。

们思考各种事情时使用的词汇的人，都和诗人一样，并没有为自己的观点提供决定性的论据，他们只是将自己的新看法公之于众，让我们拥有不同的视角。此时，"强悍诗人"这个词对罗蒂而言"用起来很方便"。他对强悍诗人的定义是：任何一个想象力丰富的人，他或她有勇气努力使自己研究领域中的一切都是崭新的，他们有勇气去努力改变我们看待事物的方式。① 当我们把人类历史看作一个接一个的隐喻史，我们就会了解到诗人——所有新字词的创制者，新语言的构成者——乃是人类的前卫先锋。

　　诗人和智者有着许多共同之处，尤为重要的是，他们都质疑"自然科学应该成为其他高级文化的范例"这一主张，都质疑被罗蒂称为"普遍主义的宏伟"的由数学和物理学实现的宏伟。② 因此他理想的自由主义政治中，布鲁姆的强健诗人才是文化的英雄，而不是武士、祭师、圣人，或者追求真理的、合乎逻辑的、理性客观的科学家。③

　　布鲁姆的强健诗人指的是有影响力、原创性的诗人。对他而言，诗人通过将自己与传统拉开距离，而且宣称他们的立场与传统对立，而上升到了英雄的高度。诗人们企图超越他们的前辈，就像青年企图替代他们的父母一样。④ 罗蒂文学文化中的诗人和布鲁姆的"强健诗人"、尼采作为人类英雄的诗人，都是人类的典范。布鲁姆和尼采认为，诗人是强健的制造者，他们不将语言的目的设定为与世界相符合，而是以崭新的方式使用字词，他们最能够体悟自己的偶然性。与追求连续性的史学家、批评家和哲学家相比，诗人更清楚地了解，他们的语言无论在他们父母的还是他们自己所在的历史时代，都是偶然

---

　　① ［美］理查德·罗蒂：《哲学、文学和政治》，黄宗英等译，上海译文出版社2009年版，第215—216页。

　　② ［美］理查德·罗蒂：《哲学的场景》，王俊、陆月宏译，上海译文出版社2009年版，第118页。

　　③ ［美］理查德·罗蒂：《偶然、反讽与团结》，徐文瑞译，商务印书馆2005年版，第79页。

　　④ ［美］理查德·罗蒂：《实用主义哲学》，林南译，上海译文出版社2009年版，第319页。

的。他们能够体悟"真理是隐喻的机动部队"这样的主张，因为他们也已经仅凭着自己的力量，打破一个观点、一个隐喻区，进入另一个之中。

诗人是富有想象力的天才，他们以自由的想象力替代理性的秩序。诗人们以前所未料的方式，拓展我们的词汇和我们生活的方式，从而丰富我们的人生，而哲学家、科学家则必须关心向秩序的复归。只有他们才能将我们从有限性中拯救出来，① 成就人类最大可能的强健。如杜威所言，想象力是善的工具，艺术比任何道德体系还要道德……人类的道德先知一直都是诗人，尽管他们都是透过自由诗篇或者偶然来说话的。②

诗人珍视偶然性胜过普遍性、必然性、确定性。尼采相信，大概唯有诗人，才能够真正体悟偶然性。其他人注定追随哲学家去追逐对人类处境的唯一正确描述和普遍的生活脉络。人们注定把有意识的生命都花在企图逃离偶然，而不像强健诗人一般肯定并坦然接受偶然。

诗人用极富创造力的方式将世界变得更好。强健诗人有能力使用前所未用的文字来诉说他们自己的传记。他们和其他人之间的分野就是制造新的语言和使用惯常而普遍的语言。③ 借用英国浪漫主义诗人雪莱的格言来说，诗人是无冕的世界立法者。④

虽然苏格拉底式的哲学讨论是有帮助的，但是自从浪漫主义诗人出现以来，我们"主要是得益于诗人、小说家和理论家们的帮助"⑤。

---

① ［美］理查德·罗蒂：《哲学的场景》，王俊、陆月宏译，上海译文出版社 2009 年版，第 129 页。
② John Dewey, *Art as Experience*, New York: Perigee Books, 1980, p. 348.
③ ［美］理查德·罗蒂：《偶然、反讽与团结》，徐文瑞译，商务印书馆 2005 年版，第 44—45 页。
④ ［美］理查德·罗蒂：《实用主义哲学》，林南译，上海译文出版社 2009 年版，第 24 页。
⑤ ［美］理查德·罗蒂：《哲学、文学和政治》，黄宗英等译，上海译文出版社 2009 年版，第 2 页。

"每个国家都要依靠艺术家和知识分子去塑造民族历史的形象,去叙说民族过去的故事。"① 罗蒂将国家的未来、政治的希望,寄托在文学家、艺术家身上。依靠他们亦真亦幻、虚实参半的书写,或强烈感情的自然流露,或精心编排的跌宕情节。惠特曼（Walt Whitman）这样的浪漫主义民主诗人带给美国民众的心灵震撼,远远超出罗蒂的哲学英雄杜威之所及。

三 隐喻

隐喻在罗蒂的文学文化中是一个重要概念,被广泛适用于对科学、文化、社会、道德进步的描述中。罗蒂在学界最广为人知的一个隐喻是他在《哲学和自然之镜》中提出的镜喻。本书第二章"反表象主义"一节有述,在罗蒂看来传统哲学自柏拉图到笛卡尔、康德,始终属于一种"镜式"哲学,即认为人们的心灵能够像镜子一样反映外部世界的客观实在,人们需要不断检查、修理和擦亮这面镜子,使其精确地呈现出实在的表象。罗蒂所做的相当一部分哲学工作就是批判和消解这面镜子的存在,对整个美国哲学界产生了重大的影响。

罗蒂认为,"隐喻是语言的新创部分"。即便在自然科学中,隐喻式的重新描述也是天才与革命跃进的标志。有研究者通过对罗蒂与库恩、弗洛伊德、尼采的比较研究,甚至直接指出罗蒂新实用主义观照下的科学观即为隐喻观。②

罗蒂赞成"思想史即隐喻史"的观点,乐于用隐喻表述人类社会的一些现象,或者描述人类科学、文明与文化的进步。他赞成戴维森的做法,将"语言和文化的历史"比喻成达尔文所见的"珊瑚礁的历史",进程中旧的隐喻不断死去,从而变成本义（literalness）,

---

① ［美］理查德·罗蒂:《筑就我们的国家》,黄宗英译,生活·读书·新知三联书店2006年版,第2页。
② 蒋阳:《罗蒂科学观中的实用主义》,硕士学位论文,复旦大学,2005年。

成为新的隐喻得以生成的基座和托衬。接受这样的类比以赞同玛丽·赫塞（Mary Hesse）的科学革命观为前提，赫塞认为所谓的科学革命其实不是对自然内在本性的洞识，而是对自然加以隐喻式的重新描述（metaphoric re-description）。当代物理或者生物科学对实在的重新描述，并不比当代社会批判对历史的重新描述更接近事物本身，或者更客观准确。当亚里士多德使用"实体"（ousia）这个概念，当圣保罗使用"圣爱"（agape），当牛顿使用"引力"（gravitas）一词，在罗蒂看来都是隐喻式地使用了这些词汇，从而在哲学、宗教、科学历史上取得前所未有的效果。[1] 新的隐喻使思想进步成为可能。

这种思想隐喻史观与尼采把真理定义为"一支隐喻组成的机动部队"（a mobile army of metaphors）的做法相互呼应，也与罗蒂早先对伽利略的物理学观点、黑格尔的哲学观点、叶芝的文学观点的看法和描述异曲同工。罗蒂认为，当新的语汇在他们心中滋生，于是他们就具备了新的描绘世界的工具，可以用这些工具做以前不可想象的事情。[2] 尼采的隐喻机动部队是说人们应该戒掉对永恒真理的痴迷，放弃用语言媒介再现真理的企图，从而也放弃发现所有人类生命的唯一脉络的想法。在尼采那里，真理就是"一群活动的隐喻、转喻和拟人法，也就是一大堆已经被诗意地和修辞地强化、转移和修饰的人类关系"，经过长时间的使用，它们对一个民族来说，俨然成为固定的、信条化的，并且有着约束力。[3] 简而言之，真理就是隐喻。

有一种说法，认为"本义"和"隐喻"之间的区别，是对杂音

---

[1] ［美］理查德·罗蒂：《偶然、反讽与团结》，徐文瑞译，商务印书馆2005年版，第28页。
[2] ［美］理查德·罗蒂：《偶然、反讽与团结》，徐文瑞译，商务印书馆2005年版，第29页。
[3] ［德］尼采：《哲学与真理》，田立年译，上海社会科学院出版社1993年版，第106页。

和记号的惯常使用与非惯常使用的区别。杂音和记号的本义使用意味着我们使用人们通常在不同情况下会说些什么的"旧理论",使用隐喻则意味着我们着力发展出新的理论。对于这一点,戴维森和罗蒂都认为我们不应该认为隐喻具有一个不同于其本义的意义,不应该把隐喻和认知的内容相关联,并且认为作者期望传达此认知内容,诠释者如果想要获得讯息则必须把握此内容。柏拉图主义、真理符合论和实证主义都坚持"语言再现实在",把语言视作一种传递真理的媒介,认为隐喻若非可以转译,就毫无用处。这种隐喻观被罗蒂认为是还原论,相比之下,浪漫主义者则秉持一种扩张论的隐喻观点。浪漫主义者认为,隐喻是奇妙的、神秘的、了不起的,他们把隐喻归之于一个神奇的机能——想象力,它是自我的中心,也是内心最深处的核心。隐喻对于柏拉图主义者、符合论者、逻辑实证主义者而言毫不相干,本义也与浪漫主义者毫不相干。

通过对两种"隐喻"使用的比较,罗蒂再次强调,这世界并不具备任何预先的判准,供我们在不同的隐喻之间做出选择,我们只能把不同的语言或隐喻彼此相互比较,而无法把它们拿去和一个超越语言的叫作"事实"的东西相比较。[①]

文学领域中的创造也被罗蒂用隐喻进行注解。罗蒂提出,隐喻乃是旧字词的非惯常使用,只有在其他旧字词以旧有惯用的方式被使用的背景下,隐喻的非惯常使用才有可能,一个全隐喻(all metaphor)的语言是一个没有使用的语言,因此根本不是语言而是胡言乱语。尽管罗蒂不认同语言是再现的媒介,但是认可语言是沟通的媒介和社会互动的工具,以及自己与其他人类相互联系的方式。

---

① [美] 理查德·罗蒂:《偶然、反讽与团结》,徐文瑞译,商务印书馆 2005 年版,第 33 页。

第五节 文学文化 VS 科学文化

罗蒂对文学文化的托举，一路伴随着对科学理性、客观性等将科学送上当代最权威文化神坛的特殊性质的解构。罗蒂将理性区分为Ⅰ、Ⅱ、Ⅲ三种，理性Ⅰ是技术理性，理性Ⅱ是通常而言合乎科学方法的强理性，理性Ⅲ则是一种类似于宽容性的弱理性。罗蒂主张以意同讲道理的弱理性替代科学的强理性，为文学争得"合理性"。在客观性方面，罗蒂倡导以团结替代客观性，只在伦理学基础上，而不是在认识论或者形而上学的基础上，对人类合作研究的价值进行说明。

一 弱理性 VS 强理性

自近代以来，西方思想生活的中心由宗教转向自然科学，好的科学承担着理性样板的角色。这是因为科学的巨大成功使人们确信科学是人类理性思维活动的杰出产物，是一项理性的事业。康德认为人类不应满足于获得知识，而要获得比知识更高的东西，即理性。人们相信借助理性的力量，不仅可以发掘出万事万物的本质，穷尽世界的真相，还可以指导生活，造福人类。尤其对于启蒙运动以来的理性主义者来说，"理性"具有权威性，这种权威来自事物各自的本体——实在所具有的权威。"理性"更是一种禀赋，能让我们接触高贵的实在。

西方科学哲学界对科学合理性问题的回答经历了一番显著的变化。逻辑实证主义和批判理性主义尝试通过可证实性、可确证性、证实的逻辑概率、经验证伪等标准，为科学合理性确立一个符合经验、逻辑的基础，寻找一套具有普遍性的理性标准。其实质是沿循着以科学方法确保科学理性的进路,力图以更好的方式证明和弘扬科学的合理性。其后,从历史主义的崛起开始,科学事业的理性地位受到日益严峻的威胁。在温和的非理性主义者库恩那里,科学合理性不再代表恒定的标准,而是意味着科学理论和不可公度的"范式"在信念上被科学共同体所接受。新历史主义科学哲学家劳丹认为"何为科学合理性"并不能构成科学哲学的中心问题,科学通过解决问题而获得进步,科学合理性问题从属于"科学是如何进步的"命题之下,即"合理性在于作出最进步的理论选择"[1]。科学知识社会学主要采用相对主义的策略解决科学合理性的问题,[2]他们不再把科学和技术知识当作"已有知识的理性、逻辑性的延伸",而是作为"不同社会、文化、历史过程的偶然产物"[3],在社会语境之中对科学合理性进行解读。后现代主义也致力于弱化和消解科学所代表的合理性,利奥塔(Jean-Francois Lyotard)从语言学角度强调科学知识对叙事知识的依赖,[4] 费耶阿本德倾向一种彻底的相对主义和非理性主义。无论是历史主义将理性理解为科学共同体的信仰,或是科学知识社会学考虑的社会因素,还是后现代主义对语言叙事性知识的支持,都是在把科学引向"告别理性"的道路,逐渐驶离传统的绝对主义、理性主义科学。[5]

在科学合理性的问题上,罗蒂的观点与科学主义者截然相反,但是又不似费耶阿本德等后现代主义者那样激进地宣扬"非理性主义"。本书第二、三章已经论述过罗蒂对科学文化所关涉的本质主

---

[1] [美]拉里·劳丹:《进步及其问题——科学理论增长刍议》,方在庆译,上海译文出版社1991年版,第6—9页。

[2] 洪晓楠:《科学知识社会学对科学哲学的贡献——科学文化哲学视野》,《广东社会科学》2014年第1期。

[3] Noretta Koertge, "'New Age' Philosophies of Science: Constructivism, Feminism and Postmodernism", *British Journal for Philosophy of Science*, Vol. 51, No. 4, 2000, pp. 667 – 683.

[4] 李洪强:《辩证理性科学观》,《科学技术哲学研究》2013年第1期。

[5] 洪晓楠:《科学合理性:从绝对到相对》,《学海》2008年第2期。

义、基础主义根基的彻底瓦解，也清晰地阐明罗蒂对科学实在论和科学方法论明确的否弃态度，在推倒这两大支撑之后，科学合理性的大厦便摇摇欲坠。在罗蒂的新实用主义视域中，科学不再是一项为理性代言的事业，科学的理性是被启蒙运动突出强调和神化了的。罗蒂深刻地提出应当抛弃人们继承于启蒙运动的残余理性主义，不再将科学视为理性法庭的审判者。科学之所以备受推崇并不是因为比其他的知识活动更具有合理性，而是因为我们的文化中充满了关于科学的伟大神话。总之，"'科学合理性'是一个繁冗的语词，而不是对一种特别的、规范的、其本性可以有一个叫做'科学哲学'的学科澄清的理性的具体说明"[1]。罗蒂赞同塞拉斯的观点，认为"科学之所以是合理的，不是因为它有一个基础，而是因为它是一种能够自我纠正的活动，这种活动能使任何主张有岌岌可危的可能，虽然一切主张不是同时遭此厄运"[2]。罗蒂也同意蒯因的整体论看法，认为知识与其说是一种体系结构，不如说是一种立场，[3] 任何立场都不可能免于以后被加以修正。这也就是说，罗蒂是从行为主义和整体主义的视角出发，来看待科学的合理性问题。在这种视角下，他对科学的合理性问题进行重建，为科学所代表的理性做出新的界定。

罗蒂对"理性"（rationality）一词的意义做出三种区分。[4] 理性Ⅰ代表一种顺应环境的能力，高等智能的动物比相对低等的动物拥有更多的此种能力，用现代技术武装起来的人的理性Ⅰ多于没有技术武装的人，因为他们能以更加复杂和精致的方式应对环境的刺激。这种理性可以当作一种"生存技巧"，它不能决定拥有它的主体应当

---

[1] ［美］理查德·罗蒂：《后哲学文化》，黄勇译，上海译文出版社2009年版，第71页。

[2] Wilfrid Sellars, *Science, Perception and Reality*, New York: Humanities Press, 1963, p.170.

[3] Willard V. O. Quine, *From a Logical Point of View: Logico-Philosophical Essays*, Cambridge: Harvard University Press, 1980, p.42.

[4] ［美］理查德·罗蒂：《真理与进步》，杨玉成译，华夏出版社2003年版，第160页。

从属的种族或文化，因此在伦理上是中立的。理性Ⅰ也可以被称作"技术理性"。

理性Ⅱ是人类特有的附加成分（ingredient），能够把人类与其他动物区分开来，但是不能还原为拥有理性Ⅰ的程度差异。这种理性使人类能够用不同于描述人类之外的其他有机体的术语来描述我们自己，它设定了各种超越了生存的目标。理性Ⅱ甚至建立起一种高等的评价体系，而不是为适应相应的环境或达到诸种理所当然的目的简单地调整各种手段。理性Ⅱ即西方科学哲学通常意义上所说的理性，是人类运用经验进行分析、逻辑推理和判断的综合能力。

理性Ⅲ的意义大致等同于宽容（tolerance），它是一种不会因为别人与自己之间存在不同而过分惶恐不安，也不会针对这些差异作出侵略性反应的能力。拥有这种能力的人通常乐于改变自己的习惯，不仅是为了拥有更多以前想要的东西，更是为了将自己塑造成一种不同类型的人，一种期望得到和以前所期望的东西不同的人。理性Ⅲ依赖于说服而不是武力压服，倾向于依赖协商而不是争斗、焚烧或驱逐来达成目的，因此它是一种允许个人与社群同其他个人、社群和睦共处的美德，自己活也让别人活，集合各种新的、融合的、包容的生活方式。罗蒂在这一层面上定义的理性，可以当作黑格尔意义上的"自由"的同义词。① 西方思想传统将这三种理性相互混淆，使理性成为道德理想与社会美德的融会。像对待划界问题、真理符合论等任何使自然科学从文化之中脱颖而出的论题一样，罗蒂主张完全抛弃理性Ⅱ，推崇理性Ⅲ，只在理性Ⅰ与理性Ⅲ之间解决理性与文化差异的诸种问题。

在此之前，在1991年的《客观性、相对主义与真理》论文集中，罗蒂还区分过"合理性"（rationality）的两种意义："methodi-

---

① ［美］理查德·罗蒂：《真理与进步》，杨玉成译，华夏出版社2003年版，第160—161页。

cal"（合方法）和"reasonable"（讲道理），① 或者说是强理性与弱理性。"合方法"指的是拥有事先制定好的成功的标准，在研究和实践的过程中有章可循、有法可依，是种较强的理性观。"合方法"是传统观念中的理性，是一种人类与非人类之间的关系纽带，是我们走向绝对实在观的通道，是指导我们正确描述世界的工具。② 在合方法的维度上，自然科学是合理性的典范，因为我们对科学理论的成功有着明晰的判定标准——具备预见并因而使我们能够控制世界的某些部分的能力。法律、商业也都属于合方法的合理性样板，但是绘画、诗歌则完全依赖灵感和想象力等理性以外的官能。"合方法"的合理性将人文学科拒之门外，因为文学、文化和社会的目标是动态变化的，我们无法事先确定，也没有可以遵循的程序。

与"合方法"不同，"讲道理"是种较弱的理性观，此维度上的合理性指的是"一系列道德德性：宽容、尊重别人的观点、愿意倾听、依赖于说服而不是强迫"③。这些德性品质更像是"有教养"的伦理美德的表现，是一个文明社会得以延续的必要条件。显然，对"德性"的强调已经昭示出罗蒂文学文化中强烈的人文性。"讲道理"意义上的合理性既适用于好的科学文化也适用于好的人文文化，这样便无须用理性与非理性的差别来将科学从非科学中烘托出来。罗蒂强烈反对使科学与文学赫然对立的强理性，建议我们努力消除对"合方法"的逻辑实证主义的强理性的追求，以"讲道理"的弱理性替代"理性"的概念，不再把自然科学家看作在超人类的力量面前表现了适当谦卑的牧师，不再把科学当作人心与世界对抗的地方。他的提议是人类与其用理性去发现万物的真相，莫不如用想象力去改变自己，从单向度的生活中解放出来。

---

① 国内译者多将 methodical 译为"有条理"，reasonable 译为"合情理"。
② ［美］理查德·罗蒂：《后哲学文化》，黄勇译，上海译文出版社 2009 年版，第72 页。
③ Richard Rorty, *Objectivity, Relativism and Truth*, Cambridge: Cambridge University Press, 1991, pp. 36–37.

比较来看，罗蒂关于理性的两种分类法殊途同归。其中，合方法的强理性相当于理性Ⅱ，它是使人类高贵于别的物种的神圣成分。传统的科学观标榜自然科学与这种理性的强关联性，并以之涵盖德性、宽容等其他意义上的理性，使科学作为强理性的等价物成为诸学科膜拜和仿效的对象。这种理性是大写的理性，是科学主义产生的根源，因而也是实用主义者和后结构主义者所攻击的主要对象，是罗蒂极力想要推翻的理性概念。理性Ⅲ意同讲道理的弱理性，是文学视野中"理性"概念的出路。显而易见，无论是区分理性Ⅰ、Ⅱ、Ⅲ，还是抛弃传统的"理性"青睐"讲道理"，罗蒂乐此不疲地对科学合理性概念进行重建。主要的目的都是突破自然科学提供硬事实，人文科学提供高级娱乐和软价值的思维定式，不再用对立性的描述方法将科学文化与文学文化割裂开来，以期为艺术、文学等自然科学之外的学科争得些许"合理性"之名。

通过进一步的分析我们发现，罗蒂构建的讲道理的理性Ⅲ具有以下性质。首先，这种弱理性代表着协议的典范。对于罗蒂等新实用主义者而言，理性是在对话过程中培养的，因此，理性意味着"愿意就各种事物进行探讨，倾听不同的意见，试图达成和平的共识。理性并不是指能够透过表象掌握科学实在或道德实在的固有本质的官能。对文学文化来说，具有理性就是有交谈能力，而不是愿意屈从"[①]。依罗蒂所见，"科学根本不是人类理性的典范，而是'人们协议'的典范"[②]。其次，理性Ⅲ是一种社会现象。罗蒂从社会实践的角度思考理性，他的整体主义观点认为，所谓使我们显得特别的、被称为理性的东西，是一个社会现象，"理性不是人类器官能够

---

① Richard Rorty, "The Continuity Between the Enlightenment and 'Postmodernism'", in Keith Michael Baker and Peter Hanns Reill eds., *What's Left of Enlightenment*? Stanford: Stanford University Press, 2001, pp. 19 – 38.

② Richard Rorty, *Objectivity*, *Relativism and Truth*, Cambridge: Cambridge University Press, 1991, p. 39.

通过自身得到全面揭示的东西"①。最后，理性Ⅲ是一种有利于社会和谐的个人道德德性。理性既不是准确地表象实在、求得知识的能力，也与使用或遵守某种既定的方法无关，而是心胸宽广，允许差异性存在，拥有好奇心，追求平等与自由。

像罗蒂这样对理性概念进行重构的哲学家还有韦伯和哈贝马斯。韦伯将理性分为工具理性和价值理性，罗蒂的理性Ⅲ同韦伯的价值理性概念有些类似。当韦伯说，"纯粹的价值理性的取向，其范例就是不计代价地去实践由义务、荣誉、美、宗教召唤、个人忠诚或者无论什么'事业'的重要性所要求的信念"②，价值理性便无视可以预见的后果，投向一种社会学、伦理学意义上的价值追求。③ 如此看来，人文科学、社会科学，以及精神科学研究都属于价值理性活动的范畴。价值理性与罗蒂理性Ⅲ的交集就在于抛弃预设的成功标准，尊重任何意义上的"事业"，不管它是科学的还是非科学的。

哈贝马斯把理性划分为"交往理性"和"以主体为中心的理性"，并主张用前者替代后者。前者是指摆脱了一切宗教和形而上学假设的一种社会实践，后者是自柏拉图以降哲学家们所秉持的人类在心灵与事物本质之间建立不朽的联系的自然天赋。④ 罗蒂把前者解释为人们"互相谈论事情，展开争论，直至达成一致，并遵守最后的一致意见"，后者则是"相信人类拥有一种能力，可以使他们避免商谈，置他人的意见于不顾，调头直奔知识"。⑤

罗蒂十分赞赏哈贝马斯以交往理性替换以主体为中心的理性，

---

① ［美］理查德·罗蒂：《文化政治哲学》，张国清译，北京大学出版社2011年版，第198页。
② ［德］马克斯·韦伯：《经济与社会（第1卷）》，阎克文译，上海人民出版社2010年版，第115页。
③ 张华夏：《科学合理性的面面观》，《科学技术哲学与辩证法》2009年第1期。
④ ［德］于尔根·哈贝马斯：《现代性的哲学话语》，曹卫东等译，译林出版社2011年版，第345—379页。
⑤ ［美］理查德·罗蒂：《文化政治哲学》，张国清译，北京大学出版社2011年版，第87页。

把理性界定为交往的、对话的，而不是以主体为中心的、独白的做法。罗蒂理解的这种替换就是用"对他人的责任代替对非人标准的责任"，把视线"从我们之上的无条件之物下降到我们周遭的共同体之中"，从而使我们能够放弃"参与维持宏大事物的希望"，把科学家看作"解决困难的人"，而非"逐渐揭示事物本质的人"①。这种交往理性理论迈出了非常关键的一步，因为哈贝马斯沿循了皮尔士的思路，把真理看作自由探究的成果，而不是在此之前就已然存在着等待被发现的东西。②

哈贝马斯的交往理性将理性社会化（socialize）和语言学化（linguistify），罗蒂的理性Ⅲ也是在社会、文化中通过对话、交往实现的理性。二者的分歧在于哈贝马斯的交往理性仍是一种"规范性"或者"社会规范的内在化"③，即便用交往理性替代以主体为中心的理性能够得以完全实施，他仍然坚持我们应当或多或少怀有普遍有效性理想；而理性Ⅲ与"普遍有效性"全然无关，是一种自然化的自由主义理性。

二 团结 VS 客观性

客观性是合理性的产物，在启蒙以来的西方理性传统中，客观性被当作科学的显著特性。它意味着与主观性截然对立，克服了偏狭、臆断和相对性，因而能够指引科学对自然界作出精确的说明，标明科学的价值无涉，将自然科学区别于对人的存在进行主观理解的人文科学、社会科学和精神科学。在理性主义者那里，科学的、合理的、客观的是一系列可以互换的近义概念。在文学文化的视野

---

① ［美］理查德·罗蒂：《文化政治哲学》，张国清译，北京大学出版社2011年版，第87—88页。

② ［美］理查德·罗蒂：《哲学、文学和政治》，黄宗英等译，上海译文出版社2009年版，第206页。

③ Robert Brandom ed., *Rorty and His Critics*, Malden: Blackwell Publishing Ltd., 2000, pp. 1-30.

下，科学的客观性同科学合理性问题一样，值得重新审视——文学文化也有客观的方面，科学文化中也会渗透科学家们的主观因素，科学不意味着客观，客观也不必要成为科学的特权。

波普尔指出："'客观的'和'主观的'是在历史上充满着各种矛盾用法和无结论、无休止讨论的哲学术语。"[①] 单就客观性概念而言，不同的哲学流派都从自己的本体论预设和认识论立场出发做出不同的界定。在康德的论述中，"客观性"即"客观有效性"，是与"普遍有效性"可以互换使用的概念，[②] 他用客观性来表明科学知识的可证明性。康德说："如果它（某事物）对每一个有理性的人都是合理的，那么它的基础就是客观、充分的。"[③] 如果一个证明原则上能够被任何人检验和理解的话，那么它即是客观的，客观性不取决于任何人的一时想法。波普尔认为他和康德对"客观的""主观的"概念的使用完全不同。在波普尔那里，科学理论是可检验的，但是不可能完全得到证明或者证实，他的观点是："科学陈述的客观性就在于他们能被主体间相互检验。"[④] 拉图尔（Bruno Latour）强调科学工作的社会本质，在以他为代表的科学知识社会学者那里，科学研究无法脱离经济、政治、社会或者意识形态环境的影响，科学的客观性是负责的社会、文化关系。[⑤] 罗蒂也对客观性的含义进行了重释，以期为文学文化中的人文、社会科学摘下"不够客观"的标签。

---

① ［英］卡尔·波普尔：《科学发现的逻辑》，查汝强、邱仁宗、万木春译，中国美术学院出版社2008年版，第20页。

② ［德］康德：《任何一种能够作为科学出现的未来形而上学导论》，庞景仁译，商务印书馆1982年版，第64页。

③ Immanuel Kant, *Critique of Pure Reason*, Norman Kemp Smith, Trans. London: Macmillan and Co. Limited, 1929, p. 645.

④ ［英］卡尔·波普尔：《科学发现的逻辑》，查汝强、邱仁宗、万木春译，中国美术学院出版社2008年版，第21页。

⑤ Stanley Aronowitz, "Science, Objectivity and Cultural Studies", *Critical Quarterly*, Vol. 40, No. 2, 1998, pp. 19-28.

（一）以"团结"替代"客观性"

罗蒂对以客观性和主观性作为标准区分科学文化与人文文化的做法弃如敝屣，他认为用不同的"客观度"或者"强硬度"来给不同的学科划分等级高下实在没有任何意义。这种"在事实与价值、在真理与娱乐、在客观性与主观性之间的区分，是非常棘手、麻烦的工具"[1]，因为任何科学理论虽然都是由事实材料所决定的，但它的结构是由人发明而不是发现的，无法区分真正的客观性与主观性。也就是说，客观性是由文化对话所设定的维度，理应和语言的独立性一样，都是我们在对话内部构建起来的，因此根本不应当被看作受到独立于它们的某个现实限制的东西。"今天字面的客观真理不过是昨天的隐喻的尸体。"[2]为破除文化传统中客观性与自然科学在认识论与形而上学基础上的密切关联，罗蒂积极尝试以三种新的可能的观念取代"客观性"：非强制的一致、主体间性（intersubjectivity）、团结。[3]

首先，他曾以模糊主义的立场建议在各个学科中使用"非强制的一致"来替代"客观性"这一概念。[4] 无论是在法律、人类学、物理学还是语言学、文学领域中，达至"客观真理"就是学科共同体内通过言谈、协商实现研究者之间非强制的一致。用苏珊·哈克的话来说，"罗蒂的对话主义把对于某信念的证实活动看作是一项社会实践事物或一项约定"[5]。如果不必苛求一种超历史、神性而非

---

[1] [美]理查德·罗蒂：《后哲学文化》，黄勇译，上海译文出版社 2009 年版，第 73 页。

[2] [美]理查德·罗蒂：《后哲学文化》，黄勇译，上海译文出版社 2009 年版，第 148 页。

[3] Solidarity，又译作协同性。

[4] [美]理查德·罗蒂：《后哲学文化》，黄勇译，上海译文出版社 2009 年版，第 76 页。

[5] Herman J. Saatkamp ed., *Rorty and Pragmatism：The Philosopher Responds to His Critics*, Nashville：Vanderbilt University Press, 1995, pp. 126 – 147.

人性的客观性，坦白承认所谓客观只是在特定的历史阶段、社会现状、文明状态下尽可能实现的研究主体意见的一致，那么人文学科就可以名正言顺地以平等的身份同自然科学一起位列光荣的人类文化之林。罗蒂正是使用这种建构论和约定主义的策略来软化科学所代表的坚硬的客观性，另外的两种替代客观性的概念也如法炮制。

其次，对罗蒂而言，客观性就是主体间性，对客观性的寻求就是主体间的共识。①"主体间性"的概念导源自胡塞尔的现象学。他把先验自我的意向性构造视为知识的根源，便产生了个体的认识何以具有普遍性的困境，为了解决这个问题，胡塞尔开始在先验主体论的框架下考察认识主体之间的关系。其后，梅洛·庞蒂（Maurice Merleau-Ponty）、海德格尔、伽达默尔都对主体间性进行了不同的阐发。萨特也在《存在与虚无》一书中使用"主体间性"这个术语，用以指称"作为自为存在的人与另一作为自为存在的人的相互联系与和平共存"②。哈贝马斯用"主体间性"概念来确保人们对规则的遵守，认为主体间的普遍性能够解决遵守规则的条件问题、规则意识的产生问题和规则正当性的辩护问题。罗蒂在"主体间性"的问题上主要受到了哈贝马斯的启迪，他坦承："（哈贝马斯）使我们对客观性的认识有所转变：客观性不是实在的内在本质的反映，而是主体间性。"③

再次，罗蒂并没有赋予主体间性更新的、更加深刻的含义，相对其他哲学先辈而言，他最有建设性的功绩在于用"主体间非强制的一致"来注释他对于科学客观性的独创性的见解，即团结。

罗蒂将西方知识分子追求人生意义的方式总结为两大类：一类

---

① ［美］理查德·罗蒂：《实用主义哲学》，林南译，上海译文出版社2009年版，第125页。
② 冯契、徐孝通主编：《外国哲学大辞典》，上海辞书出版社2000年版，第195页。
③ ［美］理查德·罗蒂：《哲学、文学和政治》，黄宗英等译，上海译文出版社2009年版，第206页。

是追求与非人的现实之间建立尽可能直接的关系；另一类是追求为自己所在的共同体或者异时异地其他社会甚至虚构的社会作出贡献。这两种方式分别体现了智慧的人类寻求客观性和团结的愿望。在追求客观性时，人们使自己从自身和周遭实际的人中超脱出来，克服时间、空间、感觉器官、主观意向、知识背景等限制，竭尽可能地用"神目观"去把握不与任何个别人有关涉的实在。当追求团结时，人们只聚焦于某个社会本身，通过平等对话、友好协商达成关于知识的共识，和睦共处，乐享其中，不去关注该社会之外的事物与这一社会之间的普遍关系。对客观性的热爱源自西方以追求真理为中心的文化传统，怀着避免坐井观天、防止囿于自己碰巧所处其中的社群界域局限的自省意识，人们乐此不疲地探寻基础结构、文化中不变的因素，以及非历史的、不受地域限制的共同性。依照罗蒂的分类，本质主义者、基础主义者、表象主义者、科学划界的支持者、真理符合论者、实在论者、理性主义者、客观主义者都是与科学主义者血脉相连的"家族成员"，归属于追求客观性的阵营。与此相反，团结指的是在每个社会、文化群体中，人们在目标、兴趣爱好、准则等方面达成的一致性。倡导团结意味着只在伦理学基础上，而不是在认识论或者形而上学的基础上，对人类合作研究的价值进行说明。

客观性与团结之间的较量支撑着人们的历史性生活的普遍永恒原理与持续的社群的历史性存在之间的对抗。在对这两种不同人生意义的追求中，实用主义的罗蒂主义者以其一贯的态度反对客观性及其"家族理论"，支持团结。在罗蒂眼中，自启蒙时代以来对客观性的那种求索现在已经不受欢迎，过分坚持和过于认真地对待那种科学客观性的修辞学，会使我们堕入客观主义和科学主义将科学神化的极端，以致有损科学之名。罗蒂批判道："对客观性的欲求部分而言是对我们共同体死亡的惧怕的一种伪装形式，这与尼采的下述指责相应和：源自柏拉图的那个哲学传统是一种避免直面偶然性，逃离时间和偶然的企图。"① 罗蒂认为实用主义就是一种团结的哲学。他直言不讳地说:"实用主义者愿意放弃对客观性的期望,即想与一个超越我们自己身处其中的共同体的实在接触的期望,而代之以对这个共同体的团结的期望。他们认为,依赖于说服而不是压服、尊重同事的意见、对新材料和新观念的好奇和渴望等习惯,就是科学家唯一应该具有的德性。"② 团结是一种人为的创造物,而不是客观的发现物,不需要遵从高高在上的非人标准的评判。

取缔客观性,代之以团结,其实质是用关涉道德和政治的词汇取代认识论和元哲学的词汇来表述哲学问题。这种对伦理道德等人的问题的关切是美国实用主义精神的集中体现,罗蒂从杜威等实用主义先哲那里继承的哲学要义是最大限度地实现人类的幸福和团结,客观性、真理性、永恒性等超越人际的神性特质则不在他们的哲学范畴之列。杜威的真理社会观把"真理效验"落实在社会"协和"(coordination)观上,这与罗蒂的"团结"如出一辙。要团结而不要客观性是罗蒂作为人文主义者在后形而上学时代、后科学时代和后工业时代对自由、民主、平等等人性的热望。

(二) 团结不必导致相对主义

如果一个人能够把客观性当作主体间性或团结来理解,那么他就会抛弃"如何接近独立于心灵和语言之外的实在"这样的问题,③但是同时,一旦放弃对客观性的追求,放弃对理性的热爱,任何的反柏拉图主义者、反普遍主义真理者都有可能被指责为相对主义者。客观主义与相对主义间的对立冲突由来已久,伯恩斯坦在论著中将

---

① [美]理查德·罗蒂:《实用主义哲学》,林南译,上海译文出版社2009年版,第111—112页。

② Richard Rorty, *Objectivity, Relativism and Truth*, Cambridge: Cambridge University Press, 1991, p. 39.

③ Richard Rorty, *Objectivity, Relativism and Truth*, Cambridge: Cambridge University Press, 1991, p. 13.

其视为自笛卡尔时代以来,哲学思辨中至关重要的问题。[①]"当哲学家不接受在事物自在存在方式和这些事物与其他事物之间关系的古希腊区分的时候,特别是当哲学家不接受事物自在存在方式与人类需要和利益之间关系的古希腊式区分的时候,他们便被人称作'相对主义者'。"[②]认同"'真理'是拥有大量感觉的主人意志"的尼采主义者,信仰"'真理'仅只是对信念的赞美"的詹姆斯主义者,以及赞成"科学不应当被视为向'世界自在存在方式准确表象'靠近"的库恩主义者,都曾被贴上"相对主义者"的标签。对罗蒂的相对主义指控更是不绝如缕,英国学者伊格尔顿由于罗蒂对绝对真理的拒绝而批驳他是文化相对主义,普特南与罗蒂则互相指责对方是相对主义者。[③]

罗蒂毫不掩饰自己及其英雄杜威经常被称为相对主义者的事实,但是他坚决拒绝这种称呼。当被论敌指责为相对主义者时,罗蒂的应对策略主要有两种:第一,重新释义"相对主义"概念,以实用主义特色的"族群中心主义"取代相对主义;第二,以反二元论的基本立场主张从根本上彻底取消"绝对与相对"之间的二元对立,继而化解他所背负的"相对主义"谴责,弃置对"相对主义"问题的讨论。

一方面,罗蒂始终坚持他的立场不是所谓的相对主义,而是一种"族群中心主义"。为此,罗蒂对三种相对主义观点作出了区分:第一,认为任何一个信念都与任何其他信念一样好,这是既可笑又自我驳斥的观点,事实上没有人真正地坚持秉持这种观点;第二,认为"真"是一个多义词,即有多少确证的上下文语境,就有多少

[①] Richard J. Bernstein, *Beyond Objectivism and Relativism: Science, Hermeneutics and Praxis*, Philadelphia: University of Pennsylvania Press, 1983, pp. 8–48.

[②] [美]理查德·罗蒂:《后形而上学希望》,张国清译,上海译文出版社 2009 年版,第 86 页。

[③] [美]希拉里·普特南:《理性、真理与历史》,童世骏、李光程译,上海译文出版社 2005 年版,第 240 页。

意义的真，这指的是一种固执的观点；第三，认为离开了对一个给定的社会（即我们所在的社会）在某一个研究领域中运用的熟悉的证明程序的描述，无论是对真理还是对合理性，都不能说明任何东西，这指的是一种族群中心主义的观点。[①]

作为实用主义者，罗蒂不支持前两种相对主义，而是持有族群中心主义的观点。族群中心主义者们完全根据自己的见解工作，仅把能够与他们已有的信念交织共融当作检验他人或其他文化所提出的信念的方法，放弃对信念标准的规范和统一做出任何努力。罗蒂赞同在特定的历史共同体、社群或者族群范围内达成一致的正当性、合理性概念，不认为超越时代背景、历史语境，任何人所达成的任何一致意见都是理性的、可取的。通过对上述三种相对主义观点的澄清，以及重申自己的族群中心主义观点，罗蒂完成了"非相对主义"的辩护。

值得注意的是，罗蒂不是在狭隘的民族优越感、曲解和排斥其他民族的消极层面上使用族群中心主义的概念，为避免误解，本书取用"族群中心主义"而不取字面翻译的"种族中心主义"。族群中心主义是说"我们必须从我们所是的网络出发，从我们现在所认同的共同体出发"，而相对主义是说"每一个共同体与任何别的共同体一样好"[②]。这意味着罗蒂尽管主张取消自然科学的文化中心地位，抛弃科学划界问题，但是也绝不是鼓励文学等其他学科对科学指手画脚，专业领域的科学家共同体中形成的一致意见即可成为界定其合理性、正当性及可行性的标准。罗蒂对科学客观性、规范性进行批判的初衷在于抨击时下科学对其他文化领域——尤其是人文学科——日益膨胀的话语权，抵制科学家们用所谓的科学方法统领其

[①] [美]理查德·罗蒂：《后哲学文化》，黄勇译，上海译文出版社2009年版，第77页。

[②] [美]理查德·罗蒂：《后哲学文化》，黄勇译，上海译文出版社2009年版，第189页。

他文化共同体的做法。

　　另外，罗蒂指出："绝对主义与相对主义、理性与非理性、道德与明智等等的分野，乃是陈旧过时且笨拙不堪的工具，是我们应该摒弃的语汇的遗迹。"① 正如其哲学论敌不愿被称作"柏拉图主义者""形而上学家"或者"基础主义者"一样，实用主义者们更倾向于自称为"反柏拉图主义者""反形而上学家"或者"反基础主义者"，而不是相对主义者。"柏拉图主义者"和"相对主义者"是罗蒂和哲学论争中的对手们为求有利于自身而专门为对方定义的术语，事实上没有哪一方想要接受论敌冠以的称呼。被称作"相对主义者"的人通常也被称作"非理性主义者"，他们被谴责为理性和常识的敌人。当相对主义者认为批判的是一些过时的哲学教条的时候，柏拉图主义者抗议把他们的"常识"当作教条，把反对信奉这些常识当作对理性的质疑。

　　双方辩争的僵局在于，对诸如"真理是与实在内在本质的符合"之类表述的推崇，究竟是理性地遵从毋庸置疑的常识，还是固守过时的柏拉图主义信条？柏拉图主义者们认为，其反对者以"被制作、被发明"和"被找到、被发现"之间的区分来界定双方在对待科学真理等常识问题上的分歧，因此倾向于将对手抨击为"主观主义者"或"社会建构主义者"。罗蒂反击的方式是试图抛弃论敌们使用的一系列语汇，挣脱"发明与发现""主观与客观""相对之物与绝对之物"之间的对立，他批判这一套语汇的共同特点都是将"其本质依赖于与他物联系之物"和"其本质脱离于与他物联系之物"区分开来，号召拒绝用柏拉图主义的方式谈话。② 这样，实用主义者以反二元论的姿态，消解了"相对主义"这一概念。罗蒂认为，知识分子

---

　　① ［美］理查德·罗蒂：《偶然、反讽与团结》，徐文瑞译，商务印书馆 2005 年版，第 67 页。
　　② ［美］理查德·罗蒂：《后形而上学希望》，张国清译，上海译文出版社 2009 年版，第 87—90 页。

花费时间讨论"相对主义"问题是种毫无意义的浪费,应当学习杜威应对相对主义攻讦时的态度,不把相对主义的指责当作一个认真的问题来回应,相对主义与否不是值得讨论的问题。①

依罗蒂的见解,没有人,即便是最激进的后现代主义者也不会,相信在我们称为真的陈述和我们称为假的陈述之间没有任何区别。像其他人一样,后现代主义者承认有些信念比其他信念更为可靠。他想彻底抛弃一切围绕"真理""符合""客观性"服务的概念、隐喻,采用"反认识论""反表象论"等否定性表述的时候,并不意味着"所有的观点都是同样的好",也并"不意味着现在所有的东西都是任意的"。针对学界就此对他产生的相对主义误解和诋毁,罗蒂虽已一而再再而三地作出解释,但是收效甚微。② 因此在他哲学生涯的后期,去世之前的最后十年里,罗蒂改变应对相对主义指控的策略,不再花费精力辩解,转而投向"进步""希望"等理念。这两个词不仅成为他两部著作(《真理与进步》《哲学与社会希望》)标题中的核心词语,也成为他多篇论文的主题。罗蒂的用意不言自明:认为所有事物都和其他事物一样好(坏)的相对主义者是容不下"进步"和"希望"概念的,作为一个信奉"进步"、充满"希望"的哲学家,他本人绝不可能是相对主义者。③

罗蒂所作的非相对主义辩护与伽达默尔不谋而合。哲学诠释学大师伽达默尔也曾因为倡导理解的多元性而身陷相对主义的攻击之中,他反驳相对主义指责的两条路径与罗蒂非常相似。伽达默尔也首先驳斥说,"相对主义通常理解为那样一种关于某主题的一切意见

---

① 罗蒂、阳敏:《民主和自由象阿司匹林——新实用主义哲学家理查德·罗蒂专访》, http://www.ideobook.com/280/, 2007年3月。

② Richard Rorty and Edward P. Ragg, "Worlds or Words Apart? The Consequences of Pragmatism for Literary Studies: An Interview with Richard Rorty", *Philosophy and Literature*, Vol. 26, No. 2, 2002, pp. 369 – 396.

③ Yong Huang, "Rorty's Progress into Confucian Truths", In: Yong H. eds., *Proceedings for the International Symposium on Rorty*, *Pragmatism and Chinese Philosophy*, 2004, pp. 111 – 127.

都是同样好的学说",而"事实上这种绝对的相对主义从未被任何人主张过,因为总是会有某种理由强迫我们支持一种意见而不是另一种意见"。① 这同罗蒂对相对主义的第一种区分毫无二致,即从相对主义这一概念的内涵出发来判断,现实中不存在真正的相对主义。另外,按照伽达默尔诠释学的观点,相对主义是那些对真理或者诠释应当是什么抱有固定看法的人所虚构的概念,这样的绝对主义必须丢弃。对此他号召人们:"绝不能在历史科学的领域中用只是部分地存在的进步来看待解释事件的'结果',而是要在和知识的下滑和衰落相对立的成就中看待这种结果:即语言的重新赋予生气和意义的重新获得,这种意义是通过传承物向我们诉说的。只有按照绝对知识的尺度,也即非人类知识的尺度,才能说它是危险的相对主义。"② 正像罗蒂所说,相对主义与绝对主义这两种对立的词语都是哲学论辩双方相互的称呼,是应当抛弃的弊习。

---

① 洪汉鼎:《诠释学——它的历史和当代发展》,人民出版社 2001 年版,前言第 3 页。
② [德]汉斯-格奥尔格·伽达默尔:《诠释学Ⅱ:真理与方法》,洪汉鼎译,商务印书馆 2013 年版,第 326—327 页。

第五章　无本质的文学

自古希腊以来，西方的一个常识与习惯就是在本质与现象、实在与表象之间作出区分。扫除我们的感官、心灵或语言同实在之间的屏障，发现事物本身的存在方式是本质主义的要旨。罗蒂的新实用主义哲学的基本立场之一是对传统形而上学的本质主义根基彻头彻尾的反对。本书第二章对罗蒂反本质主义哲学观点进行了详述，第四章讨论了新实用主义的"文学文化"预言，本章将在此二者基础上，详尽探讨罗蒂有关文学的概念界定、反本质主义文论，以及罗蒂的文学经典观、文学批评观和对文学价值的看法。

第一节　文学的概念

伊格尔顿的《二十世纪西方文学理论》也好，卡勒（Jonathan Culler）的《文学理论入门》也好，举凡引介文学理论的书籍，通常都会开门见山地先讨论"文学是什么"或者"什么是文学"的问题。本节虽顺应罗蒂文学、哲学思想风格，避开这种本质主义追问方式，但是讨论的内容仍然是罗蒂如何理解"文学"这个概念。罗蒂对文学概念的框定具有典型的实用主义特点，并与他的反本质主义哲学及文学文化主张相融贯。

一 文学涵盖的内容

前文提到，罗蒂综合欧陆哲学、分析哲学和实用主义哲学，在文学文化中曾经对文学作了较为宽泛的界定。依罗蒂自己的说法，科学、哲学都划归在文学领域之内，不仅如此，广义上来说，文学是一切描述人类社会文化的文字行为及作品的统称，一切人类创造力产物——包括艺术、建筑、绘画、歌曲，甚至电影、电视等大众文化形式——都可以涵盖在文学的范畴之下。

将文学概念的外延进行拉伸，甚至拓展到统摄其他文化学科领域，此举并非罗蒂首创。早在19世纪60年代，在英国发生了著名的"科学与文化之争"，为反驳科学派代表人物赫胥黎（T. H. Huxley）的论点，阿诺德（M. Arnold）把文学概念延伸到既涵盖柏拉图的哲学著述《理想国》，又包括欧几里得几何学，以及牛顿力学的基本原理之上。在阿诺德那里，文学的疆域已经被扩大到足以观照数学、物理等自然科学的知识领域，提升至文化的层面。罗蒂的后现代主义同路人德里达曾在解构主义视域下提出"总体文学"的概念，以"文本性"置换"文学"，使文学成为一种"允许人们以任何方式讲述任何事情的建制"[①]。

罗蒂与阿诺德和德里达对文学概念的重新释义，其异曲同工之处在于目的都是缓解科学文化与人文文化之间的冲突，通过拓展文学的范畴以缓解文学同其他讲求理性、客观性，遵从科学方法的学科之间的裂隙。三者之间也存在显著的差异。阿诺德在综合科学与人文学科的文学概念下，始终特别强调科学的态度和科学的方法在知识获得过程中的重要作用，德里达则坚持激进的后现代解构主义立场，把文学用作破除西方逻各斯中心主义的有力武器，对文本倾

---

① ［法］雅克·德里达：《文学行动》，赵兴国等译，中国社会科学出版社1999年版，第3页。

注了过多的兴趣。

当然，罗蒂也曾在相对狭义的"文学"定义下使用这一概念，将文学理解为借助语言文字工具进行描述的一种艺术，承认语言文字、文本形式呈现的传统的文学，戏剧、诗歌、小说等虚构和想象的著作都属于文学这个术语下辖的范畴。罗蒂对文学的狭义用法，也涵盖传统文学类型之外的任何其他类型的创造性写作，例如杜威的哲学著作、吉本（Edward Gibbon）的历史著作、赫胥黎的科学随笔，以及弗洛伊德的精神分析讲座等。总而言之，"文学"一词被扩大到"文学批评家所批评的一切东西"[①]。狭义的文学定义所指称的"小说、诗歌、散文、戏剧"与广义的文学所涵盖的电影、绘画、音乐等在两个方面具有极强的相似性：一是他们所负载的伦理教化功能；二是他们都能够满足人们进入某个虚拟现实的需要。

美国著名文学批评家 J. 希利斯·米勒（Joseph Hillis Miller）与罗蒂一样有着被文学感召的经历，大学二年级时他从物理系转到文学系，从此一生致力于研究文学、教授文学。他在论述"什么是文学"时也曾犀利地指出，"灌输公民以伦理"这项工作以前主要是通过文学研究的形式由"学院、大学中的人文科系"做的。"现在它越来越被电视、广播上的脱口秀、电影做到了。"人们花越来越多的时间看电视或在网上冲浪，也许看过奥斯汀（Jane Austen）、狄更斯（Charles Dickens）、特罗洛普（Anthony Trollope）、詹姆斯（Henry James）小说改编的电影的人，要远远多过真正读过那些小说的人。"印刷的书还会在长时间内以维持其文化力量，但它统治的时代显然正在结束。"[②] 按照米勒的说法，在这个由新媒体统治的新世界里，新媒体正在日益取代传统意义上的书，电影、脱口秀等各种新颖的

[①] ［美］理查德·罗蒂：《偶然、反讽与团结》，徐文瑞译，商务印书馆 2005 年版，第 117 页。

[②] ［美］希利斯·米勒：《文学死了吗》，秦立彦译，广西师范大学出版社 2007 年版，第 17 页。

媒体形式，与印刷书共同肩负起伦理教化的作用，如此一来，传统的以书为表现形式的文学作品，其内涵也相应变得更为丰富和充实。

文学可以让人进入一个虚拟世界，这种进入虚拟现实的需要"如果不被文学作品满足，就要由电脑游戏、电影、录像带上的流行曲来满足。很难想象一种人类文化没有某种媒介形式的故事或歌（手写的、印刷的、电影形式的，或数字化的）"[1]。

二 文学的本质

当"文学"涵盖了所有创造力的智识产品，文学的筐装满了各式新奇，人们不禁疑惑，究竟如何判定文学的辖域？按照罗蒂的观点，"文学"一词现在所涵盖的书籍几乎无所不包，只要一本书有可能具备一些"道德相关性"——有可能转变一个人对何谓可能和何谓重要的看法，在罗蒂看来便可被当作文学书籍，这与该书是否具备"文学性质"毫无干系。[2]

这样的定义方式完全避开了在本质主义和形而上学的基础上界说文学。按照新实用主义者的基本哲学观点，他们拒绝任何形式的本质、真理和阿基米德点，反本质主义意味着尝试打破事物的内在特定和外在特性之间的区分。[3] 以这样的反本质主义哲学观为前提，"文学"在罗蒂看来显然没有超出历史、文化语境影响的，确定的本质特征或者永恒根本属性。他宣称"坚决反对一切有关'作家的目标'或'文学的本质'的问题，拒绝相信文学批评应该认真考虑这类笨拙的话题"[4]。在他那里不存在任何被称为大写的"文学本质"或者"文学

---

[1] ［美］希利斯·米勒：《文学死了吗》，秦立彦译，广西师范大学出版社 2007 年版，第 121 页。

[2] ［美］理查德·罗蒂：《偶然、反讽与团结》，徐文瑞译，商务印书馆 2005 年版，第 117 页。

[3] ［美］理查德·罗蒂：《后形而上学希望》，张国清译，上海译文出版社 2009 年版，第 51 页。

[4] ［美］理查德·罗蒂：《偶然、反讽与团结》，徐文瑞译，商务印书馆 2005 年版，第 206 页。

性"的东西，可以赋予一些或某些著作以文学的特性，将文学与非文学作品一劳永逸地区分开来。因此文学或者文本作为艺术作品的属性，不在罗蒂关注的视线范围之内。文学的本质问题，作为文学研究的一个本体论问题，被罗蒂搁置起来。

文学研究的历史长河中，一代代的文学家们孜孜不倦地探究着文学的本质，不同历史文化背景下作出不同的解释，却始终没有一个普遍而明确的一致意见。当然我们有可能找到16世纪诗歌或者19世纪批判现实主义小说的一些共同特征，也可以在各个文本中找到一些特点，例如发现不同剧本之间的一些共性，将他们划归在常规的文学体裁类型之下。但是文学的体裁并不代表文学的本质，诸文学理论流派一直在以各自的方式致力于解决文学本质的问题。

就文学而言，罗蒂的著述中针对文学本质的论述极少，在新实用主义的反本质主义哲学思想观照下不难理解，罗蒂的文学研究重点不在于萃取使文学文本区别于其他学科的各种真理性的特质，因为在他看来这些超越时间、脱离社会与文化语境的特质根本不存在，这样做注定徒劳无功。因此，现在的文学评论家不应再从事对所谓"文学性质"的发掘和阐述。[①] 提炼使诗歌成为经典的韵律、意象普适特点，或者分析使小说得以蜚声文坛的情节起伏安排规律，抑或钻研使戏剧流芳百世的精妙旁白和人物冲突设计守则，在罗蒂看来无异于镜中探花水中捞月。

第二节 反本质主义文论

罗蒂对文学本质的理解熔铸在他的反本质主义哲学精神和语言

---

① [美]理查德·罗蒂：《偶然、反讽与团结》，徐文瑞译，商务印书馆2005年版，第117页。

的偶然性、无本质性观点之中。在当代文学本质主义与反本质主义之争中，罗蒂当属彻底的反本质主义者。

一 本质主义与反本质主义之争

文学的本质问题是20世纪以来文学研究领域一个重要的问题，是探讨"何谓文学""文学的特质"等使文学作品与其他非文学作品或者人类其他活动区分开来的"文学性"的问题。围绕文学理论中的文学本质问题，理论界形成了普遍主义和历史主义的对立。

普遍主义认为文学有特定的本质，将其与其他学科划界开来。对文学本质的普遍主义探寻在20世纪形式主义、结构主义、后结构主义等文学理论中略见一斑。[1] 当米勒宣扬"文学终结论"，他是指新媒体逐渐取代印刷书籍使得文学行将就木和文学理论促成的文学"死亡"，其最显著征兆之一就是全世界大批的英文系年轻教师正在抛弃文学研究，转向理论、后殖民研究、女性研究、文化研究……米勒认为，"文学虽然末日将临，却是永恒的、普世的"，它能经受一切历史的变革和技术的变革，文学是一切时间、一切地点的一切人类文化的特征。在他看来，文学是文字的某种运用的论断，文学作品能够创造或发现一个新的、附属的世界、一个元世界和超现实，而不是以词语来模仿某个预先存在的现实。[2]

卡勒曾经归纳出文学理论家们从特定的视角出发，对文学本质做出的五种主要理解。一是将文学视为把语言本身置于"突出地位"的语言，认为文学性首先存在于语言之中，这种语言结构将文学与其他目的的语言分开，使语言变得与众不同。二是把文学当作语言的综合，认为文学是一种存在于错综复杂的关系中的语言，它把文

---

[1] 南帆:《20世纪中国文学批评99个词》，浙江文艺出版社2003年版，第29—30页。

[2] ［美］希利斯·米勒:《文学死了吗》，秦立彦译，广西师范大学出版社2007年版，第7—29页。

本中的各种要素和成分组合在一起。三是将文学理解为虚构，文学作品是语言活动过程，它设计出一个包括叙事者、人物、事件和观众等在内的虚构的世界，且其虚构性不仅仅限于人物和活动。四是认为文学（作品）是美学的对象，包括语言结构的不同补充层次、与语言的实用语境相脱离、与真实世界的虚构关系等在内的文学的特征，都可以归类到语言的美学作用这个大标题下。五是从互文性角度入手，把文学当作文本交织或者自我折射的建构，认为要把什么东西作为文学来理解就是要把它看作一种语言活动，它在与其他话语的关系中产生意义。这种观点注重文学作品与先前作品的相互关系，认为一部作品通过与其他作品之间的关系而存在于其他作品之中。[1]

上述不同理论的共同特点是认定文学有其固定不变的本质，文学研究的目的之一便是发掘文学之谓文学的特殊品性。然而这五种理论列举的每一个被认定为文学重要特点的条件结果都不能构成文学的界定特征，因为同样的特征在其他类型的语言运用中也可以找到。

历史主义者则强调文学的范畴会随时代而变迁，文学与非文学之间并没有一条明晰、确定的边界，反对文学本质论。反本质主义阵营的主要代表包括罗蒂、卡勒、伊格尔顿等。伊格尔顿对本质问题的阐释看似自相矛盾。在《二十世纪西方文学理论》中，他断定"文学根本就没有什么'本质'"，"在由于各种原因而被称为'文学'的一切中，想分离出一些永恒的内在特征也许不太容易"，鼓励学界放弃那种想为文学找出一些"永恒的内在特征"的企图，[2] 因此被当作文学研究领域首屈一指的反本质主义先锋。然而在《后现代主义

---

[1] [美]乔纳森·卡勒：《当代学术入门——文学理论》，李平译，辽宁教育出版社1998年版，第29—37页。
[2] [英]特里·伊格尔顿：《二十世纪西方文学理论》，伍晓明译，北京大学出版社2007年版，第8页。

的幻象》和《理论之后》中，伊格尔顿又对后现代主义和相对主义为代表的反本质主义大加批判，为本质主义进行辩护。

伊格尔顿对待本质问题相互抵牾的两种态度在后来的《文学事件》中得到了很好的诠释。他用维特根斯坦的"家族相似理论"来譬喻他对文学本质的理解，认为文学作品具有一系列相似但并非充分或者必要条件的属性，例如"虚构性""道德性""语言性""非实用性""标准性"① 等。伊格尔顿援引约翰·艾里斯（John M. Ellis）的"杂草说"，认为正如杂草并不是一种具体的植物一样，文学可以是"人们出于某种理由而赋予其高度价值的任何一种作品"②，不具有普遍的本质和统一属性。

解构主义文学理论家卡勒也曾直言："文学也许就像杂草一样。"界定文学正如界定园中的杂草，识别杂草并无什么诀窍，也并没有什么要素或共同特征能将杂草与非杂草区分开来。力图找到杂草的本质"，探讨"形式上或实际上明显的、使植物成为杂草的特点"，只能是白费力气。③ 卡勒认为"文学是什么"这样的传统文论"中心问题"不重要，他从两个方面对这一问题进行了解构。首先，理论本身已经将哲学、语言学、历史学、政治理论、心理分析等各种思想杂糅在一起，那么理论家们完全没有必要劳神去分辨他们解读的文本究竟能不能被归类为文学。其次，文学与非文学之间的区别并不重要的原因是"理论著作已经在所谓'非文学'现象中找到了所谓'文学性'"④。一个很好的补充说明是2019年诺贝尔文学奖授予了美国民谣音乐家鲍勃·迪伦（Bob Dylan），他的获奖颠覆了人们对

---

① ［英］特里·伊格尔顿：《文学事件》，阴志科译，河南大学出版社2017年版，第30页。
② ［英］特里·伊格尔顿：《二十世纪西方文学理论》，伍晓明译，北京大学出版社2007年版，第10页。
③ ［美］乔纳森·卡勒：《当代学术入门——文学理论》，李平译，辽宁教育出版社1998年版，第23页。
④ ［美］乔纳森·卡勒：《当代学术入门——文学理论》，李平译，辽宁教育出版社1998年版，第19页。

"何谓文学""文学性"等问题的传统思考方式,拓展了人们对"文学"的认识。

罗蒂标榜自己为反本质主义者,是不是主张文学的"无本质"主义或者反"本质主义"呢?罗蒂因为有对反本质主义哲学所秉持的批判立场作铺垫,在其著作文献中几乎无明确涉及文学本质、文艺批评的本质、文学理论本质的论述。从文学文化的多元性、对话性、偶然性特点中已清晰地澄明罗蒂反对上述各议题中任何普遍的、唯一的、大写的、权威的本质的存在。罗蒂将文学范畴极力拓展的做法,也体现出将本质主义议题搁置,一带而过不打算费力纠缠的姿态,这种对文学领域本质主义现象的反对可以理解为行事更为彻底,颠覆态度更为决绝,但是也体现出罗蒂对于文学作用的关注远胜于对文学审美价值的关注。

二 对国内反本质文论的影响

21世纪初期,罗蒂的反本质主义思想被引入中国的文学理论界,一时间掀起轩然大波,为文论研究者带来了巨大震撼,对文论研究的内容和方式造成了极大影响,对中国文论的格局造成了强有力的冲击。反本质主义为我国的文学理论发展提供了理论资源,成为国内反本质主义文论的重要理论源头。

陶东风先生率先将这一西方哲学思想与文论相结合,反思在本质主义思维方式影响下国内的文学理论教科书总是将文学视作具有"普遍规律""固定本质"的实体的传统做法,认为学科体制化的文艺学知识生产与传授体系并没有在"特定的语境"中研讨文学理论的具体问题,批判这种"追求文艺学绝对真理"意义上的文学和文学理论是"虚构的神化",所谓的"规律"实际上也只是人为地虚构的权力话语。[1] 依据罗蒂在《后哲学文化中》中提出的本质主义

---

[1] 陶东风:《大学文艺学的学科反思》,《文学评论》2001年第5期。

的基本特征，陶先生详细总结了当前文艺学教材中的本质主义窠臼，反思文学的开放性、多元性特点，呼吁文论界摆脱非历史的、非语境化的生产模式，号召文艺学研究进行深刻的反思和改造，以破除学科中的普遍主义和本质主义倾向。

陶先生的反本质主义文艺学反思打响了反本质主义文学理论在国内生发的第一枪，一时间国内学界关于本质主义与反本质主义文学理论的探讨争鸣此起彼伏、沸沸扬扬，童庆炳、南帆、高建平等文论大家也先后献言。反"本质主义"并不等于"反本质"主义或者"无本质"主义，区别就在于反"本质主义"反对的是认为文学有其恒定特点，能够达至某种真谛的固化思想，而"反本质"和"无本质"主义是指反对文学固定本质甚至颠覆任何本质特点存在性的系统理论和主张。值得注意的是，即便是在反思檄文刊发之初，陶先生也并未激进地明言宣告颠覆"本质主义"走向"反本质主义"，毕竟可以预想而知喊出"反对本质主义"口号之后将易于陷入"虚无主义""相对主义"等无尽的指责和困惑中。陶先生讨伐的是在文艺研究中框定普遍本质、一般规律的做法及其带来的文艺学知识的"拼凑性"和历史性与民族性缺失等后果，并不主张彻底抛弃文学本质或从根本上否定文学本质的存在。陶先生所否定的是"对于本质的形而上学的、非历史的理解"，敦促学界在研究过程中融入对社会、历史、文化等语境因素的动态考量。

陶先生在与学者交锋中坦陈，自己反思的"学术资源比较庞杂"，兼容并蓄了布迪厄（Pierre Bourdieu）的知识、文化社会学，福柯的后现代主义和罗蒂的实用主义，但是毋庸置疑罗蒂是其中旗帜最为鲜明、态度最为坚决的"反本质主义者"，罗蒂的反本质主义思想为陶先生所提供的理论支撑也在后者的论述中显而易见。为与后现代极端激进的反本质主义划清界限，陶先生在后来的论著中审慎地将他的反本质主义文论主张界定为"建构主义的反本质主义"①，强调具体的社会文化语境对文学本质建构的作用。"建构论"带有较强的福柯特点，然而本书第二章中讨论罗蒂的反本质主义哲学，其中一个观点简要论述了罗蒂的反本质主义思想与语境论之相似性。当罗蒂阐释反本质主义哲学观时说"离开了与人类需要或意识或语言的关系，就不存在像一个与 X 的实际存在方式相符的描述这样的东西"②，他的反本质主义哲学就为语境论留下了缺口。

罗蒂的反本质主义哲学理论与文艺学相遇之后，经过进一步的内化、磨合、调试、融合，不仅演进成反本质主义文论的本土化成果——建构主义，还生发出当代文论的泛关系论。南帆先生于 2007 年发表《文学研究：本质主义，抑或关系主义》，在关系主义的视野中，开启反本质主义哲学与中国文论结合的探索路径。③ 南帆提出，研究文学必须将其置于"多重文化关系网"中，特定历史时期所呈现的关系表明了"文学研究的历史维度"。在差异化的复杂关系网络中，对文学性质、概念、经典等的讨论必将突破单一的本质，得到多声部、多角度的不同阐释。南帆对本质主义的思想僵硬、知识陈旧、形而上学猖獗大加批判，对文学界"透过现象看本质"的老把戏嗤之以鼻。但是与其任由伊格尔顿抛弃文学本质之后设想莎士比亚作品与街头涂鸦的文学价值之间任意对调的可能性，南帆宁可被奚落为保守分子，也坚持"有限度地承认"本质主义有其合理性，肯定追求本质的传统使一代代人从中受益匪浅。

这种有限度的本质主义被南帆命名为"关系主义"。关系主义文论仍以探索文学特征，把捉文学本质为研究目标，将文学置于特定历史时期的文化关系网络中，运用比较的方法求取文学的特征。研

---

① 陶东风：《文学理论：建构主义还是本质主义》，《文艺争鸣》2009 年第 7 期。
② ［美］理查德·罗蒂：《后哲学文化》，黄勇译，上海译文出版社 2009 年版，第 134 页。
③ 南帆：《文学研究：本质主义，抑或关系主义》，《文艺研究》2007 年第 8 期。

究视域从文学的内部外展到文学与新闻、文学与哲学、文学与社会学、文学与历史学等多维的相互共存关系之中，通过与"他者"的相互衡量、比较、定位，对文学的性质、特点、功能进行整体勾勒。摒除文学本质与非本质之间二元对立研究方法的局限，突破就文学讨论文学的狭隘视野，挣脱文学传统研究内容的困囿，在流变、复杂、交互影响的多元关系网中开展文学研究。

"（泛）关系论"概念来自罗蒂对反本质主义的论证，是指用一幅不断变化着关系的流动图画取代在"本质和偶然""本体和属性"等古希腊二元对立支持下建立起来的那幅世界图画。① 南帆援引罗蒂的话论证事物之间无处不在的关系网络，世界上有待于我们认识的东西，无不包罗在这张极其庞大的、永远扩张的关系网之中。按照罗蒂的"泛关系论"，没有什么能置身"关系"之外。能够作为"关系"中的一个环节发挥作用的每一个事物，都能被融入另一组关系之中，以至永远。存在着各式各样错综复杂的关系，它们向上、下、左、右所有的方向开放，人永远无法抵达没有处于彼此交叉关系之中的某个事物。②

王伟对南帆提出的关系主义文论进行了细致的拓展与阐发，最终形成国内理论界最早的一部以关系主义文论定义罗蒂文学思想的专著。王伟将关系主义视为罗蒂哲学思想的核心，从关系主义的内涵、与相对主义和结构主义的关系等内容讲起，细述关系主义视野下文学理论、文学的本质与功能、文学的意义、文学经典、文学史与文学批评，并从政治的维度对本质主义与关系主义的关捩点进行剖析。③

中国文论界以罗蒂的新实用主义哲学中的反本质主义思想为理

---

① ［美］理查德·罗蒂：《后形而上学希望》，张国清译，上海译文出版社2009年版，第25页。
② 南帆：《文学研究：本质主义，抑或关系主义》，《文艺研究》2007年第8期。
③ 王伟：《后形而上学文论——以罗蒂为样本》，上海三联书店2012年版，第67页。

论基底，创立的建构式、关系式"反本质主义文艺理论"，加速了文艺学由本质主义到反本质主义的学理转型。反本质主义文论是西方哲学的元素与中国文论相结合的产物，经过二十年的发展，加入反本质主义文论队伍的学者越来越多，反本质主义文论研究成果蔚为大观。反本质主义文论与文学伦理学、强制阐释论比肩，已成为现当代中国文论发展历程中的重要内容。

第三节 文学经典观

将罗蒂的反对本质主义的哲学思想适用于文学研究，接踵而来的问题会有很多，例如消解本质和中心是否会对文学经典研究带来阻滞，文学经典还有没有存在的意义？尤其是罗蒂延展文学的概念，使其将所有人类创造力成果悉数囊括在内之后，从罗蒂对待文学经典的态度来看，似乎某种程度上能洞察他对传统意义上的文学及其作品的观点。

这要从 20 世纪后半叶后现代思潮和文化研究的兴起对文学经典研究形成的挑战说起。卡勒曾经提出两种阐释观——恢复解释学（Hermeneutics of Recovery）和怀疑解释学（Hermeneutics of Suspicion）。前者力图重新建构产生作品的原始语境，例如作者的处境和意图，以及文本对它最初的读者可能具有的意义；后者则力图揭露文本可能会赖以形成的、尚未经过验证的政治的、性的、哲学的、语言学的假设。[①]

有学者指出，有两种文学经典观分别对应上述两种阐释观。恢复解释学的一方主张"捍卫经典"，认同怀疑解释学的则力主"打开

[①] ［美］乔纳森·卡勒：《当代学术入门——文学理论》，李平译，辽宁教育出版社 1998 年版，第 71—72 页。

经典"。新批评的细读理论，白璧德（Irving Babbitt）的新人文主义，特林（Lionel Trilling）的批判人文主义和布鲁姆的西方正典理论等属于捍卫经典阵营，他们主张文学审美自主研究。詹姆逊（Fredric Jameson）和伊格尔顿等的新马克思主义意识形态批评，布迪厄的文化社会学批评，格林布拉特（Stephen Greenblatt）的新历史主义，萨义德（Edward Said）的后殖民主义批评和各种女权主义批评则认为应该大力拓宽经典的范围，使经典代表多元文化。[①]

毫无疑问，头冠反本质主义名号的罗蒂也是文学经典的拥趸，对文学经典丝毫不吝惜溢美之词，认为文学经典能使人"认识到此生有超乎想象的意义"[②]。阅读经典能够唤醒读者自身的生命感受，将零星散乱的生命感受与体悟提升为生命境界，最终获得幸福生活的智慧。阅读能够激发读者内心潜伏的东西，启迪心灵使之恢宏、阔达、深远。文学作品使人引以为戒，使人受到鞭策，使人感悟豁达的意境，读出对人生深刻的体验和对命运的领会。他充分肯定文学经典的启迪价值与"救赎"功能，竭力提倡文学阅读，并盛赞布鲁姆这位专业批评家是美国"最睿智、最博学、最让人受益的文学研究者"，深信布鲁姆将成为"22世纪人们仍然将以极大的兴趣去阅读的我这一代人当中惟一的一位美国学者"。[③] 在推崇经典的布鲁姆和解构主义文学批评家、耶鲁学派代表人物之一保罗·德曼（Paul de Man）之间，罗蒂毫不犹豫地评价到，"批评家布鲁姆比德曼有趣得多，重要得多"，但是模仿布鲁姆远非一件容易的事，我们能够得到成千上万的小德曼，但是却没有小布鲁姆主义者。

值得注意的是，罗蒂鼓励文学文化时代的人们进行阅读，但是并不曾像布鲁姆般强力护航"捍卫经典"。罗蒂自己也很清楚，对文

---

① 刘剑：《从本质主义到功能主义》，《当代文坛》2018年第3期。
② ［美］理查德·罗蒂：《筑就我们的国家》，黄宗英译，生活·读书·新知三联书店2006年版，第98页。
③ ［美］理查德·罗蒂：《哲学、文学和政治》，黄宗英等译，上海译文出版社2009年版，第57—71页。

学的推崇只能是有钱有闲的精英分子的作为,① 布鲁姆对文学经典进行捍卫则是对精英中的精英发出号召。布鲁姆毫不避讳地坦言,最强有力的诗在认知上和想象上都太艰深,在任何社会阶层中,或不论在什么性别、族裔以及民族中,都只有少数人才能深入阅读它,何以可能普遍共享《失乐园》和《浮士德·第二部》之类艰深难懂的西方正典?② 为此布鲁姆提出"审美自主性"(aesthetic autonomy)理念,强调"审美只是个人的而不是社会的关注"。即便难以获得广泛认可,布鲁姆仍乐此不疲地开列经典书单,以飨后辈的文学幸存者们,重振经典事业。

布鲁姆对文学经典的推崇,是以经典作品的美学价值为核心,强调经典阅读属于精英人士,作为一门艺术的文学批评,"总是并仍将是一种精英现象"③,强调经典阅读对于实现个人价值的非凡意义。他的关注焦点始终聚集在"西方正典"和伟大的诗篇上,重点研究审美自主性、影响的焦虑、创造性误读、文学经典重构和对抗性批评。布鲁姆一方面注重和发掘文学经典本身所蕴含的审美价值,同时强调文学作品对于阅读者内在自我的"自省"与完善作用。布鲁姆对凌驾于文学审美意义之上的附加价值持绝对批判的态度。在他看来,莎士比亚可以教导我们如何在自省时倾听自我、接受自我和他人的内在变化及变化的最终形式,但是文学阅读和研究"无论怎样进行也拯救不了任何人,也改善不了任何社会","真正的阅读应该是一种孤独的活动,它并不教人成为更好的公民"。④ 可以想象,

---

① Richard Rorty and Michael O'Shea, "Toward a Post-metaphysical Culture", in S. Upham Phineas ed., *Philosophers in Conversation: Interviews from the Harvard Review of Philosophy*, New York: Routledge, 2002, pp. 73 – 80.
② [美]哈罗德·布鲁姆:《西方正典》,江宁康译,译林出版社 2018 年版,第 461 页。
③ [美]哈罗德·布鲁姆:《西方正典》,江宁康译,译林出版社 2018 年版,译者前言第 2 页。
④ [美]哈罗德·布鲁姆:《西方正典》,江宁康译,译林出版社 2018 年版,第 25、461 页。

桑塔格所描述的那种情形,即道德评判使英美大多数评论家把文学作品主要当作进行社会和文化诊断的文本,[①] 会是最使布鲁姆出离愤怒的对待文学的做法。

相较之下,在罗蒂那里值得研究的文学作品范围要更为广博。他不仅不反对,反而鼓励文学作品阅读在共同体中发挥的道德功用,他对文学经典的颂扬,甚至还可以看作带有一定的实用主义目的。对于文学经典中的文字之美、讽喻之犀利、互文之巧妙等典型文学特色,这位"狡猾的"新实用主义哲学大师所言甚少,毕竟相对于罗蒂驾轻就熟的老本行哲学专业来说,文学并不是他言说的主要根据地。罗蒂并不见长于经典阐释、文本分析等专门文学研究者、文学批评家的工作,他对于文学经典或者文学作品审美维度、艺术价值的关注,让位于他对文学阅读关涉的社会文化政治关怀以及带来的社会成效。尽管他并不曾鼓励像萨义德突破文本世界分析莎士比亚剧作的"在世生存"(to be in the world)那样,"知性分子"们用社会权力关系、政治、文化甚至意识形态的理论去强制阐释和分析文学文本,但是文学的启迪教化作用及其在社会、伦理方面发挥的功能是罗蒂最为看重的。借用萨义德对福柯和布鲁姆进行比较时的说法,罗蒂关注的是一个文学文化的世界,而布鲁姆关注的是一个艺术的世界。本书第六章将进一步阐述新实用主义哲学观照下罗蒂对文学的社会伦理功能的看法。

罗蒂与布鲁姆都坚决抨击当前美国大学里文学研究的文化研究倾向。布鲁姆不无忧虑地发出警示,各种社会、政治讨伐的摇旗呐喊正在取代诗歌、戏剧、故事和小说的教学,充斥在大学的英语系、文学系;通俗文化作品正取代难懂的大家之作成为文学教材;文学专业的学生因求职的目的只读文章不沉浸读书。他把文学专业日益流行的文化研究现象称作当下"文学研究的危机",把克隆法德理论

---

① [美]苏珊·桑塔格:《反对阐释》,程巍译,上海译文出版社2018年版,第357页。

的文化研究专家、将各种社会性别意识形态搬上文学讲台的教授以及各式文化多元主义者称为哗众取宠的"憎恨学派"(School of Resentment)。憎恨学派具体包含六个分支——女性主义者、马克思主义者、拉康派、受福柯启发的新历史主义者、解构主义者和符号学派。① 在布鲁姆看来，憎恨学派必将把文学研究变成一门"沉闷的社会科学"，把文学系变成"封闭的学术"死水，因为他们心无崇敬、无所祈望，敢阐释一切也敢嘲讽一切。② 他们的批评观念经常求新颖求奇特，特别重视社会文化问题，甚至主张颠覆以往的文学经典。

"憎恨学派"这个词负载了布鲁姆作为"年迈的体制性的浪漫主义者"对那些对文学作品的审美价值怀有敌意的文化研究者们鲜明的不屑，以及对文化研究强压文学研究的流行势头强烈的愤慨——文学研究者何以要成"业余的政治家、半吊子社会学家、不能胜任的人类学家、平庸的哲学家和武断的文化史家"③？罗蒂倾向于用"知性人士"一词取而代之，指代那些对文学进行文化研究的理论家。知性是一种能够"防止敬畏的颤栗"，使人保持理性和克制，免受浪漫激情感染的灵魂状态。罗蒂反对对文学进行"知性"的研究，嫌恶那种用知性的理论阐释来替代敬畏感，用逻辑分析代替想象力的激发，不激扬对美好未来的憧憬，只埋怨过去失败的行径。他也同样不愿看到布鲁姆的预言变成现实——文化研究的甚嚣尘上会对文学研究产生不可逆转的恶劣影响。

罗蒂相信，文学经典所具有的启迪价值，绝非一种方法、一门科学研究、一门学科或者一个职业所能产生的。哪怕把一个文本看作文化生产机制的产品，也只能获得生硬的理解、冰冷的知识、客

---

① ［美］哈罗德·布鲁姆：《西方正典》，江宁康译，译林出版社2018年版，第467页。

② ［美］理查德·罗蒂：《筑就我们的国家》，黄宗英译，生活·读书·新知三联书店2006年版，第94页。

③ ［美］哈罗德·布鲁姆：《西方正典》，江宁康译，译林出版社2018年版，第462页。

观的数据、专业的能力、复杂的逻辑思维,不会获得它的启迪价值。一部具有启迪价值的作品能把读者自以为了解的部分事物进行陌生化重构,从而激发浪漫、热情、个性、灵感和希望。罗蒂与布鲁姆执着而纯粹的文学家专一视角不同,他不独尊具有启迪意义的文学经典作品,在他的文学文化社会中,人文学科的健康发展同样需要"分析性作品"。分析性的作品把启迪性作品放置在熟悉的框架结构中,虽然折损了陌生化带来的浪漫和灵魂的震颤,但是能够揭示奥秘获得知识。例如哲学这样一门学术专业性极强的学科,既需要有人欣赏怀特海式的魅力、天赋、创造、璀璨,又需要有人赞赏艾耶尔式的逻辑、认知、理性,才能得到全方位的发展。文学也是一样,不能因为电子与消费时代的到来,不能因为文化研究的风头正盛就认为激发热爱和希望的文学已经过时,只有包容个性、独特性,文学系才能健康发展。毕竟,30年后文化研究也终将成为明日黄花。①

关于文学经典的界定标准,文学经典如何成为经典,如何历经时代仍被称为经典,可以参考罗蒂对"重要的书"和"不太重要的书"的区分。罗蒂指出,人们不管读过多少别的书,总还是会一次次地返回到塞万提斯(Miguel de Cervantes Saavedra)、歌德、黑格尔等的作品,这是一个自然选择的过程。教授们喜欢在自己的课堂上谈论他们喜欢的书,并且希望他们的学生也能够喜欢,尽管如此,随着时间的推移,一些书淡出人们的视野,另一些却为人们所推崇。罗蒂认为,文化进化就像生物的进化过程一样,没有人能准确预测它的发展方向,② 文学经典也是一样。

罗蒂对柏拉图意义上的和实用的功能主义的文学经典作出过区分。柏拉图意义上的文学经典之所以成为经典,是因为他们宣扬同

---

① [美]理查德·罗蒂:《筑就我们的国家》,黄宗英译,生活·读书·新知三联书店2006年版,第97—99页。
② [美]理查德·罗蒂:《实用主义哲学》,林南译,上海译文出版社2009年版,第329页。

一个主题——永恒不变的"人文主义"价值观,认为只有承载人类际遇本质特征的永恒事物才是有启迪价值的经典。作品的经典地位表明他们是通向真理和实在的桥梁。

罗蒂将布鲁姆和自己归入"实用的功能主义"行列——乖戾的布鲁姆并不在意是否与罗蒂同盟——他们承认文学经典确立标准的历史性、暂时性和变化性,认为评判经典的标准随着时间的推移不断改变。文学经典的标准旨在规定人一生的阅读范围,不能因为文学经典是经典才认为他们启发了读者,应该因为"文学经典启发了读者而视其为经典"。经典历经时代和社会文化变迁,如大浪淘沙自然甄选,经典的地位像历史情境和读者的个人境况一样都是可变的。布鲁姆以其令人叹为观止的过目不忘能力、博闻强识、专注深耕经典文学研究,他为读者开列的经典书单为当代愿意敬畏经典的年轻人提供了向导,让他们知道到哪里去寻找心灵碰撞的激情和希望。

第四节　文学批评观

由于文学含义的不断拓展,文学批评(literary criticism)研究的对象在 20 世纪曾经不断延伸扩大。最初只是对戏剧、诗歌、小说的比较和评价,间或涉及视觉艺术,后来以雪莱、艾略特(T. S. Eliot)的散文、韵文为代表的文学批评拓展到涵盖过去的批评。随后文学批评的范畴迅速发展壮大,但凡一本书能够为过去的批评家或者当时的批评家提供批评的语汇,就被纳入文学批评的麾下。无论是神学、哲学、社会理论还是改革派的政治纲领、革命宣言,一切"可能为人提供可选择的终极语汇的"书籍,都被收入其中。文学批评似乎成为集社会批评、文化批评、政治批评等为一身的万金油。此时的文学批评更贴切的表述也许应该改为文化批评,但是由于保留学术专业招牌以便于知识分子在大学谋取职位之类偶然的历史因素，文学批评的说法沿用下来。①

文学批评在罗蒂那里被当作"辩证法"在文学文化时代的新颖的代名词，黑格尔的辩证方法则被解构成一种用来从一种语汇平顺迅速地过渡到另一种语汇，以制造骇人听闻格式塔转换效果为目的的"文学技巧"。黑格尔的《精神现象学》首开先例，使用辩证法让语汇与语汇之间彼此对抗，从而终结柏拉图和康德式的"从一个命题推论到另一个命题"的哲学传统。②

在"无本质的文学"时代，文学批评家们的日常工作将从"阐发文学性质"中脱离出来，不再是研究界定、分类、分析、解释和评价文学作品。他们的工作转变为建议"如何修正道德示范和顾问的准则"，建议"如何缓和这传统中的张力"，如果有必要的话，甚至可以建议加剧这些张力，以促进人们的道德反省。③他们必须博览群书、博古通今、学识丰富，通过阅读大量的书籍具备"异常广阔的见闻"，从而能够有足够的判断力，避免由于见识单一形成的思想狭隘和行为执拗。海量的阅读经历使得他们有资格成为"道德顾问"，而非由于他们掌握了取得道德真理的独门秘籍。"只有接受了文学批评家的态度和习惯，生活和政治才可能变得更好。"④

文学文化时代的文学评论家，无须再执着于揭示文学性质、廓清文学的边界，而是被罗蒂赋予了道德审查员的职责。他们应当以当代社会的道德伦理问题为研究课题，致力于为解决人民生活中的实际道德困境提出建设性的解决方案，以自己的研究成果推动社会

---

① ［美］理查德·罗蒂：《偶然、反讽与团结》，徐文瑞译，商务印书馆2005年版，第116页。
② ［美］理查德·罗蒂：《偶然、反讽与团结》，徐文瑞译，商务印书馆2005年版，第112—113页。
③ ［美］理查德·罗蒂：《偶然、反讽与团结》，徐文瑞译，商务印书馆2005年版，第117页。
④ ［美］理查德·罗蒂：《后哲学文化》，黄勇译，上海译文出版2009年版，第140页。

道德进步。

在罗蒂看来，文学批评一词现在所涵盖的主要活动，是帮助读者作比较，在不同作家的名字之间而非他们的理论之间制造均衡。当"老年黑格尔""克尔凯郭尔""尼采"等不再被看作达至真理的通道，而是特定终极语汇的简称，代表着使用该语汇的人所特有的信念和欲望，我们不会去理会这些人的实际生活与吸引我们去注意到他们的那些书籍和语汇是否相关联。他们的名字与他们自己书中主角的名字等量齐观，我们不会去刻意区分斯威夫特（Jonathan Swift）和"激烈的愤怒"（saeva/savage indignation），也不会区分黑格尔和"精神"（Geist）、尼采和查拉图斯特拉（Zarathustra）、普鲁斯特（Marcel Proust）和他笔下的主人公马塞尔（Marcel）、特里林和"自由的想象"[①]（The liberal imagination）。

批评家要做的不是考证上述作家实际上是否与他们自己的自我意象相一致，而是要弄明白究竟是否要采纳这些意象，要不要完全或者部分地依照这些人的意象来重新塑造自己。为了回答这些问题，需要尝试使用这些人所制造的语汇，利用这些语汇来重新描述自己、自己现在的处境和过去的感受，然后再将这些结果拿来，与利用其他人物的语汇做出的再描述进行一番比对，通过不断的再描述和比对，尽可能地创造出最佳的自我。

在罗蒂眼中，阿诺德、佩特（Walter Pater）、艾略特、威尔逊（Edmund Wilson）、特里林、布鲁姆等有影响力的批评家，其研究工作不是阐释书本的真实意义，也不是评判作品的文学价值。他们所做的工作就是把书本放入其他书本的脉络中，把人物置入其他人物的脉络中，为他们进行定位。正像我们把一个新朋友或者敌人置入老朋友和敌人的脉络中，为他进行定位一样。我们会在这个过程中不断修正对新旧敌友的认识，同时也修正自己的终极语汇来修正自

---

① ［美］理查德·罗蒂：《偶然、反讽与团结》，徐文瑞译，商务印书馆2005年版，第114页。

己的道德身份,文学批评为我们所做的工作,和对普遍道德原则的追求为形而上学家所做的工作具有同样的意义。罗蒂预言,文学批评的地位在民主社会的高级文化中越来越显著,它已经逐渐取得过去先后被宗教、科学和哲学所占有的文化角色。[①]

针对当前文化批评入侵文学批评的现象,罗蒂区分了当代美国学院的两种批评——无知的批评和权威的批评。前者的代表由乔治·威尔(George Will)、林恩·切尼(Lynne Cheney)等政治评论家和政客组成,后者则以布鲁姆和英国评论家克里斯托弗·里克斯(Christopher Ricks)为代表。无知的批评者是不读书、只抓人眼球不择手段的标题党,后者则认真阅读,权威批评,与国家政治毫无干系。罗蒂自认为既不是前者,也不是后者,但是他和布鲁姆有着共同的担忧:就像美国的社会学系本意是为各种社会改革运动而创建,最终却变成"训练学生如何用行话分析数据"的专业一样,文学系被改变成文化研究系之后,非但不能从事迫切需要的政治研究,最终可能只培养了一些会用行话发泄不满情绪的学生。[②]

文化批评不以文学鉴赏为目的,而是以文学文本为档案史料,辅助研究普遍的社会问题。文化批评对曾经以"激发人们心中蛰伏的热情"为主要目的的文学研究形成了不容忽视的影响。一方面,传统的文学研究方式不可能一成不变,必然受到新的研究方式或者时代潮流新兴研究内容的影响。在罗蒂看来,这样的代际转换不可避免,而且要"据守堡垒去保护旧的事物和抵制新生事物也没有多大意义"[③]。文化批评必定会给文学研究带来新鲜血液注入新的活力,而多样性元素的涌入正是罗蒂的文学文化时代极力提倡的。

[①] [美]理查德·罗蒂:《偶然、反讽与团结》,徐文瑞译,商务印书馆2005年版,第117页。

[②] [美]理查德·罗蒂:《筑就我们的国家》,黄宗英译,生活·读书·新知三联书店2006年版,第94页。

[③] [美]理查德·罗蒂:《哲学、文学和政治》,黄宗英等译,上海译文出版社2009年版,第70页。

他的忧虑在于，文化研究的强势来袭势必挤压原有文学研究的生存空间，其压倒性的气势一如当今美国哲学系里分析哲学的垄断局面。文化研究假如真的一统天下，如何给布鲁姆这样任性而专注地沉浸在自己感兴趣的领域的高冷的精英知识分子和其他自由研究者留下一片天地？文学不能走美国大学哲学专业的老路——在分析哲学的路上越走越偏狭，落得只封闭在英文世界内做学术，只培养会说这个专业的艰深术语行话的专门家，只用某一些研究方法。也许能做的最好的事就是去制定一些新的策略来削弱这种改变带来的影响，或者如埃德门迅（Mark Edmundson）所建议的，迅速开拓出一些安全的避风港而不是依靠传统的"种族清洗"来解决学科内部的代际之争。

如果文化研究确实能够通过"说服"实现人们所担忧的"霸权"，能够采用"分析哲学走向辉煌时候所采用的同样的光荣手段"，那么现在企图压制文化研究的大学就将面临一场阻挡历史潮流的灾难。如果文化研究的兴起终究势不可当，能够占得上风，罗蒂建议大学的英语、文学系应当重新调整和建构自己，好让那些"认为大学最显著的特点就是几行弥尔顿诗歌的人"，那些"对政治漠不关心的人"和那些"不认为文化产品分析是政治活动有效形式的人"，仍旧能够获得他们想要的东西，找到自己存在的价值。[①] 一如罗蒂不支持科学独占各学科鳌头的帝王局面，文学学科内部的发展也应摒弃一枝独秀、异口同声的情境。

在罗蒂看来，文学评论家的理论依据更多来源于欧陆哲学的哲学家们，例如解构主义哲学、哲学诠释学等，但是在美国的哲学课堂上，哲学教师们讲授的则是完全不同的另一批哲学家。据罗蒂1979年出版的《哲学和自然之镜》中的观点，在英美国家文学批评已经在主要文化功能方面取代了哲学，在黑格尔未被遗忘的国家，

[①] ［美］理查德·罗蒂：《哲学、文学和政治》，黄宗英等译，上海译文出版社2009年版，第68页。

哲学教师的文化功能更接近于美国文学批评家的地位，文学批评成为青年对自身与过去的不同进行自我描述的源泉。①

读者反应理论家费什（Stanley Fish）认为，在过去的几十年里，哲学已经成为文学批评家也在做或者试图去做的事，批评家们试图从事的是"作为哲学另一别称的理论活动"，然而在文学批评中，作为实践的理论只不过是诸多实践中的一种。在费什眼中，文学批评的任务是对语言作品进行描述和评价，所涉及的问题类型具有历史性、普遍性、形式主义和文体性，虽然某种程度上来看哲学传统和文学批评有一定的交替性而且常常互相参照，但是就目的和意图而言，他们自成一体、独具特色。即使一个人根本不熟悉哲学传统，他仍然有可能在批评领域成就卓著，反之亦然，哲学不依赖于文学批评，文学批评也不依附于哲学或者理论。②

罗蒂则认为"文学理论"是哲学的一种类型，它把一些传统上被贴上哲学标签的文本和那些没有被贴哲学标签的文本整合在一起，在当今美国学界广泛使用。③ 在他看来，这个词现在通常用来指称与"17世纪德国文学"或者"现代欧洲戏剧"等并列的某些文学教师的专门领域，认为它与"对尼采、弗洛伊德、海德格尔、德里达、福柯、拉康、德曼、利奥塔等人的讨论"基本上是同义词。④ 罗蒂说，从歌德、麦考利（Thomas Babington Macaulay）、卡莱尔（Thomas Carlyle）和爱默生的时代，开始出现了一种新类型的著作，这些著作既不是评价文学作品的相对短长，也不是思想史，不是伦理学哲

---

① ［美］理查德·罗蒂：《哲学和自然之镜》，李幼蒸译，商务印书馆2012年版，第225页。
② ［美］斯坦利·费什：《读者反应批评：理论与实践》，文楚安译，中国社会科学出版社1998年版，第119—125页。
③ Richard Rorty, "Philosophy without Principles", In: W. J. T. Mitchell eds., *Against Theory*, Chicago and London: The University of Chicago Press, 1995, pp. 132-138.
④ ［美］理查德·罗蒂：《后哲学文化》，黄勇译，上海译文出版社2009年版，第92—93页。

学，也不是关于社会的语言，而是所有的这一切融为一体形成一种新的类型。卡勒认为要给这种包罗万象的类型取个名称，最简便的就是"理论"这个词。① 当今世界英语国家的大学中，哲学系普遍注重分析且高度专业化，他们的学术活动基本上不为外系所知，研究的问题也与学科外的世界毫无关系。② 有关德国哲学、法国哲学等欧陆哲学最新进展的课程，英语系开设得比哲学系要多，而且开设时通常伴随着令布鲁姆痛心疾首的"对以前英语系关于自己功能的想法的攻击"，和"有意识地、系统地把这种功能政治化的企图"。

解构主义批评如火如荼，使得英美大学的文学系业已取代社会科学系，成为极"左"思想的温床和激进政治主张的场所。而如今罗蒂所在的美国大学包括英语系、社会学系、政治科学系、法语系、德语系和历史系等都要开设"大陆哲学"的课程，他们的理论大都来自欧陆哲学、哲学诠释学等，和美国哲学系谈论的完全不在一个频道。③

对于当前文学研究中过度依赖哲学理论的行为，罗蒂认为"无论是科学崇拜的自由主义者还是文学崇拜的激进主义者，都过于认真地看待哲学了"④。罗蒂认为，德曼"把反本质主义哲学转变成了一种文学崇拜"，后者认为文学始终具有哲学意义，文学始终为我们提供一种"抛弃了任何满足的可能性"的生活方式。这些主张令罗蒂震惊。哲学对于政治并不是这么重要，对于文学也一样。⑤ 罗蒂认为哲学文本与文学文本并无二致，这些文本会给我们提供一些观点

---

① ［美］乔纳森·卡勒：《当代学术入门——文学理论》，李平译，辽宁教育出版社1998年版，第3页。
② ［美］理查德·罗蒂：《筑就我们的国家》，黄宗英译，生活·读书·新知三联书店2006年版，第95—96页。
③ ［美］理查德·罗蒂：《哲学、文学和政治》，黄宗英等译，上海译文出版社2009年版，第66—67页。
④ ［美］理查德·罗蒂：《后哲学文化》，黄勇译，上海译文出版社2009年版，第152页。
⑤ ［美］理查德·罗蒂：《后哲学文化》，黄勇译，上海译文出版社2009年版，第140—148页。

和启示,使人娱乐或者受益,但它们并不是任何真的、有效的东西。在他看来,一个人从事文学批评,是因为他有某些喜爱的诗人,还有他读不懂想说些什么的诗人、小说家、散文家,如果这个人非常容易上当,他就会向四周张望寻找哲学的支撑,以便来说这些是好诗人、好作品而那些不是,但是罗蒂眼中更好的批评家,一定是不屑于在他们的偏好上面放置哲学的装饰物的那些人。①

关于是否存在"实用主义文学理论"或文学批评的问题,本书前言中作过简要的交代,认为"实用主义文学理论"这种表述方法有违罗蒂本意。罗蒂本人对此也有过明确的表达。2002年在一次关于"实用主义对文学研究产生的后果"的访谈中,罗蒂曾被诗人杜慕康(Edward Ragg)问及是否憎恨存在着"实用主义文学理论"这个观点,即使这样一个理论站不住脚,是否他会觉得实用主义仍然可以给研究文学的人们提供一些建议。罗蒂对实用主义文学理论这种说法持否定意见,尽管他也觉得实用主义会给文学研究一些启示。在他看来,实用主义主要是一种"治疗哲学",治疗的是早先的哲学家们已经创造的某些精神状态。阅读实用主义学说和阅读令人吃惊的新的文学文本所用的方式是一样的,他们都可以把人们从各式各样的旧习惯和信念中释放出来,仅此而已。罗蒂的实用主义只是想给人拓宽思路,让人惊觉:"哎呀,我以前从来不知道可以那样看问题。"

罗蒂这样的实用主义者并不给文学限定什么标准,他认为脑子里总想着标准并不是接近文本的最佳方式,除非人们事先就很确定他们想从文本那里得到什么。比如阅读一本指令明确的训练手册,阅读目的就是使人能够完成某项任务,那么当然可以带着一个清晰的标准来读文本——有可以应用的检验标准,它们会告诉人们这是否是他们想要的内容。但是当人们读文学作品时,通常事先并不知道自己想要什么,阅读的目的是通过"增加敏感度"和"丰富想象

---

① [美]理查德·罗蒂:《哲学、文学和政治》,黄宗英等译,上海译文出版社2009年版,第224页。

力"而扩充自己。[①]

当被问及"文学理论中,为什么实用主义没有像解构主义、心理分析、酷儿理论等其他话语一样占据受欢迎的地位","是否因为实用主义太整体论了,当人们整体地看待文学批评,就不会把它看作一个有特权的话语"以及"实用主义文学理论不火是不是因为文学批评家们就是不熟悉实用主义对文学研究产生的后果",罗蒂的回答是,他认为文学理论流行一段时间就会不时兴。时髦的时候是因为它看起来是写文学评论的简便方法,只要掌握理论然后应用,就能够出版学术批评著作。如果不是数以千计的英语文学系教员为了谋得教职的需要,"应用一个理论"这样的主意将永远也不会出现。罗蒂认为,现在大家都对固定套话堆砌起来的批评很厌倦,以至于不必再担心文学理论的事,尤其"不必担心实用主义作为那些文学批评理论中的一员,是否还有价值"的问题。这样的回答令人不禁追问:也许这正意味着人们在阅读文本时变得更加实用,在如何接近文本这方面,人们可能处在一个更加实用的时期。罗蒂的回复是,"实用主义或许起了一点作用"[②]。他的态度显得既谦虚又回避,这种回答实则是最真实的实用主义看待文学批评的态度,正显示了一位实用主义者不愿意给一种叫作实用主义文学理论的东西以特权。

第五节 文学的价值

20世纪20年代,艾略特的象征主义诗歌主张和理查兹(I. A. Richards)的文字分析批评方法为新批评派奠定了理论基础,自兰色

[①] [美]理查德·罗蒂:《哲学、文学和政治》,黄宗英等译,上海译文出版社2009年版,第218—219页。

[②] [美]理查德·罗蒂:《哲学、文学和政治》,黄宗英等译,上海译文出版社2009年版,第222页。

姆（John Crowe Ransom）1941年出版《新批评》为这一流派正式定名，文学作品的价值很长一段时间都在于作为独立、客观、与外界绝缘的美学象征有机体和特殊的语言形式载体。20世纪50年代罗蒂在耶鲁大学念研究生的时候，新批评主义仍然在英语专业处于主导地位，学生们仍被鼓励对文本进行"封闭阅读"（close reading）、独立分析，规避社会历史条件、作家生平传记等外在因素影响，避免进行传记、历史或者哲学研究。罗蒂认为，在文学领域寻求唯一科学、正确的研究道路是件不幸的事，文学研究的方法论并不唯一，同样，文学的价值也不固定于一个视角，局限于一个方面，应当有多种方法，从多种角度揭示其各种可能性。

　　针对当前美国大学——乃至世界许多国家的大学——英语系、文学系中，传统的研究内容、研究方法和模式受到哲学、社会学、政治学等冲击的现状，罗蒂对文学价值是否应该取代所有其他价值进行论述，认为不可能真的区别出某种所谓不同于宗教、道德、政治或历史价值的"文学价值"。因为相对的社会地位以及取代问题都只能产生于特殊的目的之中，在被恰当地区别之后，出于什么目的的文学价值才可能被认为要取代其他所有的价值呢？

　　在他看来，文学系和哲学系一样，所研究的著作的价值就是：他们所起到的作用与古代阿波罗的裸体躯干雕像、荷兰画家维米尔（Jonhannes Vermeer）的油画以及感激死亡音乐会（Grateful Dead Concerts）的作用一样。他们偶尔会给人灵感使他们改变自己的生活，偶尔还会建议人们如何去改变。对于像罗蒂一样的哲学或者文学教师，教书的意义就在于书已经改变了他们自己的生活、自己所熟悉的人的生活、过去许多学生的生活或者他们坚信学习书本知识可能会改变一些学生的生活。康德提出，"审美价值"与道德重要性和魅力都有区别，罗蒂对于这一看法并不认同，他认为这只适用于视觉艺术，"纯粹审美价值"这样的概念从来没能够成功适用于文学作品。但是不可否认，正是因为审美价值这个概念的流行，行政官员们才同意授权文学系把学术领域扩张到文字学（philology）的范畴之外，实现了对人类有益的发展。①

依罗蒂之见，去除康德在认识、道德和审美之间的区分，使人们能够从功能的角度，而不是根据所谓的内在属性来界定文学的价值，因为有文学价值就要被文学教授认为是"值得去教的东西"，就像好茶一定是受到了品茶者的好评。那么英语教授们是否能就文学价值问题达成一致意见呢？罗蒂列举了一些文学教授及其研究特点。其中，西季威克和赫施（E. D. Hirsch）投身到具体的政治活动中，为学生争夺学习文化知识的权利，为男女同性恋学生争取获得帮助和劝告的权利，并利用自己及其学科组织机构的威望，成功地为他们的同胞公民争得了权利；文学批评家费什对哲学与合同法理论都作出了杰出贡献；斯威夫特专家埃伦普莱斯（Irvin Ehrenpreis）以其对斯威夫特传记档案的精深钻研，为18世纪的人物志研究作出了巨大贡献；布鲁姆除了对自己所着迷的西方经典著作的研究以外，对其他一切事情都保持一种傲慢冷漠态度。

上述五位教授的成就足以证实他们所属学科存在的必要性，然而根本无法找到一个他们共同服务的目标，也没有人能够找到他们的学术活动之间有任何明显的家族相似性。如果退回新批评主义盛行的年代，这几位教授至多都是这个学科的"边缘人物"。在罗蒂看来，如果一个学科被一个相对恒久的风尚钳制，英语教师们都完全相信他们已经发现了学习英语文学的最合适的方法，或者发现了英语系唯一的真正的使命，那么他们的命运就会像哲学系一样黯淡无光。② 就像分析哲学在如今的美国哲学系一家独大的局面——只有自己才阅读自己人的著作，只有自己才了解自己人的专长，只从一个

---

① ［美］理查德·罗蒂：《哲学、文学和政治》，黄宗英等译，上海译文出版社2009年版，第58—59页。
② ［美］理查德·罗蒂：《哲学、文学和政治》，黄宗英等译，上海译文出版社2009年版，第57—58页。

单调的角度发挥哲学的价值。

所以当文学专业有人偶尔担心文学研究正在被政治化的问题，罗蒂投来了来自哲学系的实名羡慕，"你们真不知道人家觉得你们还值得被政治化是一件多么幸运的事"。"政治化"这样的指控在他看来是种误导。[1] 作为弃哲从文的实用主义思想家，罗蒂建议文学研究者们不要去计较是不是提供知识要比提供意见的研究更好地阐发了文学的价值，不要焦虑自己的研究方法是否足够科学，不要去关心怎样才能为研究英语文学提供一种"健康而又专业的训练"之类的问题。在他看来，只和阅读了某些书并且同样喜欢这些书的同事和学生聚集在一起，和志趣相投的人建立各种协会足矣。

然而罗蒂的鼓励，也许只是一位实用主义者的理想主义完美设想。一个很现实的实践问题是，各大高校和人文社科研究所是否能成为这些多角度阐发文学价值之人的容身之所，确保每位教师都有一个合情合理的机会去做他自己的研究，能够决定文学价值的文学教授们也同时被牵制着他们定义文学价值的学术资格和生活自足的资本。罗蒂自己也深知，大学行政管理部门会疯狂地认为，一所大学应该按照具体的"知识领域"分成几个专家组，每个专家组和每个系都必须有各自明确的主题并采用适合这个主题的研究方法，每一个人文学科院系都有它的目标宣言，以确保有足够的产出成果体现客观实在的知识而不是主观的意见看法。[2]

总而言之，罗蒂希望打破文学研究的封闭性、唯一性研究维度，鼓励多种研究方法的存在，主张破除文学价值的统一性。罗蒂对于文学价值的看法，体现了实用主义哲学家在文学艺术性研究的深度和文化社会研究的广度上对文学研究的包容和期待。

---

[1] ［美］理查德·罗蒂：《哲学、文学和政治》，黄宗英等译，上海译文出版社2009年版，第56页。
[2] ［美］理查德·罗蒂：《哲学、文学和政治》，黄宗英等译，上海译文出版社2009年版，第54页。

第六章 文学的伦理功能

　　罗蒂认为文学有多重功能,以致根本不可能列出一张文学的完整功能表。文学的功能之一是娱乐,即文学活动能够使人们获得快乐。米勒认为,"我们阅读文学,是因为它提供了对社会有用的愉悦,因为它被认为已具有表现上的真实性"[①]。第二项功能是给予人们一些全面的世界观,就这一点来说,种种哲学体系和呈现人生百态的文学作品能够发挥同样的功能。第三项功能就是能够让我们有机会认识布莱克(William Blake)和惠特曼这样的超凡的人物。

　　实用主义哲学的终极目标是人们幸福的生活,实现这个目标的重要手段之一在罗蒂看来就是文学。相比于文学的美学价值,罗蒂非常看重文学的社会、伦理、政治功能,认为文学作品具有教化功能,能够激发人的想象力和同情心,增强人的道德感和宽容心。罗蒂开创性地将强调自我创造的私人领域与强调自由、民主、正义的公共社会区分开来,在私人和公共两个领域协调兼顾个人完美、道德进步和社会团结。他认为文学作品既可以在精神启迪和自我发展方面满足私人的需求,也有利于维护社会整体利益,既承担个人的自我救赎、完善功能,又为更加美好的自由主义社会提供希望。

---

　　① [美]希利斯·米勒:《文学死了吗》,秦立彦译,广西师范大学出版社2007年版,第149页。

第一节　私人:个人完美

为什么读文学或者文学的意义何在是个老生常谈却又见仁见智的话题。文学作为艺术的一种形式，其审美意义通常在于三个方面：一是文学作品本身的创造性（creativity）；二是给读者带来的美感（aesthetics）；三是净化心灵和陶冶情操（Katharsis）。对于文学的生成机制、文学语言的瑰丽奇美、文学技巧的虚实相生，罗蒂坦承"搞不懂行话"①，知之甚少。但是文学对个人自律的启示，对道德感的激发，以及对于伦理学甚至政治学的积极意义，是文学在罗蒂的实用主义透视镜下闪耀的最夺目的光芒。

罗蒂认为，文学的各种不同功能之间并没有一个明确的分界线，但是存在着一个"频谱"，左拉（Émile Zola）及其描写矿工的"社会史"小说《萌芽》被罗蒂放在频谱的公共一端，普鲁斯特及其回忆个人历程的《追忆似水年华》则在私人一端。对个人来讲，文学阅读能够帮助完善自我，增强自律、宽容和同情心，促进反讽和个人道德进步；在公共事务领域，文学则有益于避免残酷，增进自由主义社会中人与人之间的团结。

一　自律

对文学的性质和功能最具传统意义的根深蒂固的观点，就是认为文学的要义是开阔视野，净化情感，旨在使读者成为更美好、更高尚的人。文学首先有益于人们的自律，对此罗蒂赞同布鲁姆在

---

① ［美］理查德·罗蒂：《哲学、文学和政治》，黄宗英等译，上海译文出版社2009年版，第237页。

《如何读，为什么读》中的观点，认为"只有深入、不间断的阅读才能充分地确立并增强自主的自我"[1]。这里阅读的对象指的是小说、戏剧、诗歌等虚构性文学作品，而非论证性文本，因为虚构的新鲜事物最有助于痴迷阅读的读者获得自律。当然，马克思的政治经济学作品、德里达的哲学作品也能够提供新鲜事物从而改变人们的思想和生活，但是罗蒂和布鲁姆所谓的自律指的是使人脱离过去，从有关人类个体生活和命运的固有本质和普遍规律中解脱出来。

不同的文学作品带给人的影响是不尽相同的，有可能会促使一个人努力改变政治、经济、宗教或哲学的现状，也可能会引发一个人毕生努力去破除维系目前已有的体制的观念。又或者阅读使一个人变得更加细致入微、更洞察敏锐、更博学或更睿智，更不受成见的桎梏，因此增加同情心而不是改变观念。在罗蒂看来，阅读带来的好的影响不是去问"真理是什么，永恒的知识是什么"，而是问"这个世界都有些什么样的人，他们是如何生活的"，从而更好地"成为你自己"。后两个问题的答案就在小说这样的文学作品中，斯坦贝克（John Steinbeck）和狄更斯（Charles Dickens）那些描述穷苦人民生活的道德反抗小说，詹姆斯和普鲁斯特描述富人如何觉悟的小说，都能够帮助读者进行视角的转换和视野的拓展，使他们变得更有独立的个性、更加自立。[2]

阅读大量书籍的目的就是知道大量的选择目标，选择的目的就是成为一个独立的自我。自律的人读文学就是想要发现更多种不同的方式来描述自己，或者为了各种各样的目的，改变自己的词汇，丰富自己的人生。尽管任何一个读者都是带着自己已有的经历——伽达默尔所谓的前见——来读文学作品，但是罗蒂意义上的好的读

---

[1] ［美］哈罗德·布鲁姆：《如何读，为什么读》，黄灿然译，译林出版社2016年版，第214页。

[2] ［美］理查德·罗蒂：《哲学、文学和政治》，黄宗英等译，上海译文出版社2009年版，第72页。

者总是试图让文本支配经历,而不是让相反的情况发生。和小说中描绘的生活不断比照,有益于人们不断完善自我,重新认识和改造自我。阿诺德、T. S.艾略特、布鲁姆等有影响力的提倡经典的文学批评家,他们所从事的工作不是解释书本的真实意义,也不是去评估所谓的"文学价值"。他们把时间和精力用在把书本放入其他书本的脉络之中,把人物放在其他人物的脉络之中加以定位。罗蒂认为从方法上来看,这种置入定位的工作和人们把一个新朋友或敌人放入老朋友或敌人的脉络中定位是一样的。在从事这项工作的过程中,人们修正对新敌友和旧敌友的意见,同时以修正自己的终极语汇为契机,修正自己的道德身份。①

这种自律在罗蒂看来与海德格尔的"本真性"基本上是一回事,读者努力获得这种本真性就是通过文学阅读去除头脑中的说教——那些不假思索就说出的话、标准的话语和通常所说的话。这些常人中通用的"说教"可能来自乡间的质朴单纯的常识,也即民间的智慧,或者来自对宗教经文不假思索的复述,或者是对哲学家或者文学家作品中名言的脱口而出,因为浅显易懂且现成可用,而成为乏味古板的说教。一旦对一件事情原本富于想象力的再描述被一而再、再而三地重复,使人们对已经接受的观点不再产生怀疑,就会失去它的新鲜性,成为枯燥无味的说教。任何的说教都曾经是一项富有诗意和创造力的成就,是对于事物新颖独创的思维方式,任何富有诗意的成就都潜存着转变成说教的危险。这种转变在作为教育过程主要成分的论证性的作品中几乎难以避免,但是对文学作品——尤其是某些小说类作品来说却很难实现。

罗蒂认为,诗歌、小说、短篇故事和文学批评作品相对不容易转变为说教,是因为它们用暗示而不是宣称,建议而不是论证,提供含蓄的而不是明确的建议。一篇文章越是有诗意,越是缺少论证,

---

① [美]理查德·罗蒂:《偶然、反讽与团结》,徐文瑞译,商务印书馆2005年版,第114—115页。

它就越不容易包含明确的释义,就越不容易转变为"我们通常会说的话"。对话、小说或者诗歌中语词的变化,表达事物的新方式、新技巧、新的隐喻或者明喻,有可能会促使我们看待所有事物的方式发生彻底的改变。就像是遇到一个从未谋面的陌生人,无论是现实生活中还是文学作品中,都会导致这样的变化。究竟与这些新的语词、技巧、陌生人相遇将把人们带向何处,使他们转而相信什么样的新主张,人们通常不是那么确定,因为思维方式的改变并不一定意味着为他们的整个信仰体系增加一个新的信条。①

文学的敞开性和哲学的完满性之间的差异在罗蒂看来具有一定的关联。当布鲁姆说"你不一定非要完成这个工作,但是你也不能随随便便停下来",罗蒂将它解释为"如果我们中任何人必须完成这个工作,那我们可能会绝望地停止,因为这个工作永远也无法完成",这个工作指的就是"拓展自己"②。拓展自己意味着不去相信自己已经拥有了牢不可破的标准,并且满足于用这个标准去衡量所有的书和所有遇到的人的价值,意味着接受时刻准备着被明天将要经历的事情推翻的可能性,相信要读的下一本书或者遇到的下一个人,下一件事,有可能会改变自己的思想或者生活。在罗蒂看来,拒绝日益增加的合理性,拒绝逐渐趋于连贯的信仰与渴望的人,就会沦为说教的牺牲品,以固有的标准给每个人、每本书贴上标签,放在特定位置的格子里,不能很好地拓展自己。只有放弃对完满、智者的执着的追求,放弃据说那些通过启蒙一劳永逸地达到完满的人所具备的控制权,才能不断经历,不断在生命的历程中更新、发展,不断向各种可能性敞开。

罗蒂坦承,从哲学中获得的一般原则在处理棘手问题时空洞无

---

① [美]理查德·罗蒂:《哲学、文学和政治》,黄宗英等译,上海译文出版社2009年版,第74—75页。

② [美]理查德·罗蒂:《哲学、文学和政治》,黄宗英等译,上海译文出版社2009年版,第75页。

用，这种越来越深切的感觉引领他离开哲学而转向各种文学形式，如果说阅读宗教经文和哲学论文是为了避免对人类之外的事情一无所知，那么读文学、读小说就是为了避免"自我中心"。自我中心指的不是自私，而是认为自己已经具备了深入思考所需要的所有知识，完全有能力预判一个被沉思的行动将会带来的后果，以为自己已经掌握了所有信息因而最能做出正确的选择的那种"自我满足"感。文学有助于培养的自律是使个人不故步自封于决定自己行为的自说自话的那一套词汇，开明地意识到有必要弄清楚他人使用的词汇，豁达地探究他人如何使用他们自己的词汇证明自己所作所为的正当性，尽管这些行为很可能被认为是错误的。①

自律的人是能够自觉从哲学的"形成概念、判断、推理的机制"中剥离出来，不迷信确定性的人。在诉诸苏格拉底以摆脱无知、寻求更多自信心和青睐狄更斯之间，他们更倾向于从后者那里去反思可能被忽略的他人的各种痛苦。虽然文学中无法找到一个可适用于具体事例的道德原则，无法用精确算法解决道德的困境，但是那些能够摆脱自我中心、更加关注别人的伤痛的自律者，可以有意识地尽量减少使别人受到伤害的困境，从而提升个人道德素养。

罗蒂眼中自律的典范之一是作家普鲁斯特。《追忆似水年华》的读者们跟随主人公、故事的讲述者马塞尔，并把他视作小说家普鲁斯特本人，认同其希望、内疚和犹豫。因此当主人公在最后一卷意识到自己现在可以写这部小说的时候，这不仅是他的胜利，也是读者们的胜利。通过写一本小说讲述某个一直希望写一本读者正在读的小说的人，并且最终取得成功，普鲁斯特传达了一种观念，那就是一个人的生活可以是一件艺术品，无法用其他方法获得的一种要义和真实。贬斥普鲁斯特的人可能会认为他只是描述了自己私人生

---

① [美]理查德·罗蒂：《哲学、文学和政治》，黄宗英等译，上海译文出版社2009年版，第80页。

活的"自我中心"式的人,但是对罗蒂而言,他恰恰是通过认真地审视和解剖自己,通过审视他遇到的每一个人、每一件事的方式来帮助人们了解自我中心的危害性,帮助人们打破具有普遍意义的"人类的美好生活"的迷梦。①

普鲁斯特用描写许多自我中心的人,以及把自己当作其中最自我的人来描写的方法,帮助读者去反思他们需要注意什么,他们需要害怕什么或者期望什么。在罗蒂看来,这样的小说家是把自我中心当作武器去对付自我中心,实现了尼采所说的"创造性自我战胜"。普鲁斯特的崇拜者们既不会认为跟从普鲁斯特、用书中描写的方式度过一生是最可取的,也不会认同像苏格拉底、基督或者尼采那样生活。他们想要尽可能不同的创造性自我战胜,但是也不会认为这就是唯一一种适合人类去过的生活,不会认为每个人都应该尝试这种生活。如果一个人只是辛勤劳作过一生或者秉持某种毕生从未质疑的信仰,这样的生活便没有布鲁姆所说的"自律",因为这样的生活不是过生活的人创造过程的产物,只是一成不变的"自我满足"。

当然,罗蒂自己也很清楚,完全的自律是不存在的,没有那种头脑中完全没有说教的影响,完全属于自己的人。去读万卷书,去行万里路,经历的旅程才是关键。虽然人们都不可避免地幻想旅程的终点会有一个准备好的栖身之所,但是当文学取代哲学、科学之后,就只有一代又一代富有想象力的作家不断对这个栖身之所作出新的描述,又被后世作家当作说教开始嘲笑。

二 宽容

文学在伦理学方面的积极意义早已不是什么秘密,古往今来许多文学家、评论家都对文学的伦理功能作出过阐释,米勒就说过

---

① [美]理查德·罗蒂:《哲学、文学和政治》,黄宗英等译,上海译文出版社2009年版,第96—97页。

"不讲述故事就不会产生伦理学的理论"①。文学可以阐明现实的道德生活,可以"提供培养一个人道德判断能力所需要的经验"②。文学文本时常把复杂的情况置于新的聚光灯下,从而为思想实验③和伦理探索④创造了机会。

在道德教育方面,罗蒂认为文学发挥着比哲学更大的作用。在他看来,阅读文学作品可以使人扩大见识、激发想象力、增加理解力、宽容和同情心,使人类生命变得更丰富、更充足,从而推动道德的进步。要解决或平息我们对自己性格或自己文化的疑惑,唯一的法门就是拓宽视野、扩大见识、增加宽容的能力,而向上述目标靠近的最容易的途径是阅读书籍。⑤ 文学的好处在于,它以多种可能性开启人们对偶然全方位的认知,从而坦荡包容,不再以追求永恒作为人生唯一的目标。

罗蒂曾经多次强调,宽容是在自由主义乌托邦中与人交往的一种能力,是他的反讽主义者最重要的德性⑥,一个民主的乌托邦社会中,最重要的智性美德不是追求真理,而是宽容和好奇心⑦。他对虚构的文学——尤其是小说对于增强人的宽容之心的巨大作用赞赏有加。罗蒂认为,小说这种被亨利·詹姆斯喻为"最独立、最灵活、

---

① J. Hillis Miller, *Ethics of Reading*, New York: Columbia University Press, 1987, p. 3.

② Michael R. DePaul, "Argument and Perception: The Role of Literature in Moral Inquiry", *The Journal of Philosophy*, Vol. 85, No. 10, 1988, pp. 552 – 565.

③ Gregory Currie, "Realism of Character and the Value of Fiction", In: Jerrold Levinson (ed.), *Aesthetics and Ethics: Essays at the Intersection*, Cambridge: Cambridge University Press, 1998, pp. 161 – 181.

④ Colin McGinn, *Ethics, Evil, and Fiction*, Oxford: Clarendon Press, 1997, p. 177.

⑤ [美]理查德·罗蒂:《偶然、反讽与团结》,徐文瑞译,商务印书馆2005年版,第115页。

⑥ [美]理查德·罗蒂:《实用主义哲学》,林南译,上海译文出版社2009年版,第329页。

⑦ [美]理查德·罗蒂:《哲学、文学和政治》,黄宗英等译,上海译文出版社2009年版,第41页。

最庞大的文学形式"，对20世纪西方年轻知识分子的德育教育起到了核心的作用。小说以17、18世纪哲学家和文学批评家们所无法预见的方式和规模在19、20世纪繁荣兴盛，改变了西方整个精神世界的图景。①

小说的出现使得知识分子们越来越敢于在考虑其行为对他人的影响之时大胆忽略先辈们一直认为与此有关的很多问题，比如柏拉图关于行为是否受到关于善的图景支配的问题，康德关于行为准则能否普遍适用的问题。罗蒂鼓励人们作出行动的决定应该建立在对他人尽可能丰富、全面的了解的基础上，特别是了解他们对自己以及自己的行为有何种描述。只有当人们了解受到这些行为影响的人如何看待这些行为，才能够把自身的行为视为合理。

如此看来小说所能给予的，是让人们更好地了解与其全然不同的他人是如何看待自己的。他们如何做出一些令我们惊骇咋舌的行为，如何给他们的生活——在我们乍一看来平凡无奇甚至毫无意义的生活——赋予意义。于是我们如何生活的问题就变成了如何平衡我们和他们的生活，平衡我们的自我描述和他们的自我描述，以及我们对他们的描述与他们对我们的描述的问题。在罗蒂看来，具备一个更完善、更复杂的道德观，就是能够不断了解更多这样的需求，更多这样的自我描述，也即变得更加宽容。道德的完善即是在我们与他人的差异之间获得这种平衡的能力。②

显然，小说不是能够帮助人们获得这种道德完善的唯一文学体裁，但是罗蒂把小说视为现下给予人们的帮助最大的体裁。古代世界中荷马史诗、希罗多德（Herodotus）的旅行见闻、修昔底德（Thucydides）的历史学也起过相似的作用，当代的人种学、历史编

---

① ［美］理查德·罗蒂：《哲学、文学和政治》，黄宗英等译，上海译文出版社2009年版，第76页。
② ［美］理查德·罗蒂：《哲学、文学和政治》，黄宗英等译，上海译文出版社2009年版，第78页。

纂学、新闻学等也有助于人们认识各种向人类敞开的可能性，但小说作为媒介帮助人们更好地遇见人类生活的多样性，理解人们自身道德词汇的偶然性，从而增加对"异己"和一开始看起来讨人嫌的人的容忍度。小说并不以"理解一切就是去宽恕一切"作为格言，而是在一个人判定不宽恕某一行为之前，确保他明白做出该行为的人如何看待这一行为，了解一些行为发生的动因和背景信息将有助于避免自己做出以后会觉得不可饶恕的事情。同样的希望曾经驱使17、18世纪的知识分子对宗教和哲学论著的大量阅读，在当今时代则促使年轻的知识分子们大量阅读小说，希望由此变得睿智。①

三 同情心和移情

罗蒂文学文化世界的公民把读书作为人类试图满足自身需求的一种尝试，而不是为了承认一种与人类任何需求相分离的存在的力量。他在《偶然、反讽与团结》中表达的主要观点之一就是：读书能够促使人们移情，即通过齐心协力地想象其他人所承受的苦痛来产生共鸣。同情心和移情的能力以想象力为前提，它的产生依赖于想象力这个媒介，人们才有可能相信和承认"一个遭到歧视的团体中的成员与他们自己所属的团体成员并无二致"。就读者而言，阅读文学作品能够使其焕发想象力，提升反思和判断力。罗蒂和杜威都对雪莱的格言赞不绝口："想象力是善的最重要工具"②，如果没有想象力就没有语言，如果没有语言方面的变化，也就没有道德或者理智方面的进步。想象力是自由的源泉，因为想象力是语言的源泉。③

罗蒂指出，同情心不在于认同人们和其他同类成员具有共同的

---

① ［美］理查德·罗蒂：《哲学、文学和政治》，黄宗英等译，上海译文出版社2009年版，第78—79页。
② ［美］理查德·罗蒂：《实用主义哲学》，林南译，上海译文出版社2009年版，第21页。
③ ［美］理查德·罗蒂：《文化政治哲学》，张国清译，北京大学出版社2011年版，第128—129页。

普遍的人性核心,而在于以非常特定的方式对待非常特定的某些类型的人和非常特别的事情。[1] 这番话为人们提供了了解同情心的一种方式,让人们了解到同情心也是一种偶然的产物。文学作品对同情心的激发并不是一个由若干技能组成的、秩序井然的生成系统,但是文学可以增加人们对他人需求的敏感性。[2]

正如杜威所说,一个人对他人看法及对待他人的方式,或多或少地取决于他将自己置身于他人境地的想象能力。[3] 通过想象的投射,人们才有可能跨越种种边界,进行认同。《汤姆叔叔的小屋》对美国黑人奴隶悲惨生活情境的描写,激发美国人民内心想象力的共情以及对于黑人奴隶的同情,最终酝酿已久的反奴隶制情绪引爆了美国的南北废奴内战。南非小说家艾伦·佩顿(Alan Paton)和南非戏剧家阿索尔·富加德(Athol Fugard)对南非种族隔离政策下的黑人凄惨遭遇的描绘也是很好的例证。

国外有学者认为,就文学与共情之间的关系来讲,罗蒂与林·亨特(Lynn Hunt)、努斯鲍姆(Martha Nussbaum)三人的看法类似,都秉持"故事产生共情,共情产生帮助的行为"的观点。[4] 罗蒂曾经这样写道:悲惨和感伤的故事在过去的几个世纪不断上演,劝说我们当中富有的、处于安全之中的、掌权的人们去宽容甚至是珍视那些无权的人们,那些人的外表、习惯或者信仰起初看起来对我们的道德身份简直就是一种侮辱,也挑战了我们对人类差异性感知的极限。[5] 具有

---

[1] [美]理查德·罗蒂:《偶然、反讽与团结》,徐文瑞译,商务印书馆 2005 年版,第 49 页。

[2] Simon Stow, "Reading our Way to Democracy Literature and Public Ethics", *Philosophy and Literature*, Vol. 30, 2006, pp. 410 – 423.

[3] John Dewey, *Art as Experience*, New York: Perigee Books, 1980, p. 348.

[4] James Dawes, "Human Rights, Literature and Empathy", In: Sophia A. McClennen and Alexandra Schultheis Moore eds., *The Routledge Companion to Literature and Human Rights*, New York: Routledge, 2016, pp. 427 – 432.

[5] Richard Rorty, "Human Rights, Rationality and Sentimentality", Stephen Shute and Susan Hurley eds., *On Human Rights: The Oxford Amnesty Lectures*, New York: Basic Books, 1993, pp. 112 – 134.

同情的敏感性和移情的能力是在公共领域实现社会团结的重要条件，没有同情就不能敏锐地捕捉到他人所受到的糟糕的影响；不把这种影响投射在自己身上，不设身处地因为他人遭遇的痛苦、耻辱、无助、绝望而产生心灵的震颤，便不可能产生和解，团结也就无从谈起。

相比较而言，科学家和工程师们对于提高人们的物质生活作出了极大的贡献，而诗人和小说家则扩展人们同情的范围，使人们的生活更少危险、更少威胁性，帮助人们变得更加友好、更加宽容，使自己成为更好的人，成为更善于平和地相互交往的人，对道德进步作出贡献。

四 反讽

罗蒂认为，私人的反讽为自由主义社会带来了希望。"反讽"原是一种修辞技巧，指文学中为达到某种特殊的修辞或者艺术效果而隐藏话语的真实含义。[1] 罗蒂所谓的反讽，不是简·奥斯汀擅长的言语、戏剧、情景等反讽手法，而是作为"常识"的对立面。对于那些下意识以自己及周围的人所习惯使用的终极语汇来描述重要事情的人而言，常识就是他们的口号。具备常识而且顺从常识，意味着理所当然地相信用自己所惯常使用的终极语汇，就足以描述和判断那些使用其他不同终极语汇的人的信念、行为和生命。[2] 反讽是对这种终极语汇的质疑和挑战，是竭尽所能地用新的语汇对旧的语汇进行瓦解和重新描述。反讽主义者严肃认真地面对他们自己最核心的信念与欲望的偶然性，"他们秉持历史主义与唯名论的信仰，不再相信那些核心与欲望的背后，还有一个超越时间与机缘的基础"[3]。

---

[1] [美] M. H. 艾布拉姆斯、G. G. 哈珀姆：《文学术语词典》，吴松江等编译，北京大学出版社 2017 年版，第 184 页。

[2] [美] 理查德·罗蒂：《偶然、反讽与团结》，徐文瑞译，商务印书馆 2005 年版，第 106 页。

[3] [美] 理查德·罗蒂：《偶然、反讽与团结》，徐文瑞译，商务印书馆 2005 年版，第 6 页。

在罗蒂看来，每个人都随身携带着一组为他们的行动、他们的信念和生命提供理据的语词。人们使用这些字词来表达对朋友的赞美，对敌人的谴责，陈述未来的长期规划，表达最深层的自我怀疑和最高的人生期望，也使用这些词时而展望时而回忆人生的故事。这些语词便是他眼中的终极语汇（final vocabulary）。之所以是终极的，是因为一旦对这些语词的价值产生了疑惑，其使用者都不得不求助于循环的论证以求解答。这些语词是他在语言范围内所能做到的一切，是他人生观、价值观的体现，是他的信念和他存在的重要表现方式，超出了这些语词，便只有无助和被动，或者诉诸武力。①

任何的终极语汇中都会有一小部分是由"真""善""美"等内容空洞、富有弹性、随处可见的抽象词语组成，而发挥作用的大部分则是内容比较充实、较为严格僵硬、具有地域性的词语。人们使用的终极语汇同人的自我一样，充满了偶然性和稍纵即逝的变化。尽管每个人都有自己的终极语汇，但是传统哲学文化中由形而上学家提供的有关信念的终极语汇，在罗蒂的文学文化中由诗人来提供。他们擅长运用反讽手段对终极语汇进行修正和完善，从而能够不断对事物进行重新描述，因此终极语汇应当是具有诗性的成就，而非遵循预先罗列的判断标准辛勤探索的成果。

罗蒂罗列了三个必须符合的条件来帮助人们界定反讽主义者：第一，反讽主义者愿意倾听她所邂逅的人或书籍所使用的其他终极语汇，并能够为之感动，她对自己目前使用的终极语汇，始终抱持着彻底的、持续不断的质疑，不会沉浸在自己的语汇中夜郎自大；第二，她知道如果以她现有语汇去作论证，既无法支持也无法消解这些质疑；第三，当她对她的处境进行哲学思考时，并不认为她自己的语汇比其他的语汇更加接近实在，也不认为她的语汇能够接触

---

① ［美］理查德·罗蒂：《偶然、反讽与团结》，徐文瑞译，商务印书馆2005年版，第105页。

到在她之外的任何力量。① 罗蒂用女性的"她"而不是男性的"他"来指代反讽主义者,旨在强调反讽主义者敏锐、变通,不向往专权,不试图以权威自诩的谦虚随和形象。

反讽主义者有着鲜明的特点,首先他既是一位唯名论者(nominalist),也是一位历史主义者(historicist),是罗蒂麾下坚定的反本质主义支持者。他认为任何东西都没有所谓内在的本性或者真实的本质,因此当前的终极语汇中出现诸如"科学的""理性的""道德的"等词语时,并不能保证对它们的探讨不仅仅是语言游戏。反讽主义者会持续不断地使用"再描述""语汇"和"反讽"等词语来提醒自己的"无根性"。这些在形而上学家看来是"相对主义"的行径,但是反讽主义者绝不认为寻求终极语汇——哪怕只是局部的——是为了对这个语汇之外的某个东西有个正确的把握。他们不认为思考的主要目的是用"实在""真实本质""语言对实在的符合"等概念去阐释"认知",或者寻找能够精准再现某种事物的语汇或者透明介质。

反讽主义者认为"终极语汇"并不表示这语汇是最终的断言,能够平息所有的疑惑,或者满足人们的终极性(ultimacy)、适切性(adequacy)或理想性(optimality)的判断标准。他们同意戴维森的主张,认为人们没有能力走出语言,把它和其他东西相比较;也赞同海德格尔,相信语言具有偶然性和历史性。②

其次,反讽主义者不会自命不凡。他们知道任何东西都可以通过重新描述而显得是好或是坏,而且他们也不会企图把终极语汇间的选择判断罗列出来。因此他们处在萨特所谓的"超稳定"(metastable)境界,他们清楚地意识到他们自我描述的词语始终可以改

---

① [美]理查德·罗蒂:《偶然、反讽与团结》,徐文瑞译,商务印书馆2005年版,第106页。

② [美]理查德·罗蒂:《偶然、反讽与团结》,徐文瑞译,商务印书馆2005年版,第109页。

变，也知道他们的终极语汇以及自我都是偶然的、脆弱而短暂的沧海一粟，因此他们时刻检省自身，不会自夸自大、自以为是，不会太过认真地对待自己。

再次，反讽主义者热衷于阅读，阅读的历史越多，对自己偶然性的感觉就增长得越多。通过广泛的阅读，反讽主义者们接触了各种不同的语汇，可能会更加成功地应对各种新的境况，同时他们尽可能多地读书，这样将会有利于把达成共识的可能性最大化。① 反讽主义者花在为书籍定位上的时间，比花在为实际交往中的人定位的时间都多，他们担心如果只认识自己身边真实接触的人，可能将会陷入成长所带来的语汇中无法自拔。所以他们广泛阅读，尝试从文学作品中结识形形色色的人、风格迥异的家庭和千奇百怪的社会。②

读的书越多，考虑的人生越多种，就会变得更像一个"人"，也就越不会试图逃避时间和偶然，也就越相信除了相互依靠，人类别无其他东西可以依靠。这种书不是布道书籍，也不是任何致力于将读者和某种"至高无上的力量或可爱的非人类的位格"联系起来的书籍，而是足以让人看到差异性、多样性的各式故事，使人熟悉更多的人生以拓展自己的想法。

罗蒂的反讽主义者也乐于阅读文学批评家的作品，并以文学批评家们为道德顾问，因为他们具备异常广阔的见闻。文学批评家们对书籍的广泛涉猎，使得他们"见过世面，人生经验丰富"，所以可以在各种语汇之间沟通自如，比较不容易陷入任何一本书的语汇中而无法自拔。③ 反讽主义者希望文学批评家能够以自己的见识帮助他

---

① ［美］理查德·罗蒂:《哲学、文学和政治》，黄宗英等译，上海译文出版社2009年版，第216页。
② ［美］理查德·罗蒂:《偶然、反讽与团结》，徐文瑞译，商务印书馆2005年版，第115页。
③ ［美］理查德·罗蒂:《偶然、反讽与团结》，徐文瑞译，商务印书馆2005年版，第116页。

们读懂那些看起来相互矛盾对立的书籍。他们期望能够同时欣赏布莱克和阿诺德，赏识尼采和穆勒（John S. Miller），理解马克思和波德莱尔（Charles Pierre Baudelaire），品评托洛茨基（Leon Trotsky）和艾略特、纳博科夫（Vladimir Nabokov）和奥威尔（George Orwell）。他们希望评论家能够指引他们将这些书摆放在一起形成一幅美丽的马赛克拼图，也希望评论家重新描述这些作家作品，以扩大经典或典律的范围，给他们一套丰富多样的典籍。对于反讽主义者而言，这种扩大典籍范围的工作取代了道德哲学家们所做的协调工作，后者努力使某些特殊情况下被普遍接受的道德直觉与普遍接受的一般道德原则之间保持平衡。[1]

反讽主义者是罗蒂的自由主义乌托邦的公民，他们会对他们道德考量所用的语言抱持一种偶然意识，从而对他们的良知和他们的社会，也秉持相同的意识。反讽主义者主要的私人德性在于他们的灵活性，而宽容则是他们的主要社会德性；灵活性与重新描述自己的能力有关，宽容则关涉那些与反讽主义者自己不同的其他人。

反讽主义者和形而上学家是罗蒂经常拿来作比对的一对相互对立的角色，本书第二章中提到罗蒂对传统形而上学的颠覆，正是颠覆那些指导形而上学家行为的哲学理念。形而上学家是本质主义者、基础主义者，他们相信外在世界中存在真实的本质，现象与实在存在分野，人们求知的过程就是去伪存真，发现事物的本质。反讽主义者用叙述取代理论，他们诉诸"反讽"，相信偶然性，相信特定时空下，人们可以通过语言对事物进行再描述，使其显得好或者坏。形而上学家认同柏拉图、康德传统的道德哲学，认为"一种凌驾一切之上的知识系统可以一劳永逸地为道德和政治思考设定条件"，存在着超越历史、语言、文化的道德准则，哲学家发现并论证这些具有普遍指导作用的道德标准和原则，用以评价个人具体的道德行为。

---

[1] Richard Rorty, *Contingency, Irony and Solidarity*, Cambridge: Cambridge University Press, 1989, p. 81.

反讽主义者通过大量阅读文学作品，从虚构世界中了解机缘巧合且异彩纷呈的人类语汇与生活，在每一个具体的道德语境中激发想象力，增进同情，与尽可能多的他者对话。

反讽主义者的一般特征是他们都不希望对自己的终极语汇的疑惑需要借助一个比他们更强大的东西来解决，这说明他们解决疑惑的判断标准和他们私人完美程度的衡量标准是自律，而不是去和他们之外的强大的力量相关联。反讽主义者的一般任务，与柯勒律治（S. T. Coleridge）给伟大的原创诗人的建议一样——创造自己的品位，让人们评判。对于反讽主义者而言，他心目中的裁判就是他自己，他希望用自己的语汇总结自己的人生。衡量一个反讽主义者是否成功的唯一标准就是过去，不是按照过去的标准生活，而是用自己的语言对过去进行重新描述，然后能够满意地说，这才是他想要的。①

五 道德进步

在 1998 年 5 月的一次访谈中，主持人提到罗蒂曾反复表述，从许多角度来看，文学都比哲学更重要。罗蒂的回答是，对道德进步来说，文学比哲学更重要，因为它有助于拓展人们的道德想象力。通过深化我们对我们同伴的种种动机以及动机之间的种种差异的理解，文学能够使我们变得更加敏感多思。哲学的益处在于能够以道德原则的形式概括以前的道德洞见，但是它在罗蒂看来没有做太多创造性的工作。② 例如，哲学的反思对于消除奴隶制度并无太大的助益，但是有关奴隶生活的种种文学性描述和刻画则能够起到巨大的推动作用，极其典型的例子就是美国南北战争的导火索——斯托夫

---

① Richard Rorty, *Contingency, Irony and Solidarity*, Cambridge: Cambridge University Press, 1989, pp. 96–97.
② ［美］理查德·罗蒂：《实用主义哲学》，林南译，上海译文出版社 2009 年版，第 313 页。

人的《汤姆叔叔的小屋》。

柏拉图和康德的理性观念都围绕着一个看法,即认为如果要在道德上有所成就,就必须把特殊的行动置于普遍的原则之下。① 缺乏"永远固定且放之四海而皆准的现存原则"就等于"道德的混乱"。对此,罗蒂反对康德的普遍主义道德哲学走的是休谟(David Hume)路线,并援引了杜威和女权主义哲学家安尼特·贝尔(Annette C. Baier),认为他们与休谟都相信"道德义务"的观念。贝尔将休谟称赞为"女性道德哲学家",因为后者愿意把情感——实际上是同情——当作道德意识的核心。②

罗蒂推崇弗洛伊德的道德心理学,认为弗洛伊德有能力使人们从一般概念转向具体概念,从寻找必然真理、颠扑不破的信念的企图,转向个人过去的独特偶然,或者人们一切言行所承载的盲目的或者模糊的印记。弗洛伊德建议我们必须回归特殊物,观察分辨现在的特殊情境和选择,与过去相同或者不同的特殊行动或事件。他认为,唯有掌握到过去个人独特的若干关键性的偶然,才能在人们身上发现有价值的东西,才能创造值得人们尊敬的现在的自我。③

罗蒂指出,"道德的进步不是一个增加理性的问题",不是一个逐渐消除偏见和迷信,使人们能够更加清楚地看到道德义务的事情。它也不是杜威所谓的"智能的增长"的事情,不是一个人研发实施行动的各种技能的增长,从而自发满足着许多相互冲突的要求的事情。从这种意义上说,纵然没有广泛的同情心,人也会非常聪明。把一个人的道德共同体界限划到民族、种族或性别的边界上既不是非理性的,也不是不明智的,但是这种做法在道德上是非常不可取

---

① [美]理查德·罗蒂:《偶然、反讽与团结》,徐文瑞译,商务印书馆2005年版,第51页。
② [美]理查德·罗蒂:《后形而上学希望》,张国清译,上海译文出版社2009年版,第55页。
③ [美]理查德·罗蒂:《偶然、反讽与团结》,徐文瑞译,商务印书馆2005年版,第51页。

的。他建议最好把道德进步视为一项提升人类敏感性的事情,"一项增进对越来越多的人和事的反应能力的事情"①。

如果在科学进步与道德进步之间作一个比较,实用主义者并不把科学进步看作逐渐揭开表象之幕,露出远离于实在之内在本质的过程,而是把科学看作不断增长对广大人民所关心的问题作出反应的能力,尤其看作对实施着更精确观察、进行着更精密实验的人民团体所关心的问题作出反应的能力不断增长的过程。实用主义者们把道德的进步看作能够对广大人民的各种需要作出反应的能力的提升。②

本书第三章有述,实用主义者进行科学探索或者其他任何一种探索并不是以真理为目标,而是以寻找更好的辩护能力为目标,要么支持人们以前说过的东西,要么决定说些不同的东西,来更好地应对人们对正在讨论的事物所产生的怀疑。你无法以"做正确的事"为目标,因为你将从来都无法得知自己是否达到了这个目标。即便在你去世很久之后,那些了解更多情况的老于世故的人,仍可能会把你的所作所为判断为一个悲剧性的错误,正如他们会把你的科学理念判定为仅仅在表示一个已经废弃不用的范式一样。③

罗蒂建议人们以"对他人的痛苦和耻辱的具体细节具有更多敏感性"为目标,以更大程度上满足更多需要为目标,抛弃"无条件的道德义务"概念。他号召人们努力使越来越多的人加入"我们"的队伍,努力去考虑到越来越多的不同的人的各种需要、利益和观点,并用这种行动观取代向"诱惑着我们人类的某个非人类事物"迈进的行动观。没必要去担心我们是否能够获得某种标以"真理"

---

① [美] 理查德·罗蒂:《后形而上学希望》,张国清译,上海译文出版社 2009 年版,第 61 页。
② [美] 理查德·罗蒂:《后形而上学希望》,张国清译,上海译文出版社 2009 年版,第 61—62 页。
③ [美] 理查德·罗蒂:《后形而上学希望》,张国清译,上海译文出版社 2009 年版,第 62 页。

或者"道德的善"的不朽奖章。①

在实用主义者看来,在各种道德进步阶段,社会习惯于去接近"道德法则"的观念如同科学持续不断地接近真理的观念。对他们来说,澄清人们的无条件道德义务与发现物理实在的本质都是假定了某个非关系物的实际存在,它不为时代更替和历史变迁所触动,也不受不断变化的人类趣味和需要的影响。罗蒂认为,这两种相似的观念都应该被"关于广度的隐喻"而非"高度的隐喻"或"深度的隐喻"取代。由于罗蒂对科学实在论的否弃,科学进步在他看来就是不断将信息纳入一个融贯的信念之网,相比之下,道德进步也不是一项越过情感事物去求达于理性事物的事情,而是一项具有越来越扩大的同情心的事情。因此实用主义者用"最大限度的温和的、敏感的富有同情心的人类"的观念,与康德的"善良意志"观念抗衡,虽然这种"最大"无法达到,但是可以以"解释更多的材料"或者"关心更多的人"为目标,也许永远无法抵达道德的尽善尽美,但是与以前相比,能够做的是更多地考虑人们的需要。②

与康德主义关注道德的共同性的宏观性理论目标相比,罗蒂的实用主义更注重细微而实际的道德实践。他建议人们完全抛弃对于共同性的宏大哲学探索,转而关注完成一些力所能及的、特别不起眼的、甚至显得有点无关紧要的小事情的能力。道德的进步也许正是通过从小事和小处着眼做出改变,提升化解横在我们与他人之间的小问题,使之尽可能地无足轻重的能力,而不是通过把小事与将我们统一起来的一些重大事情相比较。罗蒂对道德进步的期望毋宁表述为一种不求千里,不求江河,唯积跬步,唯积小流的"实际主义"。

罗蒂用著名的"被子喻"来形容实用主义的道德进步观。他说,

---

① [美]理查德·罗蒂:《后形而上学希望》,张国清译,上海译文出版社2009年版,第62页。
② [美]理查德·罗蒂:《后形而上学希望》,张国清译,上海译文出版社2009年版,第63页。

实用主义把道德进步视作缝制一条巨大的被子的活动，而不是获得某个真切而深刻的事物的一幅较为清晰的图画的工作。这条精心制作的、色彩斑斓的被子能够不断增加广度，但是不能够增加深度和高度，它不用普遍的事物来超越特殊的事物，只致力于缩小某个差异。千百万条细线将把波斯尼亚某个小村庄里基督徒和穆斯林之间的差异、亚拉巴马州一个小镇上黑人和白人的差异、魁北克某个天主教堂教会里同性恋者和异性恋者之间的差异缝制在一起，在双方成员之间引出千百万个细小的共同性，而不是把他们的共同人性归之于相对更强大的那一方。①

总之，对道德进步的判定，罗蒂反对康德主张的"道德是一项理性的事业"，支持休谟建议的"道德是一项情感的事情"。即思想与道德的进步不是更接近于大写的"真""善""正确"，而是想象力、同情心、宽容方面的某种增长。文学在这种增长的过程中起到了积极的作用，以至于罗蒂建议文学批评家们不必再去费心阐述和挖掘文学作品中的"文学性质"，而是根据自己超乎常人的阅读经验，去"建议如何修正道德示范和顾问的准则，建议如何缓和这传统中的张力，或如有必要，加剧这些张力——来促进人们的道德反省"②，在实践中承担起道德顾问的工作。

第二节　公共：避免残酷、增进团结

罗蒂对私人领域和公共领域的分述，一方面是出于他对偶然性

---

① [美] 理查德·罗蒂：《后形而上学希望》，张国清译，上海译文出版社 2009 年版，第 68 页。
② [美] 理查德·罗蒂：《偶然、反讽与团结》，徐文瑞译，商务印书馆 2005 年版，第 117 页。

的强调造成了"自我的偶然"与"社会的偶然"之间的分裂;另一方面是出于应对哈贝马斯等学者对反讽主义的质疑。哈贝马斯认为,自黑格尔到福柯和德里达,这一路的个人反讽主义思想对于整体社会而言毫无裨益,与公共生活和政治问题风马牛不相及,反讽主义者对启蒙主义的批评,势必还会破坏自由主义社会成员之间紧密的关系。罗蒂则认为哈贝马斯太过于注重哲学观点的政治意蕴,后者判断一位哲学家所使用的参考架构也是政治的,政治哲学在哈贝马斯那里显然是哲学的核心。反讽主义者并不相信哲学这门学科有什么"核心问题",不认为哲学反省应当有一个自然的起点,在提供理据的顺序上某个哲学领域优于其他领域。他主张为信念和欲望提供理据的时候没有所谓必须遵循的自然秩序,只是将信念和欲望的各种新的可能性以不同的方式编制到已有的信念和欲望之网中。[①]

罗蒂认为,哈贝马斯自由主义政治的自由要求人们对什么是普遍的人性达成某种共识。特别值得注意的是,罗蒂对此提出反讽主义者也可以相信自由主义,即存在自由主义的反讽主义者。为此他将自由主义政治最重要的任务修改为"自由主义政治最重要的就是人们普遍共同相信,凡是经由自由讨论得到的结果,他们都愿意称之为'真的'或者'好的'"[②]。

一 自由主义的反讽主义

按照罗蒂的设计,在私人领域,鼓励人们做拒斥终极语汇的反讽者,发展个人的自律,增长宽容的能力和同情心,以拓展想象力推动道德进步,追求个人独立的完美;在公共领域,人们应当做避免残酷的自由主义者,努力共享正义的语汇,增进社会团结。二者

[①] [美]理查德·罗蒂:《偶然、反讽与团结》,徐文瑞译,商务印书馆2005年版,第118—119页。

[②] [美]理查德·罗蒂:《偶然、反讽与团结》,徐文瑞译,商务印书馆2005年版,第119—120页。

之间的统合只能是最低限度的,就是把正义的社会视为允许每一位个体成员按照自己的理想进行自我创造的社会,只要优势者不侵夺劣势者赖以生存和自我创造的基本资源,彼此不相互伤害。为此罗蒂按照自己的理想,塑造了一个"自由主义的反讽主义者"的形象,他同时既是反讽主义者,又是生活在自由主义公平正义社会的公民,是罗蒂心中的理想人格形象。作为自由主义者,他坚持自由民主社会的基本价值,还相信"残酷是我们所能做的最糟糕的事",希望人与人之间的欺辱终究会停止,人类的苦难终究会减少。作为反讽主义者,他尊重偶然性,相信自己所坚持的信仰、欲望和价值,以及他用来描述世界的语汇都是偶然的历史和环境的产物,不去试图寻找他们永恒和确定的基础。①

在自传《托洛茨基和野兰花》中罗蒂讲到,自己在 15—20 岁之间,尽了最大的努力来成为一名柏拉图主义者。柏拉图以来的形而上学家和神学家都把个人的完美追求和贡献与社会的整体感融为一体,认为人的存在最重要就是自己和其他人所拥有的共通人性。罗蒂最终意识到对于某些人来说个人志趣与对他人的社会、道德责任是重叠的,但是更多时候对一个人来说最重要的事情也可能对大多数人来说根本就无足轻重。每个人都有对别人的义务,比如不欺辱他们,和他们一同推翻独裁统治或者在他们饥寒交迫时给以帮助,但是这并不意味着个人与其他人共有的东西比其他任何东西更重要。也就是说,罗蒂认为不必强求个人的完美与社会的正义相统一。他描绘的自由主义的反讽主义者就是这样一种私人与公共兼得的角色,也是他本人的写照。自由主义的反讽主义者不再焦虑自我如何去适配社会的宏大愿景。②

---

① [美]理查德·罗蒂:《偶然、反讽与团结》,徐文瑞译,商务印书馆 2005 年版,译者导言第 4 页。
② [美]理查德·罗蒂:《后形而上学希望》,张国清译,上海译文出版社 2009 年版,第 369—370 页。

罗蒂对于自由主义的定义,来自 20 世纪一位重要的政治思想家朱迪丝·施克莱①(Judith Shklar),后者在《平常的恶》中指出,自由主义将"残酷"置于诸恶之首位②。罗蒂的"自由主义社会"同形而上学家的并不相同,他的自由主义社会中,反讽主义者与他人共同拥有的不是"合理性""人性""道德法则的知识",而是同情别人痛苦的能力,他也不需要将个人对痛苦的敏感性去与别人的敏感性相协调或者与"每一件事情将如何协调起来的一个宏大而总体的考虑"相平衡。

在罗蒂设想的自由主义社会中,要培养的是一种开放的胸襟,即不去追逐社会存在的普遍共识,不认为若干特定的问题一定是相互联系的,或者某些特定问题一定优先于其他问题。自由主义者将设法避免以"逻辑"统治而视"修辞"为非法的社会,自由主义社会的核心概念是:只要只涉及言论而不涉及行动,只用说服而不用暴力,一切都行。"所谓自由主义社会,就是不论这种自由开放的对抗结果是什么,它都赞成称之为'真理'"。那么为自由主义社会提供"哲学基础"便是不合时宜的行为,这等于假定了课题和论证有其"自然秩序"的存在,而且这种秩序凌驾于新旧语汇对抗及其对抗结果之上。自由主义所需要的不是一组基础,而是不断改善的自我描述。③

认为自由主义社会应当有其基础,是受到启蒙主义运动科学主义影响,承接本书前四章中叙述的罗蒂对科学及其方法的"去神化"做法,罗蒂对自由主义社会的建议是把注意力转向当前正处于文化前沿的那些领域,激发年轻人想象的领域——艺术与乌托邦政治。如果当代的知识分子关心自由主义社会的宪章,那么他们最应该留

---

① [美]理查德·罗蒂:《偶然、反讽与团结》,徐文瑞译,商务印书馆 2005 年版,第 6 页。
② Judith N. Shklar, *Ordinary Vices*, Massachusetts: The Belknap Press of Harvard University Press, 1984, p. 5.
③ [美]理查德·罗蒂:《偶然、反讽与团结》,徐文瑞译,商务印书馆 2005 年版,第 77—78 页。

意的就是文学和政治这两个领域。在罗蒂看来，如果对自由主义重新描述，那就应当将它描述为"希望整个文化能够诗化"，而不是启蒙运动将自由主义描述为"科学化""理性化"的文化。新实用主义的自由主义放弃人人都以理性取代激情或幻想的希望，转而希望个人都能获得平等的机会实现自己独特的幻想。①

在罗蒂理想的自由主义社会中，英雄是强健的诗人和乌托邦革命家，这二者都以社会本身之名，抗议不忠实于社会自我意象的现象。自由主义社会中，理想的实现是依赖说服而不是武力制服，依赖改革而不是革命，依赖当前语言与其他实践行为的自由开放的交互及其对新实践提出的建议。一个理想的自由主义社会，其目标就是自由，其宗旨就是愿意静观这些交互并坦然接受其结果。自由主义社会的目标就是希望诗人和革命家过得好一些，同时明白他们只会通过文字而非行动让其他人的生活难过一些。强健的诗人和革命家是自由主义社会的英雄，是因为这社会承认它之所以是它现在的样子，有这样的道德，讲这样的语言，不是由于它接近上帝的意志或者人的本性，而是由于过去的一些诗人和革命家讲出了他们所讲的话。②

理想的自由主义国家的公民，会相信他们社会的创建者和维护者是诗人，而不是发现真理或能够清楚地看见客观真理的人。他们知道社会的创建者和改变者，社会中公认的语言和道德立法者，只不过是偶然间为他们的幻想找到了表述的语汇，他们的隐喻也只不过是偶然间符合了社会中的其他人隐约感受到的需要而已。③

罗蒂对昆德拉（Milan Kundera）《小说的艺术》的分析，也正是推崇文学的自由主义社会的写照。在这里任何人都不代表真理或者

---

① [美]理查德·罗蒂：《偶然、反讽与团结》，徐文瑞译，商务印书馆2005年版，第78—79页。

② Richard Rorty, *Contingency, Irony and Solidarity*, Cambridge: Cambridge University Press, 1989, pp. 60 - 61.

③ [美]理查德·罗蒂：《偶然、反讽与团结》，徐文瑞译，商务印书馆2005年版，第89页。

存在,不代表任何别的或者更高级的事物。所有人都只代表自己,所有的个体都是平等的居民,每个人都有权利被人理解,但是没有任何人有权利统治别人。克服支配欲望的方式,就是要认识到每个人都拥有且将永远拥有这种欲望,但是要坚持任何人都不比别的任何人更加有资格拥有这种欲望。① 小说家的表达方式与现象—实在二分的表达不同,它能够表现出"视角的多样性和对同一事件描述的多元化"②。因为不存在什么最高的审判者和唯一正确的描述,所以他最重要的任务就是让人们知道他们所处的这个时代的光荣和愚昧。

二 避免残酷

罗蒂生活的年代经历了人类社会的"第二次世界大战"、历时四十余年的美苏"冷战"、中东战争、东欧剧变、9·11恐怖主义袭击。他将频繁的区域动荡,血腥的种族杀戮,危机四伏的国际冲突,人类罹受的各种苦难、悲惨的遭遇尽收眼底。人为的争端与祸患在世界各个角落此起彼伏、源源不断,问题在于人们对残酷现象所知甚少,也在于冷漠,在于人们的优越感和距离感,认为遭受剥削的、经受踩躏的、被歧视的被虐待的,被迫承受非人的生活的幸运的只是"他们",而不是"我们"。

东方的文化传统中秉持性善论,认为人之初性本善,未经教化与社会影响的人本质即是善良的;西方文化传统中的性善恶论与基督教中的"原罪说"有着深厚的渊源,认为人类的祖先亚当违背了和上帝的约定被逐出伊甸园,因此亚当后世子孙人人生而有罪,人性本恶。1983年诺贝尔文学奖获得者威廉·戈尔丁(William Golding)的小说《蝇王》中描写的流落荒岛的男孩的故事,是最好的人性恶论

---

① [美]理查德·罗蒂:《哲学、文学和政治》,黄宗英等译,上海译文出版社2009年版,第42页。

② [美]理查德·罗蒂:《哲学、文学和政治》,黄宗英等译,上海译文出版社2009年版,第40页。

的佐证。如何避免对他人的残酷，避免对他人残虐遭遇的冷漠，是西方道德哲学以及罗蒂道德考量的重要问题。

罗蒂以浪漫主义者的热情和实用主义者的功利，以文学家的敏感性和哲学家的睿智，将文学作为解决问题的实践之路，寄希望于文学帮助人类增加对残酷的认识了解，提升人类对残酷现象的感悟能力。文学在罗蒂那里已经不仅仅局限于社会的精英分子对西方正典的阅读，也不拘囿于知识分子对文字作品的咀嚼。文学概念的辖域已经被罗蒂进行拓宽，包括新闻报道、电视节目、摄影艺术展览等泛文学属类下的诸多不同类型。文学的叙事以南非摄影师凯文·卡特（Kevin Carter）的摄影作品《饥饿的苏丹》、犹太大屠杀的纪录片、陀思妥耶夫斯基的小说、"后9·11小说"等诸多形式向人们诉说每时每刻发生着的残酷事件。

与福柯批判传统哲学，放弃传统真理观之后的悲观消极相比，罗蒂始终不放弃对美国社会的希望，以积极主动的乐观精神不断尝试寻找筑就国家的方法。在罗蒂看来，书籍可以分为两种，第一种的主要作用是在私人反讽的领域帮助人们自律；第二种则与公共领域的人我关系密切相关，有助于人们注意自己的行动对他人能够产生的影响。在协助人们避免残酷方面，第二种形式的文学书籍比任何哲学作品都更有优势。

第二种书籍中，有一类理解并描绘了残酷在"社会范围内"带来的影响，帮助人们看清社会公共事务与制度对个人的影响。这类书籍涉及诸如压迫、贫困和偏见之类的话题，从而帮助人们发展"社会良知"，例如《嘉莉妹妹》《悲惨世界》《寂寞之井》《1984》等。从这类虚构的故事中，人们可以看到既定的社会制度、习以为常的生存现状如何给个人带来痛苦和侮辱，如何使人们变得对劣势者、受压迫者和被边缘化的人态度冷漠、麻木不仁。

第二种书籍中的另一种类型，是对一些特殊类型的残酷进行的精妙描绘，书写某种特定类型的人如何残酷对待其他特定类型的人，也即个人自我完美的过程中给其他人带来的残酷,比如《安娜·卡列尼娜》《米德尔马契》《荒凉山庄》《洛丽塔》等。心理学书籍有时也具有这种功能,但是最有用的还是上述这些呈现某一类人对于另一类人的痛楚彷徨全然无知的小说。① 这些文学作品中的一些惟妙惟肖的人物,会使人们反思自己曾经的所作所为,也使人们意识到自己曾经在自律方面所作的努力或者对某种个人完美的执迷不悟会使他们漠视自己对他人所带来的痛苦和欺侮。这类书籍展现了个人的义务与个人对他人的义务之间的冲突,以戏剧化的形式刻画个体追求与社会道德之间的深刻矛盾。

这两类有关个人或社会残酷的文学作品,都是通常所说的文以载道的书籍。尽管二者殊途同归,都在某种意义上启发人们意识到残酷的存在并减少残酷的发生,但是作者的关注点却不尽相同。例如奥威尔通常从受害人的视角来描写残酷,他最大的贡献在公共方面;纳博科夫则是让人们亲眼看见私人对美感喜乐的追求如何造成残酷,更倾向于私人的完美。在小说中,在文学作品中,源源不断地呈现有关残酷的对比性描述,让没有合适渠道发声的弱势者,没有能力描述自己悲惨处境的受苦者,甚至对自己正在遭受的残酷已经麻木的困苦者通过对比感受到自己承受的苦难,让更多的普通人或者掌权者了解到现有的残酷。《汤姆叔叔的小屋》《悲惨世界》,狄更斯与左拉的一系列小说,通过对残酷直观的描述,既鼓励受害者直面残酷的行径,也让那些实施残酷的人感到不安,让富有想象力、同情心、良知和正义感的人鄙夷、愤慨、憎恨甚至加入抗击残酷的行列。从而减少现实社会中残酷现象的发生。

罗蒂无法承诺读书或者文学能够药到病除消除所有的残酷,没有人能保证文学中对于残酷的淋漓尽致的种种描写一定能够有助于化解人与人之间的仇恨与敌对。安妮·弗兰克(Anne Frank)的日

---

① Richard Rorty, *Contingency, Irony and Solidarity*, Cambridge: Cambridge University Press, 1989, p. 141.

记是个典型的例子,《安妮日记》从一个十来岁的犹太少女视角真实记录了德国纳粹对犹太人的搜捕、毒杀、迫害等种种暴行,能使任何不曾有过相似经历的读者身临其境,真切体会到"第二次世界大战"时期纳粹淫威之下四处躲藏的犹太人所遭受的惊吓、恐惧、危险、残害。具有反讽主义者气质的读者或许能够敞开想象力,愿意感同身受,从而对人类的相互戕害痛心疾首,痛恨一切历史、现实以及未来可能的残暴。但是不可否认,如果让狂热的纳粹党人来读安妮的日记,无疑会收效甚微,甚至还有可能适得其反。

然而罗蒂仍然坚持认为,读书通常会使人们成为更好的人。也许书并不总是能起到这样的作用,就像大多数狄更斯迷并不会说狄更斯改变了他们的生活,而是丰富了他们的生活,但是我们其实也并没有许多更好的工具,所以罗蒂建议人们不妨使用现有的工具。①小说和诗歌对人的潜移默化的影响如盐在水、如春在花,是说教和布道所无法比拟的。援引史克莱的话来说,我们的历史书以及我们的"生活"中,充满了残酷、虚伪和背叛,但要想在某个时刻或某个人物中找到它们的本质,我们必须求助于文学。②

三 社会团结

古代形而上学哲学家关注本体论,致力于在存在之外的领域寻找一种永恒的架构、客观的实在,研究本质和基础究竟是什么的问题。近代认识论哲学家注重认识论,力图不断净化心灵、提升方法,以清除人与非人类实在之间的屏障,弄清如何获得知识、接近真理的问题。当代以罗蒂为代表的新实用主义哲学家关注社会、政治、伦理,搁置对本质、认识的讨论,希冀厘清如何达至人类终极幸福的问题。

---

① [美]理查德·罗蒂:《哲学、文学和政治》,黄宗英等译,上海译文出版社2009年版,第217页。

② Judith N. Shklar, *Ordinary Vices*, Massachusetts: The Belknap Press of Harvard University Press, 1984, p. 230.

后哲学文化、后科学文化时代，应当用杜威的问题方式发问：我想要成为什么样的人？我想要认同什么样的社会？我们的共同体拥有哪些共同的目的？来取代康德式的问题：文学是什么？人是什么？第一个问题是关于私人的个人志趣，是个人对自己的义务；第二、三个问题是蕴含着个人对公共的义务，关涉某个社会之中个人与他人的关系。

罗蒂相信，阅读能使人们团结起来，因为文学作品展示了"我们"与那些我们之前认为是"他人"的人有什么共同之处。[1] 罗蒂用团结这个概念表达一种关系，即"我们"与那些在争取"善"的事业的斗争中我们认为是我们的同志的同时代人的关系。团结是我们对正义和文明追逐的核心[2]，可以说，实用主义是一种团结的哲学[3]。罗蒂处理文学的方式与他"将自然道德哲学重新塑造成一种更具有叙述性的形式"的道德哲学目标有关，特别是与他在后形而上学的自由文化中赋予"加强团结"以极高的价值息息相关。[4]

需要注意罗蒂并不使用传统道德哲学使用的"人类团结"一词。"人类团结"的表述方法肯定了每个人都具备一种内在的东西，即人们普遍的、基本的人性，说某人惨无人道即是说他欠缺完整的人类所具备的某种基本成分。本书此前对罗蒂坚持"偶然性"，反对"本质""本性"和"基础"的观点进行了论证，因此不难想象在罗蒂那里，必然坚决否认这种特别的基本成分的存在，也不赞同有所谓的"核心自我"（core self）。对于自由主义的反讽主义者——罗蒂理想的政治道德社会公民——来说，人类的团结感就在于能够"想象地认同

---

[1] Simon Stow, "Reading our Way to Democracy Literature and Public Ethics", *Philosophy and Literature*, Vol. 30, 2006, pp. 410 – 423.

[2] ［美］理查德·罗蒂：《实用主义哲学》，林南译，上海译文出版社2009年版，第341页。

[3] ［美］理查德·罗蒂：《实用主义哲学》，林南译，上海译文出版社2009年版，第113页。

[4] Kalle Puolakka, "Literature, Ethics and Richard Rorty's Pragmatist Theory of Interpretation", *Philosophia*, Vol. 36, 2008, pp. 29 – 41.

他人生命的细枝末节，而不在于承认某种原先共有的东西"①。

罗蒂借用塞拉斯（Wilfrid S. Sellars）的"道德义务说"中的"我们—意图"（we-intention）来解释新实用主义的"团结"概念。②塞拉斯主张在道德义务领域中，基本的解释性概念是"我们中的一员"（one of us），例如（相对于生意人或者仆人而言的）"我们这种人"，（相对于野蛮人而言的）"和我们一样的希腊人"，等等。罗蒂认为"我们"一词具有对照性的力量，和另外一些人所组成的"他们"形成对比，但是他不认为"我们人类中的一员"的说法具备这样的力量。二战时期帮助犹太人藏匿的丹麦人、意大利人恐怕不是因为"我们都是人类"而对犹太人伸出援手，更多的救援者会用"他是我们米兰人""他是我的同事"或者"他是我孩子同学的家长"等更具有地方性的词语来解释冒险救人的原因。因此罗蒂指出，当"我们"比"我们人类"指代的范围更小、更具地方性意义的时候，"我们"之间的团结感才是最强的。"我们人类"的说法附加的康德性的义务感和理性的存在感很容易显得虚幻缥缈、大而空洞。

罗蒂提倡的团结感必然是取决于我们之间哪种相似性和差异性最为显著，这种显著性只是历史偶然决定的最终语汇。我们，尤其是最害怕成为"残酷的人"的自由主义者，应该尝试将"我们"意识拓展到过去被我们当作"他们"的人身上。熟悉罗蒂行文风格的读者都有感受，罗蒂本人非常青睐使用"我们"这种用法来拉近和论辩者之间的距离，尽可能地扩大自己观点的同盟军，比如他经常自称"我们杜威主义者""我们戴维森主义者""我们费什主义者"，或将艾柯称为"我们实用主义的同道中人"③。更加广大范围的人类

---

① ［美］理查德·罗蒂：《偶然、反讽与团结》，徐文瑞译，商务印书馆2005年版，第270页。
② ［美］理查德·罗蒂：《偶然、反讽与团结》，徐文瑞译，商务印书馆2005年版，第87页。
③ ［意］安贝托·艾柯等著，斯特凡·柯里尼编：《诠释与过度诠释》，王宇根译，生活·读书·新知三联书店1997年版，第114页。

团结对罗蒂而言就是道德进步，它意味着人们能够看到，越来越多的传统上部族、宗教、种族、风俗习惯等的差异与人们在痛苦和侮辱方面的相似性相比，是微不足道的。所以在罗蒂看来，现代对道德进步作出主要贡献的，不是哲学、宗教论证的论文，而是文学中对于各式各样痛苦和侮辱的详细描述。

国外学者也认为，罗蒂的"团结"与人们对于团结的通常理解非常不同，通常这个词与"超越自我利益的一种共同的善和政治"这种强烈的观念相关联，但是罗蒂的团结与"特殊的偶然性"相关联，也与相当一部分哲学家所谓的"更大的人类团结"这种运动相关联，道德进步就是朝着这个方向发展。①

在罗蒂的自由主义的反讽主义乌托邦里，人们不再相信超越历史的共通人性是人类团结的基础，不再把理性作为人类团结的源泉。自由主义的反讽主义者们，认为人类团结是通过重新描述自我和他人的关系创造出来的，不是通过理论研究发现的。罗蒂认为小说与民俗学、电影等叙述形式一起构成了提升人类团结的主要途径，因为它们有助于发展人们共情的敏感性，"我们"对"他人"的处境和苦难感同身受的能力是实现人类团结的重要基础。②

在自由主义的乌托邦中，大家不会把人类团结当作是必须被承认的事实，而是大家努力达到的目标。达到这个目标的方式，不是通过研究和探讨，而是通过文学想象力，把陌生人想象成为和"我们"处境相似、休戚与共的自己人，激发同情，唤起共情，减少残酷。团结不是反省发现出来的，而是创造出来的。如果人们能够对不熟悉的其他人所承受的痛苦和侮辱提升心灵相通的敏感度，就可以创造出团结。一旦提升了对他人之痛的敏感度，就会逐渐把越来

---

① ［美］查尔斯·吉尼翁、大卫·希利编：《理查德·罗蒂》，朱新民译，复旦大学出版社 2011 年版，第 154 页。
② ［美］理查德·罗蒂：《偶然、反讽与团结》，徐文瑞译，商务印书馆 2005 年版，译者导言第 5 页。

越多原本陌生的"他们"视作"我们"中的一分子,把更多的人加入我们这个命运共同体,很难再有他们的感受与我们无关,或者让他们受苦总好过让我们受苦的念头。

这就是一个详细描述他人和重新描述自己的过程,这个任务由"民俗学、记者的报道、漫画书、纪录片,尤其是小说"这些"泛文学"来完成。① 但是罗蒂赞同昆德拉的观点,倾向于认为小说是弘扬民主思想的典型体裁,因为它总是和谋求自由与平等的斗争活动关系最密切。② 小说是表现民主思想的典型体裁,为自由和平等带来希望。

实用主义哲学家詹姆斯、杜威、罗伊斯与罗蒂追求的哲学目标类似,他们都强调自我创造、自我筹划、自我叙述的必要性。这些实用主义者们都致力于拓展"我们"的指域,詹姆斯主张克服人们对他人的无视,并通过允许多元论、视角主义和自我定义来丰富人们的经验和对世界的理解。杜威和罗伊斯主张民主是一种生活方式,一种基于社群和拓展的忠诚的生活。然而他们与罗蒂亦有分歧。第一,他们不认为哲学会演变成文学或文学批评,甚或消失在文化景观中,而是作为对人类生活的积极的批判性反思,对社会状况和社会问题展开严肃的批判。哲学需要公开性和参与性。第二,他们认为自我创造既是个人的也是公共的,寻求社群中个人充实与群体的富足。第三,他们关注"生活经验",并试图克服经验基础的不足,以期制定更好的社会和政治决策。和罗蒂一样,他们想要扩大对人的痛苦和屈辱的理解,但与罗蒂不同的是,他们相信这些声音和故事不能仅仅是私人的或文学的,不能仅仅依靠个人的同情心和想象力实现,而是必须从私人领域带入公共领域,即社区、社会和政治

---

① [美]理查德·罗蒂:《偶然、反讽与团结》,徐文瑞译,商务印书馆2005年版,第7页。

② Richard Rorty, *Essays on Heidegger and Others*, New York: Cambridge University Press, 1991, p. 68.

决策领域。①

与罗蒂同样重视文学的社会功能的还有希利斯·米勒（Hillis Miller）。米勒指出，在浪漫主义盛行的 19 世纪以及 20 世纪，一个广泛看法是"文学是一种公共制度，置于它周围的整个文化中"。他认为文学的权威性主要源自其社会功能，文学的效用由文学的使用者赋予——由那些给它价值的记者、批评家赋予。米勒甚至直言不讳地对文学的社会功能给予高度肯定，他提出文学作品是对社会现实及其占主导地位的意识形态的准确再现，是文学塑造了社会结构和信念，这两个信念构成文学或文学作品被赋予的权威性的主要来源。②

---

① Jacquelyn Ann K. Kegley, "Not Neopragmatism but Critical Pragmatism", in Randall Auxier, Eli Kramer and Krzysztof Piotr Skowroński eds., *Rorty and Beyond*, London: Lexington Books, 2020, pp. 107 – 118.

② ［美］希利斯·米勒：《文学死了吗》，秦立彦译，广西师范大学出版社 2007 年版，第 147 页。

第七章　文本阐释即使用

在罗蒂新实用主义哲学视域下，本章主要探讨文本意义的阐释问题。"阐释"一词指的是 interpretation，由于各译本译者偏好不同，又常被译作"诠释""解释""释义"。本书无意辨析 interpretation 的翻译版本问题，诠释、阐释、解释三词都作相同的意义。

罗蒂的文本阐释观，建基于他对"诠释学"（hermeneutics）的理解，以及他对真理"符合论"的拒斥，和坚持"真理即有用"的观点。罗蒂从其新实用主义哲学观出发，从读者视角释义文本，提出"阐释即使用"的文本阐释理念，将文本意义归结为读者出于不同目的对文本的使用。

第一节　实用主义诠释学与真理观

一　诠释学

罗蒂在文学领域对文本意义阐释的观点，与他在哲学领域对于诠释学所寄予的厚望一以贯之。探讨罗蒂对诠释学的期望，理解诠释学在罗蒂那里的实用主义意义，才能更好地把握他的文本阐释观。本书第三章有述，罗蒂主张用彻底放弃哲学传统的基础主义和表象主义，放弃对根基与本原的欲望（foundationalist aspiration），进入无本质的诠释学状态。这里的诠释学并非认识论的替代品或继承者，它是一种鼓励自由对话，放弃寻找普遍公度性的哲学。在新实用主义的诠释学中，没有永恒的真理或既定的标准需要人们去对照，在不同社会、历史语境下，人们彼此交谈，在一定范围内可能达成一致的意见。

借用学者格兰兹的评价，"罗蒂完成了从知识到诠释的后现代转向"[①]。从认识论时代迈向诠释学的多元时代之后，无论哲学、自然科学抑或其他学科或者文化都只是人类对话范式中诸多声音之中的一种。不同的陈述并没有也无须一个共同遵守的原则，无法达到合理的协议，如何诠释比如何得到知识以及得到何种知识显得更为当即所需。罗蒂对诠释学的解读方式，预设他对文学作品文本阐释的根本认识，在鼓励多元对话的诠释学视域下，罗蒂主张将文本状态向无限的阐释空间敞开，文本的意义存在于读者在不同语境中出于不同目的运用不同方法做出的阐释。

二 真理即有用

罗蒂文本阐释观的另一个前提是"真理即有用"的实用主义真理观。本书第三章对罗蒂摒弃真理符合论的观点进行了详尽论述，罗蒂哲学事业的一项重要内容是致力于对大写的真理的否弃。在他们实用主义者看来，真理不是客观存在的"对实在精确的再现"，而是"更宜于我们相信的东西"，[②] 是人们选择相信的观念。"去神性"之后的小写真理是人类语言描述的产物，是制造出来的，而不是运用某种合理的方法找到的客观实在，不能超越历史、偶然、语汇的描述而存在。

---

① Stanley J. Grenz, *A Primer on Postmodernism*, Grand Rapids: William. B. Eerdmans Publishing Company, 1996, pp. 158-159.

② Richard Rorty, *Philosophy and the Mirror of Nature*, Princeton: Princeton University Press, 1979, p. 10.

"有用"这个词对实用主义者而言无疑是个表示褒义的形容词,说真理有用和说文本阐释的版本有用一样,都表示这种描述是"好"的。罗蒂认为,充满想象力的作品或充满想象力的练习,能够"延伸我们对于有用事物的概念"。有时候人们事先并不知道什么会是有用的,通过对文学作品的阅读和解读,能够拓展和丰富对"有用"的理解。正如杜威所说,发现实现旧目标的旧方法失败,不但会改变你的目标,也会改变你的方法。"有用性"并不是一个标准,你好像可以向它求助,"有用性"不过是一个涵盖面广的标签,"无论你正在做的事情有什么样的理论根据,你都可以用到它"[1]。

从古典实用主义者詹姆斯那里,罗蒂传延真理即为善、真理即"有用性"的理论;从杜威那里,罗蒂借鉴工具主义思想,把是否能切实指导人类实践活动作为思想、观念是否可以被框定为知识或真理的标准。罗蒂对真理进行再描述,旨在解构权威,以说明"真理并不像人们以为的那么重要"[2]。同理,文本的本质或者意义在罗蒂那里也不构成一个寻找唯一答案的研究问题。所谓文本意义,无非是某一历史、文化背景下,从某一视角对文本尽可能达成的一致看法。

对真理符合论的否弃是为罗蒂尊崇"描述"清扫障碍,除了语言的描述,"我们永远也不会找到一些极其完美的、使得充满想象力的重新描述变得无意义的描述。探究没有任何预定的终点"。没有什么"客观的真理"或者"实在"独立存在于人类的语言描述之外,需要人类透过理性之光去发现它。[3] 在所有可使用的语汇中找到一种适合的语汇来描述"真理",这样的语言转向对实用主义者而言至关重要,因为它有益于掣肘专业领域的一家独大、一家之言,"让人想

---

[1] [美]理查德·罗蒂:《哲学、文学和政治》,黄宗英等译,上海译文出版社2009年版,第228页。

[2] Patrick Savidan ed., William McCuaig, Trans. *What's the Use of Truth*, New York: Columbia University Press, 2007, p. 5.

[3] [美]理查德·罗蒂:《实用主义哲学》,林南译,上海译文出版社2009年版,第22页。

起多神论"。它暗示着有"许多种描述事物的方式",我们"以实用为基础"在语言中进行选择,不是"以符合经验的真实本质为基础"。这样的真理观、文本阐释观与新实用主义整体知识观相融会,如果以"实用为基础"的多样性描述的观点能够为人们所接受,它将如罗蒂所愿,"改变文化生活的基调"[①]。

第二节 作者、文本、读者

从文本阐释理论发展的历史来看,对文本意义的阐释主要在作者、文本与读者三者的张力之间寻找真意。浪漫主义和19世纪时期的"作者中心论"强调作者意图对文本意义的影响,作者的成长历程、生活背景、时代影响等个人特质都成为文本阐释的要点,找到作者的心路历程似乎就找到了把握文学作品意义的关键。俄国形式主义和英美新批评主张"文本中心论",认为研究作者不是把握文本意义的权威路径,文本自身才是言说的主体,正确有效的解读方式是围绕文本来展开。20世纪60年代读者反应批评理论的兴起,把文本意义的解释权赋予读者,认为文本意义既不固定也不唯一,读者对作品含义的理解过程是一个创造过程,读者对文本的反应构成了文本意义的存在。罗兰·巴特在1968年那篇举世闻名的论文中公然宣称"作者已死",不啻尼采的"上帝已死"的宣告,大张旗鼓对文本作者"去中心化",将作者的重要性降至冰点。一句"作者死而后读者生",巴特将文本和读者的作用推到文本阐释的聚光灯下。

在作者、文本与读者三者之间,对罗蒂而言究竟谁掌握通向文本意义真实世界的秘钥?对作者或文本的专注显然与罗蒂的新实用

---

① [美]理查德·罗蒂:《哲学、文学和政治》,黄宗英等译,上海译文出版社2009年版,第240页。

主义文学批评观相去甚远,与德国的接受美学和美国批评学界的读者反应批评相似,罗蒂对文本的阐释观焦点汇聚在读者及其阅读目的之上,认为文本的意义生成有赖于读者的阐释。

一 作者意图

就作者的作用而言,罗蒂认为作者的意图和作品的意义之间并无确定的关联性。[1] 认为文本或作者有其意图,相当于为文本预先设定了阐释的范围和阐释的终极目标,任何逾越框定范围的新阐释都会被指责为过度阐释。罗蒂认为作者的意图不应当限制有效阐释的范围,[2] 文本阐释具有无限丰富的可能性。对此德里达也有论述,他认为作家用一种语言和逻辑写作,但这语言和逻辑的体系、规律、生命并不完全由作家本人来支配。读者阅读的过程始终是在探寻作者掌握的和超越作者掌控的语言模式之间的关系,这种关系是文本的作者从写作的角度无从体察的。这种关系不是光与影、弱与强的某种定量分布,而是文学批评阅读应该产生的一种指示结构。[3]

赫施是当代文学阐释学界力挺文本作者的美国评论家。在1967年出版的《诠释的有效性》中,赫施坚定地打出"保卫作者"的旗帜,主张对"作者意图"的把握是实现阐释的客观有效性的可靠保障,全力捍卫文本作者作为陈述主体在文本意义生成过程中的重要作用。

国内有研究者认为,在众多维护作者意图的理论家中,"施莱马赫强调创造性主题所拥有的能动力量,主张通过神秘心灵公民而达

---

[1] Richard Rorty, "Philosophy without Principles", In: W. J. T. Mitchell eds., *Against Theory*, Chicago and London: The University of Chicago Press, 1995, pp. 132-138.

[2] Richard Rorty, *Objectivity, Relativism and Truth*, Cambridge: Cambridge University Press, 1990, pp. 84-90.

[3] Jacques Derrida, *Of Grammatology*, Gayatri CHakravorty Spivak, Trans. Baltimore: The Johns Hopkins University Press, 1997, p. 158.

成与作者精神世界的沟通",可视为"意图理论的前现代代表"。贝蒂"以建构精神科学普遍方法论的积极诉求为契机",坚信意图唯有凭借某种形式化的中介才得以彰显,可视为"意图理论的现代典范"。新实用主义者卡纳普(Steven Knapp)和迈克尔斯(Walter Benn Michaels)坚持效益至上的新实用主义原则,将作者意图与文本意义完全等同,可被视为"意图理论的后现代模板"①。赫施的作者意图理论独特之处在于,他从伦理视角出发,将作者意图的探寻视为解释者必须承担的伦理义务。

罗蒂不同意赫施的观点,即认为"如果意义没有稳固的确定性,就无法通过阐释获得知识"②,也不赞同他的新实用主义同僚卡纳普和迈克尔斯对赫施所采用的从语言哲学入手,通过对意义的正确理解来理顺问题的驳斥策略。他釜底抽薪般主张抛弃那种被定义为"诉诸某种普遍适用的阐释方式来对特定文本进行阐释"的理论。对罗蒂而言"作者有何意图"这样的问题和"善的本质是什么"一样毫无用处。在他看来,实用主义者应该把每件事都看作对上下文语境的选择,而不是事物内在属性的问题。他们把目标理解成不同的功能,把本质消解为注意力短暂集中的焦点,把获得知识视作成功地把信仰和欲望之网新编织成更加灵活优雅的褶皱。③

二 文本意图

锁定文本本身,从文本内部寻找文本意义,这是文本阐释第二轮研究狂潮的核心导向。著名符号学大师、文艺批评家安伯托·艾

---

① 庞弘:《E. D. 赫施"作者意图"理论研究》,博士学位论文,南京大学,2012年,第 50 页。

② E. D. Hirsch, *The Aims of Interpretation*, Chicago: Chicago University Press, 1976, p. 3.

③ Richard Rorty, "Philosophy without Principles", in W. J. T. Mitchell eds., *Against Theory*, Chicago and London: The University of Chicago Press, 1995, pp. 132 - 138.

柯（Umberto Eco）是这一研究趋势的忠实拥趸。艾柯提出"作品意图"的概念，高度肯定作品意图在本书意义生成过程中所起的重要作用，他认为文本意图既不受制于本书产生之前的作者意图，也不会对读者意图的自由发挥造成阻碍，它是文本的意义之源。① 在1990年关于诠释与过度诠释（Interpretation and Overinterpretation）的丹纳讲座（Tanner Lectures）上，艾柯强调"本文自身的特质确实会为合法诠释设立一定的范围和界限"。他希望这种特质不是文本阐释者通过某种形式方面的标准限定而筛选获得，不是通过理论化的术语来确定界限的范围，最好是经历"历史选择"的过程自然显现。按照这种"文化达尔文主义"的策略，关于文本的某些解释自身会证明它比别的解释更能够满足有关读者群体的需要。②

古典实用主义者皮尔士提出符号无限衍义（unlimited semiosis）的观点，对此艾柯坚持认为"无限衍义"是说诠释有无限潜力，并不等同于诠释没有标准，更不意味着不存在一个客观的诠释对象。艾柯试图在读者意图和文本意图之间寻找一种辩证关系，达到某种限度上的平衡。读者的意图通常比较明晰易辨，作品的意图却不能从文字表面直接界定，因此艾柯主张作品的意图需要读者立足自身进行推测，读者作用的体现也正在于对文本意图的积极推测。在神秘的作者创作过程与难以驾驭的读者阐释过程中，作品"本文"的存在对艾柯而言无异于一支"舒心剂"，它使人们的阐释活动不是漫无目的到处漂泊，而是有所依托。③

从实用主义者的视角来看，文本本身是客观存在的，但是并不存在客观的本质或者普遍的意义需要人们去探寻。罗蒂承继杜威的

---

① ［意］安贝托·艾柯等著，斯特凡·柯里尼编：《诠释与过度诠释》，王宇根译，生活·读书·新知三联书店1997年版，第12页。
② ［意］安贝托·艾柯等著，斯特凡·柯里尼编：《诠释与过度诠释》，王宇根译，生活·读书·新知三联书店1997年版，第25页。
③ ［意］安贝托·艾柯等著，斯特凡·柯里尼编：《诠释与过度诠释》，王宇根译，生活·读书·新知三联书店1997年版，第108页。

实用主义工具观，将思想、概念等观念当作人们用以实现某种目的的工具，而非对世界真正本质的呈现。文本是人们进行再描述和对话的工具，脑子里总想着给文本套用什么样的标准，这样的做法不是实用主义者心目中接近文本的最佳方式。[1] 如德里达所宣告的：文本之外概无他物[2]，对文本的一切阐释，都要通过对文字意义的理解，不能脱离文本向外寻求。

舒斯特曼认为，罗蒂反对那种需要"以一个对象为前提"、以"一个变化的描述的持续不变的基础"作为批评交往的唯一和必需的基础。在他看来，罗蒂宁愿将文本的客观性外罩消解在短暂的关系网络中的节点和效用的可能性聚集之中。文本没有客观的实在意义，因此解释并不是去发现已经被给予的意义和性质，在罗蒂和费什看来，解释就是对意义的制造，它从来都不只是阅读，而是写作。[3] 就文本的阐释而言，罗蒂是费什理论的坚定支持者。[4]

在实用主义者看来，"文本是如何运作的"这样的问题不值得探讨，探讨"文本是如何使用的"这样的问题才能更好地服务于实用主义的目的。

三 读者为大

文本的读者也即阐释者，是解释活动的主体，在罗蒂看来，读者对文本的解读是读者与作者之间、读者与其他读者之间的一种对话，不是透过文本表象把握文本背后的精准意义。罗蒂从未专门撰文论述什么样的读者是他所期望的，我们也不禁好奇，什么样的阐

---

[1] ［美］理查德·罗蒂：《哲学、文学和政治》，黄宗英等译，上海译文出版社2009年版，第217页。

[2] Jacques Derrida, *Of Grammatology*, Gayatri CHakravorty Spivak, Trans. Baltimore: The Johns Hopkins University Press, 1997, p.158.

[3] ［美］理查德·舒斯特曼：《实用主义美学》，彭锋译，商务印书馆2016年版，第141—149页。

[4] Richard Rorty, "Texts and Lumps", *New Literary History*, Vol.17, No.1, 1985, pp.1-16.

释者才能灵活驾驭"阐释即使用"的文本阐释思路,对文本意义进行实用主义的阐释。

首先,罗蒂的理想读者必定是有能力的读者,至少是像他一样的自由主义知识分子,是能够通过对话和协商达成一致意见的"我们"中的一员,是自律的自由主义反讽主义者。罗蒂出身于哲学世家,经受系统的学术训练,生平接触多是高级知识分子,有教养的精英人士——罗蒂的父亲是一名左翼新闻记者,也是与惠特曼文风相仿的诗人,杜威的高足悉尼·胡克(Sidney Hook)等都是家里的挚友——正可谓"谈笑有鸿儒,往来无白丁",因此他的思考更多的是精英视角,多从自己所在的文化圈层出发。罗蒂心目中默认的读者应该是与他分享他的大多数实用主义共识的人,他们相信自我、语言与社会的偶然性,也相信并践行通过说服而不是压服来取得意见的一致。他们享受文学带来的多元、开放、平等、松散、宽容的关系,胜过科学、真理、实在带来的硬事实和确定性安慰。

其次,罗蒂预想的实用主义读者,有着高度的自主性和自我创造能力,他们通常在接触文本之前就事先预计自己"想从一件事、一个人或者一个文本上面得到些什么",清楚地知道自己希望这件事、这个人或这个文本将有助于改变自己的意图,并因此改变自己的生活。[1] 因此他们对文本的阅读带着清晰的目的,并能够按照自己的目的对文本进行阐释。既然是读者制造了文本的意义,那么不同的读者针对同一文本必然会制造出不同的意义,文本的客观性则被取消。文本阐释和任何其他事物一样,有多少种目的要实现,就会有多少种阐释的版本呈现出来。[2]

罗蒂认为读者应对文本进行布鲁姆所说的"强势误读"(strong

---

[1] [意]安贝托·艾柯等著,斯特凡·柯里尼编:《诠释与过度诠释》,王宇根译,生活·读书·新知三联书店1997年版,第28页。
[2] [意]安贝托·艾柯等著,斯特凡·柯里尼编:《诠释与过度诠释》,王宇根译,生活·读书·新知三联书店1997年版,第114页。

misreading)。阐释者既不需要顾忌作者对文本的意图，也不用拘泥于文本意图，只需径直将文本打造成能够服务于他自己的目的的形状，使该文本指向任何与他的目的相关的内容。① 这种观点赋予了文本阐释者本人一个创造性的角色，因为他的目的不是准确反映作者的意图，也不是去发现所谓正确的解读，而是将文学作品当作进行更深层描述的材料来源，并在以前从未被关联过的议题之间建立叙事联系。②

在对读者作用的重视意义上，罗蒂与费什可谓英雄所见略同，很大程度上二者都将文本解读的权威之源赋予了读者。但是具体而言，费什提出"解释团体"（Interpretative community）的概念，认为意义既不是确定的、稳定的文本的特征，也不是不受约束的、独立的读者所具有的属性，它是"解释团体"所共有的特征。费什的读者反应批评模式认为，"读者制造了他在文本中所看到的一切"，但是并不是个体读者肆意进行的制造，文本的意义取决于拥有共同社会背景和审美习惯的"解释团体"。与罗蒂默认的与他自己相像的精英读者相似，构成解释团体的读者群是"有知识的读者"，也相当于卡勒所谓的"有能力的读者"，他们是能够阅读类似于培根、弥尔顿作品的那种合格读者。具体指的是有能力描述由社会所制约的阐释技巧并且具有内化了的语言能力的读者，是一种高级的学者型读者，对他们而言，意义的生成具有某种程度的一致性，都由解释团体来实现。③

解释团体不必来自同一个社区，但是他们分享相同的视角、立场、审美习惯、思维模式和解释策略。解释团体既决定读者阅读活

---

① Richard Rorty, *Consequences of Pragmatism*, Minneapolis: University of Minnesota Press, 1982, p. 151.

② Kalle Puolakka, "Literature, Ethics and Richard Rorty's Pragmatist Theory of Interpretation", *Philosophia*, Vol. 36, 2008, pp. 29–41.

③ [美] 斯坦利·费什：《读者反应批评：理论与实践》，文楚安译，中国社会科学出版社1998年版，译者前言第3—5页。

动的形态，同时也制约着这些活动所制造的文本，它通过实施一系列解释策略，制造文本而不是发现文本。解释策略的根源存在于一个"适用于公众的理解系统"之中，解释者受到它的制约，它也适应解释者并向他们提供理解范畴，解释者反过来使他们的理解范畴同他们要面对的客体存在相适应。①

第三节 实用主义文本阐释

罗蒂的文本阐释观最显著的特点在于，他将文本阐释的标准问题扔进了历史的垃圾堆，并破除文本阐释与文本使用之间的界限，从而为他的精英读者授予无限的阐释权利。

一 阐释标准

在对于文本阐释界限的讨论中凸显出这样一个问题，读者进行文本意义阐释的过程中是否有一定的阐释标准可以或必须遵循。本书第五章对"文学批评"的讨论中，介绍过罗蒂对文学批评及文学理论的观点。罗蒂并不拒斥特定文学流派的评论家使用某一种或几种文学理论来阐释作品，尽管他也绝不鼓励从某些固定的视角对作品展开研究。在不同的理论范式或标准下对文本进行多角度阐发，正如罗蒂所愿，能够挖掘某一作品丰富多元的意义。尊重阐释的多样性，反对以一种方式、从一个视角、按照一个模式来阐释文本，是罗蒂拒绝阐释标准问题的基本思想。

基于罗蒂的反本质主义哲学观不难理解，在罗蒂那里不可能接

---

① [美] 斯坦利·费什：《读者反应批评：理论与实践》，文楚安译，中国社会科学出版社1998年版，第46—57页。

受有某种统一的标尺、界限或模框的存在，这种存在能使文本阐释与其一加对照便好坏自现。"阐释是一种艺术，文学的阐释尤其如此，这当中没有一个机械硬性的规定。"① 在罗蒂的后哲学文化中，人们将像实用主义者那样对待标准问题，他们将标准看作"为了某个特别的功用主义目的而构造的暂时支点"②。对实用主义者而言，一个标准之所以是一个标准，是因为"需要某些特定的社会实践来封住研究的道路，阻止解释的回归，以便做好某件事情"。没有什么所谓的客观性限制不是以人自身为出发点制定的，③ 所以实用主义者们主张反对单一的向度，反对"一神论"的独断区分。有学者指出，罗蒂的文本阐释理论可以视作为了同一个目标所作的又一个术语方面的建议，这个目标就是为当代自由主义文化提供自己的语汇，清除那些适合先前文化的旧语汇的残余。④

没有统一的阐释标准并不意味着所有的阐释都千篇一律、一模一样，实用主义者对普遍性的拒斥和对偶然性的熟稔使他们坚信，当有人声称某些阐释语汇比别的阐释更好的时候，它们只是在这样的意义上是更好的——它们"碰巧"从某个角度看起来比它们的先辈要好一些。罗蒂认为，"所有的描述的优劣与价值都是根据它们对于某种外在的目的的满足程度，而不是根据它们对被描述物体的忠实程度来判断的"⑤。在阐释的标准方面，没有什么客观标准供阐释者将自己的描述版本与之相对照，才能判定是否对文本作出了合格的阐释。

---

① 张隆溪：《过度阐释与文学研究的未来》，《文学评论》2017年第4期。
② [美]理查德·罗蒂：《后哲学文化》，黄勇译，上海译文出版社2009年版，第18页。
③ [美]海尔曼·J.萨特康普编：《罗蒂和实用主义》，张国清译，商务印书馆2003年版，第219页。
④ Kalle Puolakka, "Literature, Ethics and Richard Rorty's Pragmatist Theory of Interpretation", *Philosophia*, Vol. 36, 2008, pp. 29–41.
⑤ [意]安贝托·艾柯等著，斯特凡·柯里尼编：《诠释与过度诠释》，王宇根译，生活·读书·新知三联书店1997年版，第114页。

艾柯认为，文本是在阐释的过程中逐渐建构起来的，根据它所建构的东西的最终结果才能判断阐释的有效性，这是一个循环的过程。文本是在阐释过程中建构起来的这种说法，在罗蒂看来难以保证文本的内在连贯性。罗蒂认为，文本内在连贯性只不过是阐释的最后一瞬间的偶然结果，它不是在被描述之前就已经存在的东西，就像人们将一些散乱的点创造性地连成线之前这些点并不具有连贯性一样。而所谓的连贯性并不是什么特别的、神秘的存在，它既不内在也不外在于任何东西，它就像是有人在一大堆符号或噪声（即文本）里面发现了某种有趣的东西，通过对这些符号或噪声进行描述，使它们与人们感兴趣的其他东西联系了起来，仅此而已。

具体到文学批评时，罗蒂主张阐释者需要确保对文本的这些描述与自己或他人先前有过的观点、对这些符号作过的描述和分析具有某种合理的、系统的、可推知的关联，也就是和文本阐释的信念之网相融贯。"与先前的阐释相关联"可以当作罗蒂从新实用主义立场出发，对文本阐释标准所表示的最鲜明的态度，这种态度正是出自前文第一章介绍的罗蒂从奎因那里沿袭的整体主义观点。除此之外，他坚决拒绝承认存在某个可以作为依据的标准，使人们能够"将我们描述和分析的对象与我们对这个对象所进行的描述和分析区分开来——除非参照某个特殊的目的，某个我们当时恰好碰上的特殊意图"[①]。

二 阐释即使用

对罗蒂而言，文本意义的建构，甚或文学的价值主要依赖于读者阐释的目的，文本阐释即是对文本的使用。基于反本质主义的立

---

① ［意］安贝托·艾柯等著，斯特凡·柯里尼编：《诠释与过度诠释》，王宇根译，生活·读书·新知三联书店1997年版，第119—120页。

场，作为实用主义者的罗蒂想要"放弃在认识事物与使用事物之间的区别"①，放弃用本质主义的方式思考文本的意义，或者认为文本有其固定的本质，到达本质的中心是文学评论和文本阐释的职责的做法。不断使用新的语汇、新的术语对文本做出新的阐释，比旧的术语、旧的概念更加有用，更加有趣，这就是罗蒂意义上对文本意义展开的学术研究所取得的进步。②

在实用主义者看来，观点不能和语言分离开，关于文本的观点是依托语言传递到读者的。在罗蒂的文学文化中，"它是真的吗"这样的问题早已让位于"有什么新的吗"。③ 因此怎样理解文本才最准确，不如去问怎样理解文本才最有新意；对文本最本真意图的求索，应当被对文本更有新意的阐释所取代。"文学跟永恒、知识或者稳定没有关系"，文学"跟未来和希望有关系"。④ 费力去为文学作品的意义争得面红耳赤，这不是实用主义解读者应该做的事，他们早已不寄希望于本质、基础、永恒，更不希图从文学作品中发掘出作者或者文本中潜藏的最本真的意义。文学作品能够提供的是一个激发想象力，鼓励对话与再描述，促进自律与团结的机会。

在读者对文本的阐释与对文本使用的区分问题上，艾柯坚决认为二者之间存在显著不同，但罗蒂完全不在意，认为阐释与使用之间的区分是本质主义的做法，这种区分并不重要，甚至并不存在阐释与使用之间的不同。按照他的实用主义理解，"任何人对任何物所做的任何事都是一种'使用'"，"使用"的不同方式包括但不局限于"诠释某个事物、认识某个事物、深入某个事物的本质等"，阐释即

---

① [美]理查德·罗蒂：《后哲学文化》，黄勇译，上海译文出版社2009年版，第133页。
② [意]安贝托·艾柯等著，斯特凡·柯里尼编：《诠释与过度诠释》，王宇根译，生活·读书·新知三联书店1997年版，第14页。
③ [美]理查德·罗蒂：《文化政治哲学》，张国清译，北京大学出版社2011年版，第104页。
④ [美]理查德·罗蒂：《哲学、文学和政治》，黄宗英等译，上海译文出版社2009年版，第125页。

使用。可以看出，罗蒂对"使用文本"的理解是在思想意义上、知识层面、精神方面抽象的使用，他在实用主义意义上对"文本的使用"的理解想当然不包括艾柯所举出的极端例子，即撕下书本的纸用来卷烟。这种物质意义上的使用，并不是对"文本"或"文字意义"的使用，而是对于纸张的使用，发挥了其可燃性、可包裹性的物理特性。

但是罗蒂并不是主张无限诠释，把阐释等同于使用并不是把文本阐释等同于外行人的"胡乱阐释"，例如把浪漫主义诗人华兹华斯的诗句"A poet cannot but be gay"中的gay解读为与同性恋有任何瓜葛的做法。别忘了罗蒂默认的"高尚的"精英读者群是具有自律、自我创造能力的自由主义反讽主义者，不是普通的初级阅读者。他们不将阐释视作对某个文本的精确描述，不认为"符号与非符号之间存在着界限分明的差异"①。罗蒂建议读者在阅读一个文本的过程中，首先"参照其他文本、其他人、其他的观念、其他的信息"，或读者本人所具有的其他任何东西来进行，然后读者再去"看一看究竟发生了什么事情"。所以实用主义立场下，阐释是读者从自身已有的知识背景出发，结合能够获得的信息对文本进行的诠释，并不是简单粗暴地按照阐释目的锻造文本。按照罗蒂的理解，"我们不可能向每个人证明我们的信念正当，而只能向那些其信念与我们的信念在适当程度上一致的人证明我们的信念正当"②，即在信念的共同体、团结的共同体中形成一致意见。罗蒂相信他的精英读者能够在已有的知识与信念之网中，为文本找到新的合适的节点。

归根结底，"阐释即使用"的思想仍然是罗蒂反对本质主义思想的一种强烈体现。对他而言，那种认为文本具有某种本质，阐释者可以用严格的方法将它揭示出来的观念与认为"任何事物都具有真

---

① ［意］安贝托·艾柯等著，斯特凡·柯里尼编：《诠释与过度诠释》，王宇根译，生活·读书·新知三联书店1997年版，第123—129页。

② 孙伟平编译：《罗蒂文选》，社会科学文献出版社2007年版，第287页。

正的、与表面的、偶然的或外在的东西相对的内在本质"的亚里士多德式观念如出一辙。罗蒂反对"文本本质上表现了什么东西"的观点,其实也就是反对某种特殊的阐释,即根据文本的"内在连贯性"可以揭示出那个"东西"究竟是什么,反对文本可以向阐释者展示它自身的内在愿望,而不是只提供某种刺激物从而使人较容易或较难判断他本来的愿望究竟是什么。所以当艾柯和米勒指出"解构式批评强调诠释必须受到文本自身强有力的制约",强调注重文学文本的运行机制时,罗蒂反驳"有什么样的目的和需要才会有什么样的方法",如果人们愿意用正确的工具以达到他们的目的,那么完全可以避免其他的一些笨拙而乏味的操作,人们不应当超越特定的目的和需要去寻求不必要的精确性和普遍性。①

罗蒂既不接受结构主义的观点,即认为揭示文本机制是文学批评的本质,也不相信后结构主义的观点,即主张文学批评的本质就在于揭示或颠覆形而上学等级秩序的在场。所有的依据某种理论或理论家的阅读,都只能为阐释者提供一个解读文本的理论语境,这个语境可以被置于其他语境之上,或者与其他语境相叠置,但是无论如何也不会使阐释者得到关于文本或者阅读的本质。在新实用主义哲学家罗蒂看来,根本就没有这种本质的存在。②

罗蒂的"阐释即使用"文本阐释观,遭到学界的诸多批判,被当作实用主义"过度诠释"的范例。《公共阐释论纲》的作者中国学者张江认为,罗蒂彻底放弃了对文本确定性的探求,这是违背阐释学基本原理和阐释学规律的。③ 回看本书前几章对罗蒂基本哲学观点的阐述,便知他对于确定性、基本原理和普遍规律坚定的否弃态度,罗蒂的新实用主义"学术罗曼司"的前提正是对西方哲学中固有的

---

① [意]安贝托·艾柯等著,斯特凡·柯里尼编:《诠释与过度诠释》,王宇根译,生活·读书·新知三联书店1997年版,第126—128页。
② [意]安贝托·艾柯等著,斯特凡·柯里尼编:《诠释与过度诠释》,王宇根译,生活·读书·新知三联书店1997年版,第129页。
③ 张江、哈贝马斯:《关于公共阐释的对话》,《学术月刊》2018年第5期。

本质观念、认识论观念和二元对立观念的彻底放弃。

"阐释即使用"无疑是种颠覆性的阐释观。卡勒认为，罗蒂和费什告诉人们"应该放弃辨认深层结构和体系的企图"，而只把文本用于各自的目的，这无异于"企图阻碍他人获取认知的工作"。两人的做法相当于通过对体系化的知识的探寻获得显赫的学术地位，随即转身踢倒助力自己爬上学术巅峰的梯子，并拒绝承认曾经使知识体系得以可能的各种观念，甚至只鼓励后来者"简单地阅读书籍"，试着说出书里有趣的事。从而全面摧毁让他们获得自己的地位，而使其他人能够向他们发起挑战的结构。[1] 的确，罗蒂对文学文本阐释的观点为"精英"知识分子免除了对阐释正确性、有效性的焦虑，使他们充分发挥自己已有的前见，乘着文本的快车，自由地驶向心中的目的地。但是这样的观点恐怕会让不少年轻的阐释者、不见经传的学术初行者无所适从甚至惶恐不安。

阐释即使用或意义即使用的文本阐释观，是种颠覆性的口号，被国内外不少文论研究者诟病，认为是外行人对文学研究激进的革命。有学者借用罗蒂的话批判他的实用主义阐释学是"将文本捶打成符合自己目的的形状"[2]。诚如本书中不断强调的，罗蒂的文学思想不能脱离他的哲学、科学、政治、伦理思想单独理解，不能脱离罗蒂的新实用主义整体信念之网孤立成独立的体系。如果能记得罗蒂的反本质主义哲学思想，真理即有用的知识观，用团结取代对客观性追求的伦理道德观，便不难理解罗蒂的文本阐释观像他的哲学、科学观一样，无意用某一种权威声音压倒其他，"阐释即使用"类似于宣布没有固定的阐释方法、结果需要人们去遵循，评论家们和读者们尽可以各显其能，百花齐放。

---

[1] ［美］乔纳森·卡勒：《理论中的文学》，徐亮译，华东师范大学出版社2019年版，第155—156页。

[2] 陈定家：《文本意图与阐释限度——兼论"强制阐释"的文化症候和逻辑缺失》，《文艺争鸣》2015年第3期。

正如在他倾力打造的无权威、无中心的文学文化中,各学科都被作为文学的类型,平等地绽放多元文化之花,任何阐释都有其合理性,任何阐释者都有权利对文本意义作出贡献——当然,不要忘记这是对于前文澄清的罗蒂意义上的读者而言。总之罗蒂不是要强制改变,但他的确是想掀起一场狂飙突进的运动,作为一名哲学家、思想家,他希冀使人们意识到需要突破拘囿已久的思维套路,从循规蹈矩的固有话语体系中突破重围。

杜慕康在对罗蒂的采访中询问他关于"实用主义者对文本的态度",罗蒂坦言并不指望改变形而上学文论家"研究文本的方式",却期望他们能够有态度上和思想上的转变。罗蒂期望自己的实用主义建议能够启发他们"改变他们对自己作为读者的态度",也改变他们自己对"同为读者的其他人的态度",不是说一定强迫他们"做出非常不同的事情",而是期待他们从思想意识上容许不同声音的存在,尝试敞开研究视野,以不同的方式思考他们正在做的事情。[①]

莎士比亚的诗歌与戏剧历经四百余年,经历不同的文学批评流派用不同的文本阐释标准花式阐释,积聚成现如今层次丰富的莎士比亚研究宝库。历史的长河中也一定有过过度阐释、强制阐释等错误百出的阐释案例,但是我们也会发现,对莎士比亚作品的阐释至今并没有揭秘恒久永定的文本意义。一段时期之内一些批评家或者读者趋之若鹜的阐释方法、阐释结果并不能够获得同时代另一些阐释者的认同,也不一定能够获得另一时代阐释者的认同。毋庸置疑的是,在历史、社会、文化语境下,这些都是依傍不同阐释理论、阐释手段在罗蒂意义上对文本进行的"使用"。

理解罗蒂的观点时,不宜使用形而上学家的固定视角。实用主义哲学家罗蒂不是荒诞的疯子,他的文本阐释观点虽令人惊异、意

[①] Richard Rorty, Eduardo Mendieta, *Take Care of Freedom and truth Will Take Care of Itself: Interviews with Richard Rorty*, Standford: Stanford University Press, 2006, p.144.

外，但是，经过时间的洗礼后，值得身处不同文化背景的人们冷静反思、仔细领会。即便是出自罗蒂所安身立命的精英阶层，这些观点对于当代文艺理论和文学研究仍然具有积极的参考价值和宝贵的借鉴意义。

结　语

罗蒂的文学思想并未被其本人书写成一套完整的理论体系，但与他本人的哲学观、科学观、道德观、政治和宗教等思想汇成一张融贯的整体性知识之网。罗蒂的文学观以其新实用主义哲学观、科学观、真理观等为基调。不了解罗蒂的新实用主义基本哲学观念，对罗蒂文学文化、文学批评、文学本质、文本意义、文学伦理等观点的讨论就像是空中楼阁，浮光掠影，难以触及罗蒂新实用主义文学观点立基的根本主张。

罗蒂人生的前五十余年以哲学为事业，在哲学界声誉卓著，但他深谙哲学史上形形色色的理论更迭无非是范式的转换、语汇的交替。弃哲从文的罗蒂已然洞悉，人们对本质的追寻也好，某一特定时期某一领域占压倒性优势的理论、研究方法也罢，都只是历史流变进程中的昙花一现，没有永恒的真理、权威、中心值得人们趋之若鹜。最好的状态就是以好奇取代傲慢，"用想象力代替理性，用希望代替知识"，这样就能抛弃理性的形而上学，保留人类对于美好未来和幸福生活的愿景。①

罗蒂不赞成文学领域形成任何排他的主流声音，他既鼓励从内部对文学进行深入的探索，也不反对从外部结合各式理论对文学本身展开的研究。因此除他自己常用的"新实用主义"标签之外，实

---

① ［美］理查德·罗蒂:《后形而上学希望》，张国清译，上海译文出版社2009年版，第3页。

难使用反本质主义、泛关系主义、整体主义、后人文主义、历史主义或者任何一个其他词来总体统摄他的文学观、文学经典观、文学批评观、文学价值观。

文学的社会、伦理道德、政治功能是罗蒂的文学思想中浓墨重彩的部分，新实用主义者对文学的社会意义极为重视，认为如果数学能够协助物理学获得成功，那么文学和艺术则辅助伦理学来胜任它的工作。[①] 在他看来，文学是提升个人道德和公共伦理的最佳途径。就个人而言，文学阅读可以使人自律，放弃寻找令人增长知识、增强自信的普遍原则，接受偶然性、多样性，以敞开和丰富自己的人生。文学增强个人的敏感度，使人感觉敏锐，能够意识到他人与自己的差异，并试图在自我与他人的不同语汇之间建立联系，从而更加宽容。

罗蒂的哲学、文学思想存在一些困境，他的反讽主义可能会令人陷入自我怀疑，但他毫无疑问为维护每一个自我的傲然存在赋予了肯定的意义，使艺术、独特、与众不同变得值得尊重。他的文学伦理论述，或许只在知识分子和有阅读习惯的人中起到一定的影响，对于有强烈科学信仰、宗教信仰的人而言，其作用可能微乎其微。所以无法成为一套适合大多数人普遍适用的道德准则。

但是罗蒂的文学观具有独特的价值，作为美国新实用主义的哲学家、思想家，罗蒂对文学作用的重视具有独特的价值：醒示人们在科技发达、物质生活富裕的未来社会，文学的力量将不容小觑。正如鲍曼所言，"无论从何种意义上看，罗蒂都是一位伟大的哲学家。罗蒂的伟大之处在于，在他之后，人们不再用旧的方式进行哲学思考，即使他们不赞成罗蒂的哲学"[②]。

[①] Richard Rorty, *Consequences of Pragmatism*, Minneapolis: University of Minnesota Press, 1982, p. xliii.

[②] Zygmunt Bauman, *Postmodernity and its Discontents*, Cambridge: Polity Press, 1997, p. 84.

参考文献

一　中文著作

陈亚军：《形而上学与社会希望——罗蒂哲学研究》，江苏人民出版社2009年版。

冯契、徐孝通主编：《外国哲学大辞典》，上海辞书出版社2000年版。

顾正林：《从个体知识到社会知识——罗蒂的知识论研究》，上海人民出版社2010年版。

郭贵春：《后现代科学哲学》，湖南教育出版社1998年版。

郭贵春、成素梅主编：《科学哲学的新趋势》，科学出版社2010年版。

洪汉鼎：《诠释学——它的历史和当代发展》，人民出版社2001年版。

洪晓楠：《科学文化哲学的前沿探索》，人民出版社2008年版。

蒋劲松：《从自然之镜到信念之网——罗蒂哲学述评》，湖南教育出版社1998年版。

陆扬：《德里达的幽灵》，武汉大学出版社2008年版。

陆扬、王毅：《文化研究导论》，复旦大学出版社2006年版。

孟建伟、郝苑编：《科学文化前沿探索》，科学出版社2013年版。

南帆：《二十世纪中国文学批评99个词》，浙江文艺出版社2003年版。

潘德荣：《西方诠释学史》，北京大学出版社2013年版。

尚智丛、高海兰：《当理性被反思时——西方科学哲学简史》，山西教育出版社2002年版。

舒炜光：《维特根斯坦哲学述评》，生活·读书·新知三联书店1982

年版。

孙周兴:《说不可说之神秘——海德格尔后期思想研究》,生活·读书·新知三联书店1994年版。

涂纪亮:《从古典实用主义到新实用主义》,人民出版社2006年版。

涂纪亮:《维特根斯坦后期哲学思想研究》,武汉大学出版社2007年版。

王伟:《后形而上学文论——以罗蒂为样本》,上海三联书店2012年版。

王先霈、王又平主编:《文学理论批评术语汇释》,高等教育出版社2006年版。

王治河主编:《后现代主义辞典》,中央编译出版社2005年版。

严明:《话语共同体理论建构》,复旦大学出版社2013年版。

叶秀山、王树人、江怡主编:《西方哲学史(第8卷)》,江苏人民出版社2005年版。

袁澍涓主编:《现代西方著名哲学家评传(下卷)》,四川人民出版社1988年版。

张国清:《无根基时代的精神状况》,上海三联书店1999年版。

张志林、陈少明:《反本质主义与知识问题》,广东人民出版社1995年版。

周国平:《尼采与形而上学》,译林出版社2012年版。

二 中文学位论文

蒋阳:《罗蒂科学观中的实用主义》,硕士学位论文,复旦大学,2005年。

庞弘:《E. D. 赫施"作者意图"理论研究》,博士学位论文,南京大学,2012年。

三 中文期刊论文

安佰鸿:《理查德·罗蒂的文学文化》,《东岳论丛》2009年第2期。

陈定家:《文本意图与阐释限度——兼论"强制阐释"的文化症候和

逻辑缺失》,《文艺争鸣》2015年第3期。

范燕宁:《科学划界标准的三次历史性转折及其方法论意义》,《贵州社会科学》2008年第9期。

郝苑:《快乐的科学——论尼采的科学哲学》,《自然辩证法研究》2013年第8期。

洪晓楠:《科学合理性:从绝对到相对》,《学海》2008年第2期。

洪晓楠:《科学文化哲学的向度分析》,《社会科学战线》2009年第11期。

洪晓楠:《科学知识社会学对科学哲学的贡献——科学文化哲学视野》,《广东社会科学》2014年第1期。

黄家光:《论罗蒂文学文化与因果实在论的困境》,《科学技术哲学研究》2008年第3期。

江怡:《维特根斯坦:一种后哲学文化》,《哲学动态》1992年第12期。

李洪强:《辩证理性科学观》,《科学技术哲学研究》2013年第1期。

李醒民:《从理论整体论到意义整体论》,《湖南社会科学》2003年第5期。

李醒民:《划界问题或科学划界》,《社会科学》2010年第3期。

刘大椿:《科学哲学史研究的若干突出问题》,《江海学刊》2014年第5期。

刘剑:《从本质主义到功能主义》,《当代文坛》2018年第3期。

南帆:《文学研究:本质主义,抑或关系主义》,《文艺研究》2007年第8期。

陶东风:《大学文艺学的学科反思》,《文学评论》2001年第5期。

陶东风:《文学理论:建构主义还是本质主义》,《文艺争鸣》2009年第7期。

涂纪亮:《实用主义:实在论与反实在论之争》,《云南大学学报》(社会科学版)2006年第2期。

吴开明:《论罗蒂对基础主义的拒绝》,《厦门大学学报》(哲学社会科学版）2005年第1期。

殷杰、何华:《语言与理解——伽达默尔诠释学的"语言转向"及其对实用主义哲学的影响》,《山西大学学报》(哲学社会科学版)2012年第3期。

张华夏:《科学合理性的面面观》,《科学技术哲学与辩证法》2009年第1期。

张江、哈贝马斯:《关于公共阐释的对话》,《学术月刊》2018年第5期。

张今杰、唐科:《后现代科学哲学述评》,《求索》2006年第2期。

张隆溪:《过度阐释与文学研究的未来》,《文学评论》2017年第4期。

张鹏骞:《论伽达默尔的"对话"概念》,《思想与文化》2018年第2期。

张文华:《论蒯因自然化的认识论及其对罗蒂的影响》,《国外理论动态》2008年第10期。

四 中译著作

[英] 阿拉斯泰尔·伦弗鲁:《导读巴赫金》,田延译,重庆大学出版社2017年版。

[意] 安贝托·艾柯等著,斯特凡·柯里尼编:《诠释与过度诠释》,王宇根译,生活·读书·新知三联书店1997年版。

[美] 保罗·H.弗莱:《文学理论》,吕黎译,北京联合出版公司2017年版。

[美] 保罗·法伊尔阿本德:《反对方法》,周昌忠译,上海译文出版社2007年版。

[美] 保罗·法伊尔阿本德:《自由社会中的科学》,兰征译,上海译文出版社2005年版。

[美] 查尔斯·吉尼翁、大卫·希利编:《理查德·罗蒂》,朱新民译,复旦大学出版社2011年版。

[美] 范·弗拉森:《科学的形象》,郑祥福译,上海译文出版社2005

年版。

［荷］弗兰克·安克斯密特：《崇高的历史经验》，杨军译，东方出版中心2011年版。

［法］福柯著，杜小真编选：《福柯集》，上海远东出版社1998年版。

［美］哈罗德·布鲁姆：《如何读，为什么读》，黄灿然译，译林出版社2016年版。

［美］哈罗德·布鲁姆：《西方正典》，江宁康译，译林出版社2018年版。

［德］海德格尔：《存在与时间》，陈嘉映、王庆节译，生活·读书·新知三联书店2013年版。

［德］海德格尔：《尼采（上册）》，孙周兴译，商务印书馆2003年版。

［美］海尔曼·J.萨特康普编：《罗蒂和实用主义》，张国清译，商务印书馆2003年版。

［德］汉斯-格奥尔格·伽达默尔：《诠释学Ⅰ：真理与方法》，洪汉鼎译，商务印书馆2013年版。

［德］汉斯-格奥尔格·伽达默尔：《诠释学Ⅱ：真理与方法》，洪汉鼎译，商务印书馆2013年版。

洪谦主编：《西方现代资产阶级哲学论著选辑》，商务印书馆1982年版。

洪谦主编：《现代西方哲学论著选集》，商务印书馆1993年版。

［英］卡尔·波普尔：《科学发现的逻辑》，查汝强、邱仁宗、万木春译，中国美术学院出版社2008年版。

［英］卡尔·波普尔：《实在论与科学的目标》，刘国柱译，中国美术学院出版社2008年版。

［德］康德：《任何一种能够作为科学出现的未来形而上学导论》，庞景仁译，商务印书馆1982年版。

［德］康德：《自然科学的形而上学基础》，邓晓芒译，上海出版公司2003年版。

［美］库恩：《科学革命的结构（第四版）》，金吾伦、胡新和译，北

京大学出版社 2012 年版。

［美］劳丹：《进步及其问题——科学理论增长刍议》，方在庆译，上海译文出版社 1991 年版。

［美］理查德·罗蒂：《后形而上学希望》，张国清译，上海译文出版社 2009 年版。

［美］理查德·罗蒂：《后哲学文化》，黄勇译，上海译文出版社 2009 年版。

［美］理查德·罗蒂：《偶然、反讽与团结》，徐文瑞译，商务印书馆 2005 年版。

［美］理查德·罗蒂：《实用主义哲学》，林南译，上海译文出版社 2009 年版。

［美］理查德·罗蒂：《文化政治哲学》，张国清译，北京大学出版社 2011 年版。

［美］理查德·罗蒂：《哲学、文学和政治》，黄宗英等译，上海译文出版社 2009 年版。

［美］理查德·罗蒂：《哲学的场景》，王俊、陆月宏译，上海译文出版社 2009 年版。

［美］理查德·罗蒂：《哲学和自然之镜》，李幼蒸译，商务印书馆 2012 年版。

［美］理查德·罗蒂：《真理与进步》，杨玉成译，华夏出版社 2003 年版。

［美］理查德·罗蒂：《筑就我们的国家》，黄宗英译，生活·读书·新知三联书店 2006 年版。

［美］理查德·舒斯特曼：《实用主义美学》，彭锋译，商务印书馆 2016 年版。

［美］M. H. 艾布拉姆斯、G. G. 哈珀姆：《文学术语词典》，吴松江等编译，北京大学出版社 2017 年版。

［美］玛莎·努斯鲍姆：《诗性正义：文学想象与公共生活》，丁晓东

译，北京大学出版社 2010 年版。

［澳］迈克尔·德维特：《实在论与真理（第二版）》，郝苑译，科学出版社 2013 年版。

［德］尼采：《悲剧的诞生》，孙周兴译，商务印书馆 2012 年版。

［德］尼采：《权力意志》，孙周兴译，商务印书馆 2007 年版。

［德］尼采：《哲学与真理》，田立年译，上海社会科学院出版社 1993 年版。

［美］皮克林编著：《作为实践和文化的科学》，柯文、伊梅译，中国人民大学出版社 2006 年版。

［美］普特南：《理性、真理与历史》，童世骏、李光程译，上海译文出版社 2005 年版。

［英］齐格蒙·鲍曼：《后现代性及其缺憾》，郇建立、李静韬译，学林出版社 2002 年版。

［美］齐硕姆：《知识论》，邹惟远、邹晓蕾译，生活·读书·新知三联书店 1988 年版。

［美］乔纳森·卡勒：《当代学术入门——文学理论》，李平译，辽宁教育出版社 1998 年版。

［美］乔纳森·卡勒：《理论中的文学》，徐亮译，华东师范大学出版社 2019 年版。

［美］乔纳森·卡勒：《论解构》，陆扬译，中国社会科学出版社 1998 年版。

［美］乔治娅·沃恩克：《伽达默尔——诠释学、传统和理性》，洪汉鼎译，商务印书馆 2009 年版。

［英］斯诺：《两种文化》，纪树立译，生活·读书·新知三联书店 1994 年版。

［美］斯坦利·费什：《读者反应批评：理论与实践》，文楚安译，中国社会科学出版社 1998 年版。

［美］苏珊·桑塔格：《反对阐释》，程巍译，上海译文出版社 2018

年版。

孙伟平编：《罗蒂文选》，孙伟平等译，社会科学文献出版社 2007 年版。

[美] 塔利斯：《杜威》，彭国华译，中华书局 2002 年版。

[英] 特里·伊格尔顿：《二十世纪西方文学理论》，伍晓明译，北京大学出版社 2007 年版。

[英] 特里·伊格尔顿：《文学事件》，阴志科译，河南大学出版社 2017 年版。

[美] 威拉德·蒯因：《从逻辑的观点看》，江天骥、宋文淦、张家龙等译，上海译文出版社 1987 年版。

[美] 威廉·詹姆斯：《实用主义》，李步楼译，商务印书馆 2017 年版。

[美] 威廉·詹姆斯：《詹姆斯文选》，万俊人、陈亚军编译，社会科学文献出版社 2007 年版。

[德] 马克斯·韦伯：《经济与社会（第 1 卷）》，阎克文译，上海人民出版社 2010 年版。

[奥] 维特根斯坦：《维特根斯坦全集》第 8 卷《哲学研究》，涂纪亮译，河北教育出版社 2003 年版。

[美] 希利斯·米勒：《文学死了吗》，秦立彦译，广西师范大学出版社 2007 年版。

[法] 雅克·德里达：《文学行动》，赵兴国等译，中国社会科学出版社 1999 年版。

[德] 雅斯贝尔斯：《尼采其人其说》，鲁路译，社会科学文献出版社 2001 年版。

[古希腊] 亚里士多德：《物理学》，张竹明译，商务印书馆 1982 年版。

[古希腊] 亚里士多德著，苗力田主编：《亚里士多德全集（第二卷）》，中国人民大学出版社 2016 年版。

[德] 于尔根·哈贝马斯：《现代性的哲学话语》，曹卫东等译，译林出版社 2011 年版。

〔美〕约翰·杜威:《经验与自然》,傅统先译,江苏教育出版社 2005年版。

〔美〕约翰·杜威:《人的问题》,傅统先、邱椿译,江苏教育出版社 2006 年版。

〔美〕约翰·杜威:《新旧个人主义——杜威文选》,孙中有、蓝克林、裴雯译,上海社会科学院出版社 1997 年版。

〔美〕约翰·杜威:《哲学的改造》,许崇清译,商务印书馆 1982 年版。

五 中译期刊论文

〔美〕理查德·罗蒂:《当代分析哲学中的一种实用主义观点》,李红译,《世界哲学》2003 年第 3 期。

〔美〕理查德·罗蒂:《反对统一性》,付洪泉译,《求是学刊》2004年第 3 期。

罗蒂、阳敏:《民主和自由象阿司匹林——新实用主义哲学家理查德·罗蒂专访》,http://www.ideobook.com/280/,2007 年 3 月。

〔英〕W. 哈德逊、W. 范·雷任:《美国哲学家罗蒂答记者问》,《哲学译丛》1983 年第 4 期。

〔美〕威廉·高文:《威廉·詹姆士与"模糊性"在经验中的重要地位》,徐鹏译,《江海学刊》2004 年第 4 期。

六 英文著作

Auxier, Randall, Eli Kramer and Krzysztof Piotr Skowroński eds., *Rorty and Beyond*, London: Lexington Books, 2020.

Baker, Keith Michael and Peter Hanns Reill eds., *What's Left of Enlightenment?*, Stanford: Stanford University Press, 2001.

Bauman, Zygmunt, *Postmodernity and its Discontents*, Cambridge: Polity Press, 1997.

Bernstein, Richard J., *Beyond Objectivism and Relativism: Science,*

Hermeneutics and Praxis, Philadelphia: University of Pennsylvania Press, 1983.

Bhaskar, Roy, *Philosophy and the Idea of Freedom*, New York: Routledge, 2011.

Brandom, Robert ed., *Rorty and His Critics*, Malden: Blackwell Publishing Ltd., 2000.

Bruce, A. Kimball, *The Condition of American Education: Pragmatism and a Changing Condition*, New York: College Board, 1995.

Dann, G. Elijah, *After Rorty: The Possibilities for Ethics and Religious Belief*, New York: Continuum International Publishing Group, 2006.

Danto, A. C., *Nietzsche as Philosopher: Expanded Editio*, New York: Columbia University Press, 2005.

Derrida, Jacques, *Of Grammatology*, Gayatri Chakravorty Spivak, Trans. Baltimore: The Johns Hopkins University Press, 1997.

Dewey, John, *Reconstruction in Philosophy*, New York: Henry Holt and Company, 1920.

Dewey, John, *The Middle Works of John Dewey, 1899 – 1924*, Vol. 10, Jo Ann Boydston ed., Carbondale: Southern Illinois University Press, 1969.

Dewey, John, *Art as Experience*, New York: Perigee Books, 1980.

Fine, Arthur, *The Shaky Game: Einstein, Realism and the Quantum Theory (second edition)*, Chicago: The University of Chicago Press, 2009.

Grenz, Stanley J., *A Primer on Postmodernism*, Grand Rapids: William. B. Eerdmans Publishing Company, 1996.

Guignon, Charles and David R. Hiley eds., *Richard Rorty*, New York: Cambridge University Press, 2003.

Hirsch, E. D. , *The Aims of Interpretation*, Chicago: Chicago University Press, 1976.

Huang, Yong ed. , *Proceedings for the International Symposium on Rorty, Pragmatism and Chinese Philosophy*, 2004 (unpublished).

Huang, Yong ed. , *Rorty, Pragmatism and Confucianism*, New York: State University of New York Press, 2009.

Kant, Immanuel, *Critique of Pure Reason*, Norman Kemp Smith, Trans. London: Macmillan and Co Limited, 1929.

Kunn, Thomas S. , *The Essential Tension*, Chicago: The University of Chicago Press, 1977.

Levinson, Jerrold ed. , *Aesthetics and Ethics: Essays at the Intersection*, Cambridge: Cambridge University Press, 1998.

McClennen, Sophia A. and Alexandra Schultheis Moore eds. , *The Routledge Companion to Literature and Human Rights*, New York: Routledge, 2016.

McDermid, Douglas, *The Varieties of Pragmatism*, New York: Continuum International Publishing Group, 2008.

McGinn, Colin, *Ethics, Evil, and Fiction*, Oxford: Clarendon Press, 1997.

Miller, J. Hillis, *Ethics of Reading*, New York: Columbia University Press, 1987.

Mitchell, W. J. T. ed. , *Against Theory*, Chicago and London: The University of Chicago Press, 1995.

Nagl, Ludwig and Richard Heinrich, eds. , *Wo Steht Die Sprachanalytische Philosophie Heute?* München: Oldenbourg, 1986.

Nietzsche, F. , *The Gay Science*, Bernard Williams ed. , Cambridge: Cambridge University Press, 2001.

Phineas, S. Upham ed. , *Philosophers in Conversation: Interviews from the Harvard Review of Philosophy*, New York: Routledge, 2002.

Quine, Willard V. O. , *From a Logical Point of View: Logico-Philosophical Essays*, Cambridge: Harvard University Press, 1980.

Rockmore, T. , *Kant's Wake: Philosophy in the Twentieth Century*, Malden: Blackwell Publishing Ltd. , 2006.

Rorty, Richard, *Consequences of Pragmatism*, Minneapolis: University of Minnesota Press, 1982.

Rorty, Richard, *Contingency, Irony and Solidarity*, Cambridge: Cambridge University Press, 1989.

Rorty, Richard, Eduardo Mendieta, *Take Care of Freedom and Truth Will Take Care of Itself: Interviews with Richard Rorty*, Stanford: Stanford University Press, 2006.

Rorty, Richard, *Essays on Heidegger and Others*, Cambridge: Cambridge University Press, 1991.

Rorty, Richard, *Objectivity, Relativism and Truth*, Cambridge: Cambridge University Press, 1991.

Rorty, Richard, *Philosophy and Social Hope*, London: Penguin Books, 1999.

Rorty, Richard, *Philosophy and the Mirror of Nature*, Princeton: Princeton University Press, 1979.

Saatkamp, Herman J. ed. , *Rorty and Pragmatism: The Philosopher Responds to His Critics*, Nashville: Vanderbilt University Press, 1995.

Savidan, Patrick ed. , William McCuaig, Trans. *What's the Use of Truth*, New York: Columbia University Press, 2007.

Schulenberg, Ulf, *Romanticism and Pragmatism*, New York: Palgrave Macmillan, 2015.

Seidman, Steven ed., *The Postmodern Turn: New Perspectives on Social Theory*, Cambridge: Cambridge University Press, 1994.

Sellars, Wilfrid, *Science, Perception and Reality*, New York: Humanities Press, 1963.

Shelley, P. B., *A Defence of Poetry*, New York: The Bobbs-Merrill Company, 1904.

Shklar, Judith N., *Ordinary Vices*, Massachusetts: The Belknap Press of Harvard University Press, 1984.

Shute, Stephen and Susan Hurley eds., *On Human Rights: The Oxford Amnesty Lectures*, New York: Basic Books, 1993.

Snell, R. J., *Through a Glass Darkly*, Milwaukee: Marquette University Press, 2006.

Westbrook, R. B., *John Dewey and American Democracy*, Ithaca: Cornell University Press, 1991.

七 英文期刊论文

Aronowitz, Stanley, "Science, Objectivity and Cultural Studies", *Critical Quarterly*, Vol. 40, No. 2, 1998.

Boffetti, J. M., "Rorty's Nietzschean Pragmatism: A Jamesian Response", *The Review of Politics*, Vol. 66, No. 4, 2004.

DePaul, Michael R., "Argument and Perception: The Role of Literature in Moral Inquiry", *The Journal of Philosophy*, Vol. 85, No. 10, 1988.

Fine, Arthur, "The Viewpoint of No-One in Particular", *Proceedings and Addresses of the American Philosophical Association*, Vol. 72, No. 2, 1998.

Furlong, John, "Scientific Psychology as Hermeneutics? Rorty's Philosophy of Mind", *Philosophy and Phenomenological Research*, Vol. 48, No. 3, 1988.

Grigoriev, Serge, "Theory and Fiction: Rorty's View of Philosophy as Literature", *The European Legacy*, Vol. 16, No. 1, 2001.

Grünberg, Ludwig, "The Future of Art and the Theory of Post-Philosophical Culture", *The Journal of Value Inquiry*, Vol. 28, 1994.

Knobe, J. and Richard Rorty, "A Talent for Bricolage: An Interview with Richard Rorty", *The Dualist*, Vol. 2, 1995.

Koertge, Noretta, " 'New Age' Philosophies of Science: Constructivism, Feminism and Postmodernism", *British Journal for Philosophy of Science*, Vol. 51, No. 4, 2000.

Nehamas, Alexander, "Can We Ever Quite Change the Subject?: Richard Rorty on Science, Literature, Culture, and the Future of Philosophy", *Boundary 2*, Vol. 10, No. 3, 1982.

Ormiston, Gayle L. and Raphael Sassower, "From Marx's Politics to Rorty's Poetics: Shifts in the Critique of Metaphysics", *Man and World*, Vol. 26, 1993.

Puolakka, Kalle, "Literature, Ethics and Richard Rorty's Pragmatist Theory of Interpretation", *Philosophia*, Vol. 36, 2008.

Rorty, Richard and Edward P. Ragg, "Worlds or Words Apart? The Consequences of Pragmatism for Literary Studies: An Interview with Richard Rorty", *Philosophy and Literature*, Vol. 26, No. 2, 2002.

Rorty, Richard, "Texts and Lumps", *New Literary History*, Vol. 17, No. 1, 1985.

Rorty, Richard, "The Inspirational Value of Great Works of Literature", *Raritan-A Quarterly Review*, Vol. 16, No. 1, 1996.

Stow, Simon, "Reading our Way to Democracy Literature and Public Ethics", *Philosophy and Literature*, Vol. 30, 2006.

Tartaglia, James, "Rorty's Thesis of the Cultural Specificity of Philosophy", *Philosophy East and West*, Vol. 64, No. 4, 2014.

后 记

自1998—2007年，罗蒂以比较文学教授的身份在文学界可谓昙花一现，留下关涉社会、文化政治的具有文学研究特色的凌乱篇章，供后人不断揣摩。阐发罗蒂的文学思想是一项具有挑战性的工作，因为从哲学转行文学的罗蒂本人，作为文学研究者留给世人的文本不算充沛，也不具有体系性，甚至还有不少看起来相互矛盾的表述。著述过程中笔者虽不断前后检视、反复对比思考，平衡各章节之间观点的一致性，然错漏偏颇仍在所难免，敬请读者批评雅正。

本书第一至四章、第七章部分内容来自笔者的博士学位论文《罗蒂的科学文化哲学思想研究》，部分观点曾在《广东社会科学》和《科学技术哲学研究》上发表。感谢教育部人文社会科学研究青年基金项目和辽宁省社会科学规划基金项目对本研究的支持，感谢本书责任编辑王小溪博士为书稿付梓尽心尽责。